庫

警視庁公安J

マークスマン

鈴峯紅也

徳間書店

目次

第一章　墓参

一

十月九日、午前八時三分。大塚の瀟洒《しょうしゃ》な住宅からひとりの男が出た。右の側頭部に染めることのない白髪が差し色のように入っていた。瘦《や》せた小さな身体《からだ》にも細面《ほそおもて》にも似つかわしい切れ長の、鷹《たか》の目を朝空に向ける。警視庁公安部長の長島敏郎《ながしまとしろう》だった。

長島にとって、この午前八時三分は譲れない定刻だ。警視庁公安部の部長ともなると、日が変わらぬ日々など願望でしかない。千葉県警察本部長だった頃は朝礼の訓示を垂れ、日がな書類と判子《はんこ》と戯《たわむ》れるだけの日が二日続いたこともあった。今は半日、同じ時間が流れたことはない。決めた時間を厳格に守るのは、おそらく願望の裏返しだ。

「おはようございます」

公用車専属のドライバーである小泉一博《こいずみかずひろ》警部補がマンションのエントランス前で腰を

折り、ドアを開けた。八時五分。長島にとってこの二分は、新たに始まる一日への祈りのような時間だった。

けれど——。

「おはよう。わかっているな」

「はい。承知しております」

この日、長島は登庁することなく朝から外出の予定だった。祈りは細かく決められたスケジュールを見る限り、少なくとも年内一杯叶《かな》うことは有り得なかった。

港区広尾にあるドイツ大使館が、まずこの朝の長島の目的地だった。一週間前、大使館のナンバーツーである主席公使から長島を名指しで直々の電話があった。ドイツ大使館といえば県警の頃、外国人記者クラブの主催会見に招かれたことがあり、そこで大使と軽い挨拶《あいさつ》を交わした覚えがあるくらいだった。主席公使となると、面識はまったくない。訝《いぶか》しい電話ではあったが、主席公使の話は、長島の興味をいたく引くものだった。

——来月着任ノ駐在武官ガ、予定ヨリ少々早ク来日シマス。地方警察ノエリートデスヨ。三十三歳ニシテ、ＳＥＫノ一編成ヲ束《たば》ネル警視監ハ本国ニモナカナカイマセン。

「ホウ」

ドイツの警察機構は大きく三つに分けられる。連邦警察と地方警察、都市・地区レベルの警察だ。連邦警察はさらにＢＫＡ（連邦刑事局）とＢＰＯＬ（連邦警察局）とに分けられる。このうち、幾分の違いはあるがＢＫＡが日本における警察庁に相当する。地方警察が都道府県警、都市・地区警察が市町村の警察だ。対してＢＰＯＬは、鉄道・空港・沿岸・国境を警備し、管轄範囲内での犯罪捜査の指揮などを担う。日本語にするとわかりづらいが、ＢＰＯＬは二〇〇五年六月まで連邦国境警備隊と称していた組織で、三万人の捜査員と一万人の職員を擁し、国内治安事件に対する連邦の即応戦力でもあった。局というより実戦部隊だ。一方のＢＫＡは、地方警察に実際の捜査は委《ゆだ》ね、管理調整・情報分析を主業務とする集団で、四千七百人で運営されていた。この辺の役割分担も日本の警察庁に近い。

――早ク来タノハドウヤラ、本国カラ警視庁ニ、某《なにがし》カノプレゼントヲ携エテキタカラノヨウデス。内容ニツイテハ、私ハ知リマセン。聞イテモ、私ニハ話シテクレナイ。アナタヲゴ指名デシテネ。イヤイヤ、羨《うらや》マシイ限リデス。今度ノ駐在武官ハ、トテモ美シイ女性デスカラ。

この日は、そんな依頼を受けた格好の外出だった。

ＳＥＫ、すなわち特別出動コマンドは、ドイツ地方警察に属する特殊部隊のことだ。人質立て籠《こ》もりや誘拐事件、要人の警護などを主たる任務とし、合衆国におけるＳＷＡＴに相当する。重大なテロ事件のときなどは本来ならば連邦警察局のＧＳＧ―９に任務を譲るが、近年はＧＳＧ―９の目に余る弱体化が取り沙汰され、ＳＥＫとの一本化が叫ばれていた。これは長島も情報として知るところだった。弱体化はさておいても、現戦力に於《お》いて、SEKがGSG—9を上回るほど優秀だということはうかがい知れる。うら若き美貌の女性だという情報はどうでもいいが、地方警察のエリートで、しかもSEKの一編成を束ねるという言葉に長島は興味を引かれた。

「ふっふっ。いやいや、そう言い切っては例えば、小日向《こひなた》辺りにまた匪石《ひせき》と笑われるかもしれん」

呟《つぶや》きに苦笑を混ぜる。

「部長、なにか仰《おっしゃ》いましたか」

運転席で小泉がきれいに刈り込まれた短髪頭を動かした。

「いや。なんでもない」

長島は窓の外に空を見上げた。雲ひとつない、よく晴れた秋の朝空が広がっていた。ただ、天候の清《すが》しさが人の世の、つまり長島の仕事とイコールなわけではない。ドイツ大使館の依頼によってキャンセルしたが、そもそもこの日の午前中は外出予定だったし、帰って午後一番には、最近の中ではまず喫緊といえる案件の会議が待っているはずだった。

前月二十日と二十八日、今月四日。警視庁管内で立て続けに三件の狙撃事件があった。撃たれたのは年齢性別、その他一切の関係性がない三人だった。一人目は足立区に住む七十代の女性で、散歩の途中に右腕を撃たれた。二人目は大田区の交番勤務で、警邏《けいら》中だった二十代の男性巡査、三人目は新宿御苑内をランニング中だった四十代の男性サラリーマンだ。この二人はそれぞれ心臓と眉間を撃ち抜かれて即死だった。二件目の後には無差別殺人事件かと一時マスコミは騒いだが、報道規制によって以降、特に三件目は公表すらしなかった。長島が公安部外事第三課の扱いとして引き取ったからだ。

外事第三課は、国際テロを捜査対象とする。一件目と二件目に使用された弾丸はどちらも、7・62ミリNATO弾だった。先月内にはライフルマークによって、同一の銃から発射されたものと判明していた。使用ライフルの判別まではまだだが、結局三件目も同じものだった。国内に存在する7・62ミリ弾のライフルマークはすべてのデータを把握していたが、一致するものはなかった。ということは、銃は海外からなんらかの手段によって持ち込まれたと判断するのが妥当な線だった。

長島は、すぐに外事第三課長を呼んで作業を命じた。該当狙撃銃の海外における使用歴については、現在警察庁を通じてICPO（国際刑事警察機構）に照会中だが、今のところ返答はなかった。外事三課からもはかばかしい報告はない。狙撃ポイントもまだはっきりしないが、八百メートルから千メートルとだけは、科捜研が断じてきたばかりだった。

「狙撃、テロ、か。厄介なことにならなければいいが」

長島は車窓に広がる抜けるような青空を厳しい目で睨《にら》んだ。

やがて公用車はドイツ大使館に到着した。八時半を回った頃だった。道はたいした渋滞もなく、思ったより少し早い到着だった。

小泉が一旦車を降り、ゲート前で目的を告げた。話は通っているようで警備員の誘導は早かった。駐車場は当然のようにまだ空いていた。

駐車場に小泉を残し、長島は建物に向かった。主席公使にも内密の話なら、聞くほうもひとりが礼儀だと、これは長島の判断だった。

大使館の建物は一切の装飾を排し、ドイツらしさが感じられた。特化した機能美。それが長島の印象だった。

エントランスから入り、まだ人気《ひとけ》の少ないロビーで待つ。内部も印象は変わらなかった。

十分ほど待つと、かろやかな靴音を響かせ、ひとりの女性が奥から現れた。白いブラウスにキャメルのスーツ。深い緑で統一されたショルダーバッグとローヒールとベルトは同じブランドの物だろう。一見すると出《い》で立《た》ちは地味だが、

「ほう。なるほど」

考えなくとも納得できた。なるほど、は主席公使の主観への同意を示す感嘆《かんたん》だ。

なぜなら女性は、匪石をして目を細めるほどの美貌だった。緩いウェーブの肩まで届くブロンド。小さな顔の中に高く真《ま》っ直《す》ぐ通った鼻筋。切れ長のブルーアイズ。バランスの取れた紅《あか》い小さな唇。ブラウスを押し上げる胸からウエスト、腰にいたる曲線も優雅で、ローヒールにもかかわらず膝丈のタイトスカートから伸びる脛《すね》はほっそりと白く、長く見

えた。服装は地味だが、であればこそ逆に、匂うような美貌が際立つというものだろう。これもドイツらしさか。特化した機能美。歩く姿もまた、女性は颯爽《さっそう》として美しかった。近く寄るほどに、長島の視線は水平より上がった。SEKにはたしか男女ともに身長の下限が設けられていたはずだ。百七十、あるかもしれない。身長も体重も平均に足りないことを密《ひそ》かに気にする長島には、その上背《うわぜい》も相まって女性はさらに眩《まぶ》しかった。

「コメ イッヒ ツー シュペート（お待たせしたかしら）」

長島も英語なら聞き取りに不自由はなかったが、さすがにドイツ語はまったく理解出来なかった。対応に躊躇《ちゅうちょ》していると、女性は輝く髪を掻《か》き上げた。

ジャスミンの香りがした。

「英語ハ、イカガ？」

綺麗《きれい》な英語が、紅い唇を割って聞こえた。英語でなら長島にも語調や声質がわかる。少し鼻にかかる、高めの声だった。音だけ聞けば年齢よりだいぶ若く聞こえる。ギャップもまた魅力、いや、破壊力からいけば武器かもしれない。

「英語ナラ、ソレナリニハ。早口ダト駄目デスガ」

長島が答えると、女性は艶冶《えんや》に笑いながら手を差し出した。

「エレナ・フォン・キルヒバッハデス」

「警視庁ノ長島デス」

長島はエレナの手を握った。容貌の感じからすると意外なほどに硬いか。SEK、特別出動コマンドの警視監と、それで思い出す。

「私ニナニカオ話ガアルト、主席公使カラ聞キマシタガ」

「フフッ。性急デスノネ。デモ、嫌イデハアリマセン。性急ハ勤勉ノ証《あかし》。私モソノ積モリデシタシ」

エレナはショルダーバッグを肩に掛け直した。

「デハ参リマショウ。公用車、使ワセテ頂イテモヨロシイデショ」

言うだけ言うと、エレナは先に立って歩き出した。長島もひとまず続いたが、本意ではない。単語の理解が先で、内容の吟味が少し遅れた。

「チョット待ッテ下サイ。ヨクワカラナイ。イッタイ、何所《どこ》へ行コウトイウノデスカ」

エレナは振り返って白い歯を見せた。

「アラ。私ノ方ガ、貴方《あなた》ヨリ更ニ性急デシタカシラ」

少々悪戯《いたずら》気な笑み、と長島は感じた。どこか、公総庶務分室の小日向を思わせる笑みだった。

「朝霞《あさか》、デスワ」

「朝霞？」

「ソウ。朝霞ノ、陸上自衛隊駐屯地」

「……。陸自、デスカ」

「ハイ」

さすがに長島は内心で驚いた。

この日は、自衛隊の最高司令官でもある内閣総理大臣を観閲官とした陸上自衛隊中央観閲式の日だった。実は長島がキャンセルしたこの日午前の予定というのが、この観閲式だった。

自衛隊観閲式は陸海空で持ち回り、各隊にとっては三年に一度の重要なイベントである。陸自の場合は中央観閲式といい、これが空自では航空観閲式、海自だと自衛隊観艦式となる。

公安部長は陸自が主催の年、つまり三年に一度招待されるらしい。三年は公安部長職の任期にほぼ等しい。なぜかはわからないが、一度は顔を見せろという陸自の意思表示とも取れる。陸自側の招待者名は矢崎啓介《やざきけいすけ》という陸将だった。記録を見れば、前任の公安部長だった木村義之《きむらよしゆき》現兵庫県警察本部長はスケジュールが合わず行かなかったようだ。その前の部長は行ったらしい。陸自の全容を目の当《ま》たりにするセレモニーに興味はあったが、呼ばれる意味が不明では、長島の中で優先順位は特に高くなかった。ドイツ大使館からの依頼があったことでキャンセルしたくらいだ。だから、そこに行こうというエレナの依頼は、長島にとって少なからぬ驚きではあった。

「イヤ今日ハ、急ニ行ッテモ部外者ハ——」

招待客以外、なにをどうしようとゲートを潜れる日ではないと、自身が招待客だからこそ長島は知っていた。

「エエ、承知シテイマス。ダカラ行クノデスカラ」

エレナは澄まし顔だ。初見からいきなり、ずいぶん先手を取ってくれる。これがドイツの流儀か、それとも、エレナの手管《てくだ》か。

「シカシ」

エントランスから出つつ、長島はなおも食い下がろうとした。わからないことに流されて虚動はしない。本来なら、疑問を持った場から一歩も動きたくはない。エレナに従って歩くのは、ここがドイツ大使館のテリトリーだからだ。外には一歩もはみ出さない。これが日本流、いや、長島流だ。

「大丈夫。西側友好国トシテ、我ガ国ノ駐在武官モ招待サレテイマス。私モ人数ニ組ミ込ンデモライマシタ。ソレト、コチラノ申シ出ガ上手《うま》ク伝エラレナクテ、貴方ガキャンセルシテシマッタコトモ知ッテイマス。フフッ。申シ訳ナイノデ、コチラノ分トシテ再登録シテアリマスノヨ」

「……マルデ話ガ見エナイ」

公用車の近くで長島は立ち止まった。小泉がドアの脇に立ち、開けたものか戸惑っていた。

「ナンナノダ、君ハ。私ニ話ガアルトイウコトデハナカッタノカナ」

「アリマスワ。ケレド、一緒ニ聞イテ頂キタイ方ガモウヒトリ。ドチラカトイエバソチラガ主、貴方ガ副デス」

「誰ダ。ソノモウヒトリトハ」

「小日向総理大臣、ト言ッタラ驚カレマスカ？」

エレナは、微笑《ほほえ》みながら小首をかしげた。そうすると、長島と視線の高さが合った。流れて揺蕩《たゆた》うブロンドの輝きと、吸い込まれるようなブルーアイズが近かった。長島は心臓が早鐘を打つのを感じた。耳にする小日向総理という言葉に対してか、目にするエレナ・フォン・キルヒバッハという現実に対してかは判然としなかった。

思わず目を逸《そ》らせば、小泉が戸惑いの顔でこちらを見たままだった。

周到な用意で、主導権は間違いなくエレナにあった。

瑣末《さまつ》な駆け引きには拘泥《こうでい》も固執もしない。認めるべきは認めよう。そうして大局を見極めるのが、公安部長としての長島の役目だ。

「小泉。ドアを開けてやれ。これから、以前の予定通りだ。朝霞の陸自、自衛隊観閲式に向かう」

朝霞という言葉に反応したのだろう。

エレナの微笑が縦に動き、満足そうに深くなった。

二

同日、小日向純也《じゅんや》は青山墓地にいた。正確には、青山墓地の西側に位置する立山墓地だった。

立山墓地は、小日向家累代の墓がある場所だ。目的は母、小日向ヒュリア香織《かおり》の、久し振りの墓参りだった。平日だということも幸いしたのだろう。数台しか止められない駐車スペースには、かろうじて二台分の空きがあった。

青みを帯びた庵治石《あじいし》の堂々たる碑《ひ》が立つ墓所の前に立てば、柔らかな黒い髪が微風にさざめいた。

「母さん、婆《ばあ》ちゃん。来たよ」

墓石に向ける瞳は深く黒く、それでいて彫りが深く、日本の墓地に似つかわしくない中東の匂いは隠れもなかった。広い墓地の中を歩けば何組かの人達と行き交ったが、間違いなくみな純也に奇異の目を向け、驚きを隠さなかった。日本とトルコのクォータであること、ヒュリア香織のDNAを正しく受け継いだ絵姿のような男振り、純也の容姿に人々が見るのはその両方だったろう。

だが、純也はかすかな笑みと会釈《えしゃく》で受け、動じることはなかった。もう飽きるほどに、日本人の反応には慣れていた。

純也は庵治石の墓前に、抱えてきた白いバラを静かに供えた。

この日が特に母の命日というわけではない。どちらかといえば、二〇〇八年に亡くなった祖母小日向佳枝《よしえ》の命日、十月十五日が近い。

母、ヒュリア香織の命日は、一応三月二十八日ということになっている。が、純也に拘《こだわ》りはなかった。死んだ場所はカタールの、ホール・アル・ウデイド（インランド・シー）の、特定され得ない岸辺のどこかだ。場所は遥《はる》かにして曖昧であり、日時にしても時差がある。こと、母の死に対して命日という言葉はあまりにも漠然としていた。

一ヶ月ほど前にけりをつけた〈カフェ・天敬会事件〉の経緯から、久し振りに近々と思っていた墓参は、単純な理由によってこの日の午前中になった。朝霞の駐屯地で、自衛隊観閲式が行われる日だったからだ。佳枝の命日が近いせいで親戚一同と鉢合わせする可能性はあったが、この日に限れば午前中は少なくとも父と出会う可能性は皆無だった。

〈カフェ・天敬会事件〉の鍵となった白いバラは、殺された木内夕佳《きうちゆうか》をイメージする花であり、テロに巻き込まれた母の誕生花だった。四月二十五日の誕生花だ。他人は知らない。誹《そし》るかもしれない。だが、純也にとってあまり意味のない墓参りは、誕生花を供えるという行為によって別の意味を持つものだった。

死に、生を添えて華やかに。夕佳を、母の元に送って穏やかに。

「母さん、夕佳を頼むよ。僕の小さい頃のことでも話してやって欲しい。僕も知らない、僕の日本での話を」

微風に震える白いバラを見詰めながら、純也は母との思い出を辿《たど》り始めた。といって、純也が六歳のときに死んだ香織との思い出はそう多くない。しかも、三歳からは香織が死ぬまでカタールにいた。自分が覚えている香織との思い出はすなわち、カタールの思い出とほぼイコールだった。

トルコと日本のハーフである母には、カタールの景色がよく似合った。純也の脳裏では、邦画のスクリーンに見る母よりも、カタールの風に立つ母の方が自然だった。ただ、スクリーンの母は若く、カタールの母も、思い出以上に齢《とし》を重ねることは永遠にない。

「そういえば、もう母さんと同じ三十代になっちゃったよ。もうすぐ母さんに並ぶ。そして、あっという間に追い越す」

純也は香炉皿に線香を置き、墓石をかすめて立ち上る煙に呟いた。

――生きてっ。

一九八八年、現地時間の三月二十八日、もうすぐランチという時間だった。

爆裂の砂塵《さじん》に巻かれながら、純也に向け手を伸ばす必死な香織の顔は今でも忘れ得ず、どころか、今でも毎夜のごとく夢に見て、純也にとっては鮮明だった。

三

この年、一九八八年の春はイラン・イラク戦争終結が、もうすぐとも未《いま》だともつかない不安定な時期だった。

小日向和臣《かずおみ》一等書記官が家族と大使の子息、加えて駐在武官である矢崎啓介一等陸佐を連れ、カタール国の石油相付官房らとホール・アル・ウデイド（インランド・シー）に出かけたのは三月も終わりのことだった。ホール・アル・ウデイドはカタールの首都ドーハから南方約三十七マイルにある、フラミンゴも生息するラグーンだ。

パリ・ダカを気取って砂丘を４ＷＤで駆け回る。そんなラリーを楽しむのが、純也の父和臣と、和臣が懇意にする石油相付官房らの、三ヶ月に一度のレジャーだった。もちろん、それなりの額の賭けもあった。

カタールの三月は平均最高気温が二十七度にもなる。暑さもあって、男はみな白い長シャツのソーブに身を包み、頭はグドラという赤いスカーフを二重回しのイガールで留めていた。子供であっても純也も同じ格好だ。香織以下女性は、たとえ外国人でも黒いアバヤの着用が義務だった。

純也は三年のカタール暮らしで、日本語のほかに母方の祖父の母国語であるトルコ語、カタールの公用語であるアラビア語、他に英語やフランス語にも慣れていた。すでに父和臣が目を細めるほどの聡明さを示し、特に純也は日本語とアラビア語と英語は、読みだけでなく文字も器用に書きこなすようになっていた。

その悲劇の日、4WD車五台でサブマシンガンを連射しながら純也達を襲ったのは、イスラムシーア派〈イランの工作〉の、十名からなる一団だった。

一九八〇年から続くイラン・イラク戦争において、カタールは湾岸協力会議（GCC）の一員として、UAE・バーレーン・クウェート・オマーン・サウジアラビアと六カ国で米国の協力を得ていた。石油相付官房はGCCへのカタール側からの参加メンバーのひとりだった。

官房側の護衛も駐在武官である矢崎らも銃を取り戦った。激しい戦闘になったが、最後に勝敗を分けたのは〈イランの工作〉側が持ち出した手榴弾《しゅりゅうだん》だった。

襲撃側の一人が投擲《とうてき》した手榴弾が、小日向和臣ファミリーの、純也の運命を大きく変えた。六歳の純也を抱え、エメラルドグリーンに輝く内海の汀《みぎわ》を走っていた香織の間近で爆発があった。

——生きてっ。お願い！

それが香織の最後の言葉であり、それが純也しか知らない、香織の今際《いまわ》の姿だった。

ホール・アル・ウデイドに放り出された純也はそのまま意識を失い、内海を漂い流れた。

気絶状態だったのは不幸中の幸いだったろう。ホール・アル・ウデイドは巨大なラグーンだ。もし途中で気がついたとしたら六歳の、まだ泳法も満足に覚えていない子供に泳ぎ切ることは不可能だったに違いない。幸運にも純也は、一度も意識を取り戻すことなく国境を越え、対岸のサウジアラビアに流れ着いた。漂流物ではよくあることらしい。普段は舟や泳いで渡る者に監視の目がカタール・サウジアラビア双方ともに厳しいが、漂流物も同然の小さな純也が気づかれることはなかった。

これは特に、監視が怠けていたというわけではない。それどころではなかったというのが正しいだろう。この日純也達を襲ったテロは、実はサウジアラビアを含む六カ国同時多発だったのだが、純也にとってこれは、中東の一事件として後に知るところだ。

流れ着いた純也を拾い上げたのは、背に小銃を負いラクダに乗った五十人からの一団、ベドウィンだった。

一九五〇年代から六〇年に掛け、遊牧範囲の縮小と人口の増加からベドウィンの多くは定住の道を選んだ。が、このとき純也を拾ったのは、頑迷に遊牧民の生活を守っている一族だった。冬場に家畜の草を求めて平地に下り、厳しい夏の暑さの前に高地に移動しようとしたところだったらしい。人であろうとなんであろうと拾える物は、彼らにとってはアラーの賜物《たまもの》だ。

純也が香織の中を流れるファジル・カマルの血を濃く継ぎ、ソーブにグドラであったことは果たして幸だったか、不幸だったか。ベドウィンの一族は誰も、純也が異国人であるとは思わなかったようだ。

——インシァラー。

シャリフ（族長）、アーメッド・アッザム・サイード・エル・セラフィの呟きで若い男がラクダを降り、自分の代わりに気を失ったままの純也を乗せた。

——俺がお前を助けたんだぞ。

これは後にシャリフの息子、アデル・アーメッド・アッザム・エル・セラフィがことあるごとに、胸をそびやかせて純也にする話だった。

こうして、日本からカタールへ、そしてサウジアラビアの内地へと、まるで運命に翻弄《ほんろう》されるように幼い純也は生きる場を移す。

「え。ここは、どこ。……ぼくって」

やがて、純也は目覚めた。ベドウィンのテントの中だった。泣くことも喚《わめ》くことも純也はしなかった。する必要もなかった。爆発の衝撃で、このとき純也は一時的な記憶喪失状態に陥っていたのだ。母の死、自分の置かれた境遇。もしかしたらこの記憶喪失が純也にとって、もっとも大きな幸運だったろう。自分が何者かもわからないまま、わからないからこそ、すんなりとアーメッドの言に従い、純也はベドウィンの生活を受け入れた。

山の斜面に山羊《やぎ》を追い、水辺にテントを張り、砂漠に生きる。緑はない。

山羊の番やラクダの餌やり、食事の手伝い。

身体も小さい純也は、初めはたしかに隷属《れいぞく》だったかもしれない。だが、なにごとにも機転が利く純也はすぐに一族に打ち解け、重宝がられるようになった。いくつもの言語を聞き分けられるということも大きかった。半年もしないうちに扱いは隷属から半家族になった。十歳上のアデルなどは、弟に対するような親しみを込めて純也に接するようになった。

——おい小僧、俺がシャリフになったら、頼むな。

アデルはときおり、純也の仕事を手伝っては自分の夢を語った。

——俺はいずれ、一族を率いて都市に出ようと思ってる。こんなテント生活は今風じゃない。俺は街にも、世の中にも出たいんだ。そのとき、お前は俺の通訳だ。ずっとな。当てにしてるぜ。

——うん。わかった。僕はアデルの通訳だね。ずっと。

今でも純也は、家族という言葉を聞くと一瞬、まず初めにこの頃のことを想起する。行く前も帰ってからも、日本と小日向家に家族としての思い出は少ない。純也にとって家族とは、サウジアラビアの高地に住むベドウィンのことだった。ただし、一九八八年から九〇年に掛けての、限定的なものではあったが。

そうして一九九〇年の暮れ、純也の運命は転変する。

この年は八月にイラクがクウェートへ侵攻し併合を発表したことにより、第三次世界大戦勃発の予感が次第に中東に蔓延《まんえん》し始めた年だった。そんな世情不安の中、サウジアラビアでは「有志を募《つの》る」の大号令の下、多国籍軍に一般からも人員が集められた。呼応して各地のベドウィンからも、多くの若者が参加し始めた。

昔からの生活様式に拘るのもいいが、世界大戦になれば、自分達が根差す大地を奪われることにもなりかねない。

そんな共通認識がベドウィンの、特に若者の間にはあったようだ。

——今立ち上がらなくていつ立つんだ。我らは誇り高き一族だって、それが父さんの口癖じゃないか。

アデルを先頭にタービルとハサン、一族からも三人の若者がシャリフであるアーメッドの前に立った。一族のことを口にされては、アーメッドも許さざるを得なかったろう。渋々うなずき、歓喜するアデルらをよそに、アーメッドは近くの水場で食器を洗う純也の前に立った。自分の本当の年齢すらはっきりしないが、それでも確実に二年、少年は成長していた。

——おい。お前も行け。アデルについて行くんだ。

——えっ。

——なにかあったときには、お前がアデルの前に出ろ。小さくとも盾の代わりくらいにはなるだろう。逃げ出すことは許さん。今まで飼ってやったんだ。お前の命は、アデルのために使うんだ。

純也は悲しかったが、逆らわなかった。

――はい。わかりました。

これまでも唯々諾々と言い付けに従うことが、純也にとってベドウィンの中で生きることだった。

シャリフの息子、アデルにつけられる形で純也は多国籍軍が展開するクウェート側の、サウジアラビア国境へ向かうことになった。

――父はああ言ったが、気にするな。なに、俺はお前の盾など要らないさ。

ラクダに揺られながらアデルはそう言った。

――やっぱり、そうだよね。アデルは強いもんね。

ラクダを引きながら純也は答えた。

――でもなぁ、ターヒルとハサンは口だけだから心配だ。だからお前、いざとなったら俺はいいから、あいつらの前に立ってやれよ。

純也の中で家族というものが壊れる、いや、凍りついた瞬間だった。半家族ではあっても、やはりベドウィンにとって純也は家族ではないのだ。

――うん。わかった。

なんといっても名前すら思い出せない純也は、二年を共に暮らしても一族の人間から、いまだにおい、お前としか呼ばれない存在だった。

だが、そんなことを悲しんでいる暇は純也にはなかった。アデル一行がキャンプに到着し、年をまたいで登録を済ませる頃には、百日に及ぶ湾岸戦争が勃発したのである。本物の近代兵器による戦争を目前にし、遊牧民の若者らは勇躍した。しかし、純也には制限が加わった。シャリフにはアデルの盾に、アデルにはターヒルとハサンの盾になれと命じられてはいたが、キャンプの統率をしていたのはアメリカの正規軍だった。どう見ても少年の純也に正規軍が示すものは、優しさと荒いマナーと、面白くないアメリカンジョークだけだった。ようは、戦場に純也の出る幕はないということだ。後で数えれば、純也はこのときまだ八歳だった。正規軍としてはたしかに、戦場に立たせたら軍罰ものだったろう。キャンプにいることは許されたが、命じられることは食事の手伝いくらいだった。

この二月、純也達のいるキャンプをイラク側の陸戦隊が襲撃した。アデルらも前線に加わった銃撃戦は激しいものだった。キャンプは混乱した。少年である純也は押し込められるように一人、最奥のテントに置き捨てられた。

居ても立ってもいられず、純也はテントを抜け出して前線に走った。死の恐怖より一人でいることの不安が勝った。家族ではないとわかってもやはり、純也の居場所は二年を共に暮らしたアデルの傍《そば》だった。誰も見咎《みとが》めることはなかった。それどころではないほどの状態だった。

——アデル！

自分の居場所まで、あと百メートルもなかったろう。だが、このとき突如、イラク側からのスカッドミサイルが飛来した。多国籍軍側の誤爆であったかも知れない。ミサイルはあろうことか、展開するキャンプ側の前線を直撃した。アデルらが純也の目前で吹き飛んだ。

——逃げろっ。

血まみれで叫び、アデルは息絶えた。その直後、呆然《ぼうぜん》と立ち尽くす純也の近くでも爆発があった。

アデルの言葉と爆発の衝撃。彼《か》の日とあまりに似通った状況に、純也の脳裏で光が炸裂した。まず必死な母の顔を思い出し、次いですべてを思い出す。

——生きてっ。お願い！

あのときたしかに母、小日向ヒュリア香織はそう叫んだ。

「僕はっ！」

舌の廻《めぐ》りは辿々《たどたど》しかったが、久し振りの日本語が口を衝《つ》いて出る。

だが、今は哀しみに暮れている場合ではなく、まずしなければならないことが他にあった。

——ほらよ。

純也の足元に、ふいに自動小銃が投げられたのはそのときだった。累々たる死傷兵からそれを取り上げ、放って寄越《よこ》したのはフランス外人部隊の傭兵、同国籍のダニエル・ガロアだった。巻き毛の金髪、がっしりした顎に細い鼻、色の薄い碧《みどり》の目。キャンプではいつも酒を呑《の》み、誰よりも陽気に、暢気《のんき》に過ごしていたように見えた男だ。その男が、今はオーラのような闘気さえ身にまとって前方を睨んでいた。

——死ぬも生きるも勝手だが、生きたければ銃を取れ。そのまま撃てる。

一瞬の躊躇はあったが、イラク兵がすぐそこまで迫っていた。たしかに、今を生き延びるためには他に方法がなかった。

純也は小銃を取り上げ、一番近くまで走りきていたイラク兵に向けて引き金を引いた。

——うわぁぁぁっ。

これが小日向純也が、九歳になる年の春先だった。

四

この湾岸戦争の年を、純也はダニエル・ガロアとともに、イラク国内に入ったフランス外人部隊の中で過ごした。手間取る湾岸戦争の後処理に伴い、ダニエル・ガロアとその仲間達は延長でフランス軍に雇われていた。

命からがらキャンプを脱出してすぐ、ダニエルは握手を以《も》って純也と契約した。

――飯と寝る場所は俺が面倒見てやろう。

――え。それって。

少年ではあっても、アラビア語だけでなくフランス語や英語を解する純也はベドウィンだけでなく、ダニエルにとっても得がたい存在であったようだ。

――おっと不満かな。ううん。なら大盤振る舞いだ。それに加えて教えてやろう。俺が知っている、生きる術《すべ》の全部をな。それでどうだ。

――あ、はい。お願いします。

――そんな馬鹿丁寧な言葉遣いは必要ないさ。年齢も階級もなにも関係ない。人は持ってるものの価値で決まる。俺はお前に価値を見出《みいだ》した。だから契約なんだ。フィフティフィフティだよ。

――え、あ、うん。わかった。

――OK。よろしく。

通訳としてダニエルに雇われた形だ。それからはもうソーブやグドラといったアラブの装束ではなく、誰はばかることなくこざっぱりとした洋服を着た。ときには手足の部分を切った、だぶだぶの迷彩服を着ることもあった。

――で、お前の生まれは。

——日本、みたいだけど。

——なんだ。はっきりしないな。

——そう、だね。

——帰らなくていいのかな。

——まあ、どうかな。

——ますますはっきりしないな。

帰る方法はわかっていた。帰ろうと思えば帰ることはできるだろう。が、帰ろうとは思わなかった。

なんといっても、ホール・アル・ウデイドの襲撃からもう、四年が過ぎていた。母はあのとき間違いなく死んだ。父が生きているかはわからない。大使館に勤めていたようだということはわかるが、幼い記憶に刻まれた精一杯に難しいことはそこまでだった。

自分の名は、小日向純也。母はヒュリア香織。父は〈カズ〉、あるいはパパだ。いつも家にいなかった。だから正しい名前は覚えていない。

三歳で日本を離れたようだが、これはおぼろげな記憶の逆算だった。兄がいることは思い出したが、顔はカタールの家に送られてくる写真でしか知らない。それも六歳までの記憶であったから曖昧だ。兄と一緒のファミリーの写真に写っていたはずの祖父母は輪郭も浮かばない。

それが帰るべき祖国の、帰るべき家だろうか。記憶は戻っても、日本の家族というものにまるで実感はなかった。ふれあいは別として、家族の基本、父と母の所在はカタールの公邸だった。日本を考えるならまだ、アーメッド・アッザム・サイード・エル・セラフィ一家の方に家族を感じた。

いや、その前に、家族とは一体なんだろう。ほとんど母と二人で暮らしたカタールの日々に、家族はあるか。

なにより、外人部隊は純也にとって、ベドウィンとの生活よりもはるかに居心地がよかった。ダニエルに聞く、彼の考え方にも共感できた。

――上とは金でつながってるだけの関係だけどな。ここの仲間とは命でつながる関係なんだ。たとえ危険でも、助けられる可能性のある奴は命懸けで助ける。可能性のないときは、足手まといにならないように自分で進んで的になるか、自分で始末をつける。それがみんなのな、暗黙の了解だ。俺は、それでいいと思ってる。逆に頼っちゃいけない。そんな素振りを少しでも見せる奴は、すぐお払い箱さ。ま、俺のチームにはいないけどな。俺は、それが仲間ってものだと思ってる。家族も同然って言うか、家族以上だ。だからここに長くいる奴は気心の知れた、いい奴ばっかりなんだ。少々、いや大いに、性格にも行動にも難のあるのが多いけどな。

実際、チームはそんな者達ばかりだった。ダニエルを筆頭に十三人いた。〈カフェ・天敬会事件〉の折りにも動いたエージェントのマイク・コナーズも含み、この後〈サーティサタン〉と呼ばれるようになる、怖ろしくも愉快な連中だった。

純也はみんなからボーイ、あるいはJボーイと呼ばれた。名前がわかった上での渾名《あだな》だ。これは面映《おもはゆ》くも、嬉《うれ》しかった。

——へイ、Jボーイ。ククリナイフノ使イ方、教エテヤロウカ。

——馬鹿野郎。ソンナモン教エテドウスンダ。

——ソンナモンモナニモ、戦場ジャア、最後ハ誰デモ一人ダゼ。死ナネェタメニハ、覚エトイテ損ハネエダロウヨ。

——ソウジャネエ。ボーイハマダ、ククリデ戦エルホド格闘ガコナレテネエダロウッテ言ッテンダ。ダカラヨ、ボーイ、俺ガランチャーノ構エ方カラ教エテヤルヨ。

——アッ。ダッタラ私ハ、火薬ノ調合。

フランスやエジプト、ドイツやイギリスの男達がいた。アメリカやエジプト、イタリア、アルゼンチンの女性達もいた。大家族というものをベドウィンの一家しか知らない純也にとって、仲間とはとてつもなく、いいものだった。

そうしてこの年、一九九二年二月。ダニエルは得意顔で純也の前に立った。

——Jボーイ。幸運だ。このままで次の仕事が決まった。

——へえ。おめでとう。で、どこへ。

——カンボジアさ。

——カンボジア？

——そう。砂漠の次はジャングルだ。お前のまだ幼い身体にはきついかもしれないが、いい経験になると思う。ゲリラ戦の基本、ＯＪＴで教えてやろう。

ダニエルに伴われ、純也はパリ和平協定で内戦が終結したばかりのカンボジアに飛んだ。ダニエルが言うには、引き続きフランス軍から依頼があったようだ。国連カンボジア先遣隊（ＵＮＡＭＩＣ）の軍司令官はフランスのミシェル・ロリーダン准将だったらしい。その関係だろう。かつてダニエル・ガロアはフランス海軍のコマンド部隊に所属した、極めて優秀な軍人だったという。ジュネーブ条約によって言葉上傭兵は存在しない。たしかに、特に優秀でなければ条約のリスクを冒してまでフランス軍は依頼などしないだろう。加えるならダニエル・ガロアは変わり者で、気に入った作戦ごとの契約らしかった。

戦後処理とはいえ、カンボジア先遣隊の作業は粛々とは進まなかった。反ＵＮＴＡＣゲリラの抵抗が予想以上に大きかったのだ。ときには対戦車ロケット弾までが使用された。純也がまた、実際に銃を取らねばならない事態さえ何度もあった。

——いい感じだな、Ｊボーイ。本当にゲリラ戦のＯＪＴだ。

——追加料金かな、ダニエル。僕は本来、通訳だからね。

——ＯＫ。じゃあ、追加でひとつ教えておこう。Ｊボーイ、戦いになったら、すべてにおいて躊躇《ためら》うな。情の非情、非情の情。相生相克。結果は糧《かて》にすればいい。それがお前を育てる。人として。矛盾でもなんでもない。人生なんて、たかだかそんなものさ。

——わからないけどわかった。ふふっ。これも、矛盾でもなんでもないよ。

一方、純也が密林で戦うこの年、日本では時の政府によってＰＫＯ協力法が制定された。九月には、自衛隊からカンボジアに第一次カンボジア派遣施設大隊として六百名が送り出された。

年が変わって乾季の一月。運命はとうとう、幼い少年を日本と結びつける。純也は、かつてカタール大使館の駐在武官だった矢崎啓介一等陸佐と再会したのだ。

ポル・ポト派の武装ゲリラに襲われた矢崎を、あわやの場面で救ったのが純也であり、純也の撃ったアサルトライフルだった。

——大丈夫デスカ。オ怪我ハナイデスカ。

久し振りに話す日本語は、自身赤面するほどにたどたどしかった。

——有難う。おかげで助かった。

——イエ。オ役ニ立テテヨカッタデス。

矢崎は純也の顔をまじまじと見詰めた。

——日本人、だね。

——ハイ。

――名前は、まさか。

――小日向純也。タブン、デスケド。

このひと言で、矢崎の目から涙が溢れた。

――純也君。

矢崎は純也を抱きしめた。わけもわからず、純也はされるに任せた。ただ、アジアの匂いがする、とは純也の率直な感想だった。

――帰ろう。日本に。

矢崎は自分が、当時の駐在武官であったことを話した。さすがに純也も驚いた。そういえばと、おぼろげな姿に目の前の矢崎が重なる。だが、驚きはただその場の驚きでしかなかった。実感はない。遠くでまだ銃声が響いていた。

――考エル時間ヲ下サイ。

――そうだね。まず話をしよう。君のお父さんやお兄さん、亡くなったお母さんの話を。今の日本の話を。

――ハイ。近イウチニ。

最初は躊躇しかなかったが、さすがに日本人に接すると自分が日本人であることを思い知らされた。言葉は一ヶ月もしないうちに元通りになった。純也はプノンペンにいる矢崎を訪ね、矢崎も部隊内の純也を訪問した。

さらに一ヶ月が過ぎ、矢崎を含む第一次派遣施設大隊がシハヌークヴィル港を離れる日、純也は矢崎の前に立った。

――なんか、みんなに置いていかれました。

本当はまだ決めかねていたが、背中を押された感じだった。

この朝、純也が目覚めるとダニエルのチームは誰もいなかった。もしかしたら夕食に、少し睡眠薬を混ぜられたかもしれない。仲間の代わりにソファにいたのは、しわくちゃの二十米ドル札が詰め込まれたリュックサックと二通の手紙だった。一通はJボーイへ、もう一通は矢崎へと、どちらも筆跡はダニエルのものだった。

――みんな次の戦地に向かったそうです。お前は帰れと手紙には書いてありました。どこにいても戦いは同じだとも。どこにいても仲間だとも。

うなずく矢崎に、純也は残る一通の手紙を差し出した。読み進むうちに、矢崎の口元に笑みが浮かんだ。

――純也君。ダニエル・ガロアという男は、実に気持ちのいい軍人だな。私でさえ、ややもすればついていきたくなる。

矢崎は手紙の内容を教えてくれた。

〈一日百米ドル換算の七百日分を、掛ける十三人分。これは、私のチーム全員の通訳兼サポートとして激戦地を生き抜いたJボーイの正当な報酬だ。管理は君に任せる。任せるに足る男だということを私は知っている。受け取ってくれたまえ。リュックサックにその一部を詰め込もうと思ったら、先を争ってみんなが気持ちを詰め込み、報酬は一ドルも入らなくなった。近々、適切なルートで全額を送る。もちろん円で。安全な口座番号を元先遣隊のロリーダン准将に伝えてから帰るように〉

九十一万米ドルは、日本円にして一億くらいだった。傭兵としての最低賃金は月に千米ドルだという。一流になると三万米ドル、局地短期戦になると日に二万米ドルを得る者もいるらしい。それにしても一日合計千三百米ドルは、月にすれば約四万だ。純也は一流の傭兵以上だとダニエルが認めたことにもなる。リュックサックの中身も、数えれば三千米ドルにもなった。

傭兵達の、心が染みた。

――さあ、帰ろう。純也君。日本へ。

一九九三年四月十日。

純也を乗せた輸送艦は、東京から駆けつけた父と大勢の報道陣が待ち構える呉《くれ》港に到着した。

五

「一石二鳥って言ったら婆ちゃん、化けて出るかい」

　純也は墓石に手を合わせ、はにかんだような笑みを見せた。回想に時間を費やすうちに、どこからか別の線香の煙も流れていた。無邪気に笑う子供の声も聞こえた。近くに新たな墓参客が訪れたようだった。

「家族、か。もちろん婆ちゃんは、数少ない僕の家族だよ。命日、忘れてたわけじゃないけど、あの人達と顔を合わせるのは、どうにも苦手でね」

　日本に帰った日、記者会見場で父は純也を抱き締め、むせび泣いた。

――これから、存分に甘えさせてやろうと思います。妻の代わりは出来ませんが、ひとりぼっちで生きてきたこの子の心と身体を、まず精一杯に家族の愛で、温かさで包み、癒してやりたいと思います。

　父が一九九〇年、元々の資質にバックボーンの大きさ、それらに日本中が注目したヒュリア香織の〈中東の悲劇〉も加え、在住有権者に占める得票率最多で衆議院議員になっているとは、プノンペンで矢崎に聞いて知っていた。小日向一族の面々についても船中で学んだ。家族構成について学ぶというのもおかしな話だが、それが現実にして、家族など純也にとってはそんなものだった。

だから、和臣の言葉に真実がないことは、抱き締められながらもすぐにわかった。

――傭兵ハ仲間デモ平気デ嘘ヲツク、イヤ、嘘デハナク、生キ残ルタメノ布石カナ。見抜クンダ。生キ残リタケレバ身体デ覚エナサイ。

ダニエルの教えは実戦を通して身体に染み付いている。純也の頰に落ちる和臣の涙に、温かさはなかった。

会見場を出ると案の定、和臣は態度を一変させた。

――なぜ帰った。香織の記憶と一緒に、もうお前のことなど忘却の彼方《かなた》だった。帰ったからといって、小日向の一族にもうお前の居場所などない。

GHQの政策によりキリスト教社会に慣れ親しんできた戦後日本には、アラブは遠く、馴染みが薄い。そこで五年を生きた少年は、華麗なる一族にとっては鬼子、汚点以外のなにものでもないようだった。

（なんだ。この人も、アーメッド・アッザム・サイード・エル・セラフィと変わらないのか）

半家族。

――よくもそこまで香織に似て育ったものだ。私から離れて生きろ。いや、つかず離れず生きろ。そして、私に香織を思い出させるな。

会見場より、かえって突き放した言葉の中に小日向和臣という男の真情を感じた。

写真でしか知らない世田谷の生家に帰ると、小日向の祖父母や兄をはじめ伯父伯母、母方の祖父であろうトルコ人とその老妻までが勢揃いだった。

誰の顔にも笑顔はなかった。多くは氷以上に冷ややかだ。敵意もあったか。わずかに、ファジル・カマルは純也に関心すら寄せることなく小日向の男達の顔色を窺《うかが》い、二人の祖母は唇を震わせて泣き、祖父小日向大蔵は、値踏みするような強い眼光を真正面からひた当てていた。肉親の情愛など感じるわけもないが、特にこの大蔵の眼光は無関心や敵意とはほど遠いものだった。

――年齢も階級もなにも関係ない。人は持ってるものの価値で決まる。

ダニエルの言葉を思い出す。祖父は見極めようとしているのかもしれない。

(なるほどね。戦いか。そうだね、ダニエル。たしかに戦いだ。いろんな意味でね)

純也の孤独な戦いは、戦場を日本に移して始まった。味方は矢崎に小日向、芦名《あしな》の両祖母、それと小日向の本流から外れた従兄《いとこ》の何人かだけだった。大蔵は超然として高みから眺め、離れることはないがまた、近寄ってくることもなかった。

二〇〇〇年、純也が横浜の精華インターナショナルスクールで寮生活を送る十八歳の年。KOBIX(旧小日向重化学工業)を日本有数の複合企業に育て上げた一代の傑物、その大蔵が逝去した。雪の降る十二月だった。築地本願寺で営まれた大法要に呼ばれもせず、そぼ降る雪の門前でひとり、純也は祖父を見送った。

このとき、両側から差し掛けられる傘があった。ふたりの祖母だった。すぐに芦名春子《はるこ》は傘を引いた。夫を失った妻の立場を慮《おもんぱか》ったのだろう。ＫＯＢＩＸの社葬も兼ねる式の喪主は、大蔵の妻である佳枝ではなく長男の良一《りょういち》だった。

――ごめんねぇ。こんな大きなお式だと、私の出る幕なんかなくてねぇ。ちゃんと、純ちゃんにも連絡してって頼んだんだけどねぇ。

頭や肩の雪を払いつつ詫《わ》びる佳枝に、純也はいつものはにかんだ笑みを見せた。

――平気だよ。こんなのには慣れてるから。

――でもホント、癪《しゃく》よねぇ。

佳枝は純也に笑い返した。

――だから純ちゃん。見ててご覧なさい。いつか、お婆ちゃんが純ちゃんにいい物をあげる。

――え。僕は別になにもいらないよ。

――いいえ。あげる。貰《もら》って欲しいの。これはお爺《じい》さんも納得のことよ。あら、お爺さんが言い出したんだったかしら。ふふっ。でも大したものじゃないわよ。ただのお守り。純ちゃんを、こんなふうにないがしろにさせないためのね。

なんだか知らないけどとうなずけば、こんなところに用はないわ、お爺さんもいるんだかいないんだかと笑って佳枝は純也の腕を取った。

この佳枝は二〇〇八年、眠るように死して爆弾のような遺言状を残した。小日向家の一同にとってはまさに驚天動地だったろう。

財産目録には細かな区分けがなされ分配は孫にまで及び、誰からも異論のない配慮の行き届いた遺言だった。ただ、小日向家の主体であるKOBIXの持ち株に関しては、三分の一を長男良一へとあり、次の三分の一を三男和臣にとあった。次男憲次《けんじ》は、本人が会長を務めるKOBIX建設株が別項で全て憲次へとあるからKOBIX本体の相続はないが、妥当なところだろう。残る三分の一は四等分され、一を良一長男・良隆《よしたか》、一を和臣長男・和也《かずや》とあり、問題は残る二の行方だった。

〈和臣次男、純也へ〉

――馬鹿な！

良一以下、男三兄弟は声を揃えたらしい。顧問弁護士にみなで詰め寄るが、佳枝様のご希望であり大蔵様も生前からご存じであり、遺言状は非の打ち所のない物なのでと、弁護士は額《ひたい》から流れる汗を拭くばかりだったという。

良一と良隆、和臣と和也は当然のように親子で簡単にペアになる。必然的に、純也の持ち株がどちらに流れるかで、KOBIX個人筆頭株主が決まるのだ。

――婆ちゃん、これがお守りかい。なんか、爆弾のような気もするなぁ。

良一本人と和臣の代理人、双方からの打診攻撃にはさすがの純也も困惑は隠せなかったが、和臣の代理人を前にして何度目かでふとした閃きがあった。

――相続のために多少は市場に流しますが、残りに関しては委任状を書いてもいい。なに、ちょっとした無理を聞いてもらえればですけど。大したことじゃないですよ。あの人にとっては。

純也から条件を聞いた代理人は、その場で和臣に電話をかけた。

なんでもいい、書かせろと和臣は即答だった。

これが、警視庁に公安部公安総務課庶務係分室、通称J分室が設立された経緯だ。


「今となってはね。婆ちゃん。助かったよ。お陰でいい仲間と、雨露が凌《しの》げる小屋が出来た」

鳥居《とりい》と犬塚《いぬづか》と猿丸《さるまる》の三人も一度墓参させるかとも純也は考え、一人笑った。

どれほどたたずんだか。手向《たむ》けた線香の煙が消えようとする頃だった。マナーモードの携帯が振動した。知らない番号だった。出ると切れた。間を置くことなく再度掛かってくるが、出るとまた切れた。

「へえ。珍しいこともあるもんだ」

純也は携帯を手の内でもてあそびながら呟いた。

それは、符丁《ふちょう》のようなものだった。思い出していた矢先のダニエル・ガロアから、直接の電話に間違いない。番号は毎回違うが、二度出て三度目に出ることなく、切れて後リダイアルで掛け直す。すると受話器からダニエル・ガロアの、いつも変わらない陽気なフランス語が聞こえた。

「ヤア、Jボーイ。調子ハドウダイ」

「悪クハナイヨ。ソッチハ？」

「アマリヨクナイ。ヒト滑リシタクテ、ツェルマットノコテージニ入ッタ途端、風邪ヲヒイテネ。マダ滑レナイ。マッターホルンノ景色ハ雄大ダガネ」

ツェルマットはスイス、マッターホルンの麓《ふもと》にあるスキーリゾートだ。標高が高く一年を通してウィンタースポーツを楽しむことが出来る。

「ソレハゴ愁傷様。モウ若クナイカラネ。ソレデ、ナンノ用カナ」

「ナンダイ。感動ガ薄イネ。私ノ記憶デハ、コチラカラ電話ヲ掛ケルノハ三年ト五ヶ月振リニナルハズダヨ。モウ少シ、チャント相手ヲシテクレテモイインジャナイカナ」

「ヘエ。ソウダッタカナ」

「君カラモ、頼ミ事ノトキシカ連絡ヲ寄越サナイトイウノハツマラナイネ。フッフッ。タマニハ恋愛ノ相談デモドウダイ。ソレナラ、二十四時間受ケ付ケルヨ」

「ハッハッ。ソレハ絶対ニナイイネ」

「ツレナイネ。ダガ、マアイイ。連絡シタノハネ――」

カナダのケベックとドイツのザクセンに送った長内修三《おさないしゅうぞう》らの移住が滞りなく終わったと、ダニエル・ガロアは言った。在日二世の修三と老いた北朝鮮工作員達。彼らに新たな人生を整えるのが、〈カフェ・天敬会事件〉における、夕佳の願いに対する純也なりの答えだった。

「最初ハ、ナニカニ怯《おび》エル感ジダッタヨウダガ、サスガニ元々ハ鍛エラレタ対日本用工作員ダネ。適応ハトテモ早カッタ。今デハミナ第二ノ人生ヲ謳歌《おうか》シ始メタヨウダ。三ヶ月トイウ猶予期間ハ、ドウヤラモウ必要ナイラシイ。各エージェントカラ、手ヲ引イテモ問題ナシダト連絡ガアッタ」

「ソウ。有難ウ」

「ナンノ。Jボーイノ頼ミダ」

「ソレデ?」

「ナンダイ。ソノ疑問形ハ」

「オカシイナ、ダニエル。ソレダケカイ。ダニエルガ自ラ、ソンナコトダケデ電話シテクルトハ思エナイケド。マサカ、ソッチカラ恋愛ニツイテ相談ガアルワケジャナイヨネ」

ダニエルはさまざまな紛争に裏から関与し、世界中を動かそうとする男だ。二度目の天地創造、世界のハブと嘯《うそぶ》く。すでに各国から厳重にマークされているが、国家同士による駆け引きの隙間を器用に泳いで影も踏ませない。ダニエルはすでに、ただのフランス海軍コマンド部隊退役者ではなく、傭兵というだけでなく、〈サーティサタン〉のボスとして世界中にネットワークもシンパも持つ、他に類を見ないほどの超大物フィクサーだった。

「ハッハッ。ヤリ返サレタネ。ナカナカイイ。当タリダヨ。イヤ、ソッチニ関シテノ、チョットシタ情報ヲツカンダモノデネ」

ひとりのヒットマンが日本に入ったようだとダニエルは口調も変えず、かえって面白そうに言った。

「ヒットマン？」

「ソウ。シュポ、シュポ――ナント言ッタカナ。ソノ続キハ忘レタ。長イヤラ難シイヤラハ、ドウニモ苦手ニナッテキタ。齢《とし》カナ。君ニモ言ワレタシ」

「シュポ。へえ。ドイツ系かな」

滅多に聞く名ではないが、ドイツブンデスリーガのマインツに、シュポ・モティングというFWがいるのは純也も知っていた。２０１０－１１のシーズンには、所属するハンブルガーSVからFCケルンへの貸与移籍が合意に達していたにもかかわらず、FAXの故障で期限内に必要書類がDFL（ドイツサッカーリーグ機構）に届かず、契約破談になったという話はあまりに有名だ。

「世界ニ紛争ハ絶エナイガ、日本モ結構バタツク。悲シイコトダネ、Ｊボーイ。ダカラ君ガナナカナカ海ヲ渡ッテコナイ。私ガ風邪ヲヒイタトイウノニ」

「ナルホドネ」

わざわざダニエルが電話をかけてきたのには、やはり相応のわけがあった。

「狙イハ、僕ッテコトカナ」

「君カドウカハワカラナイ。ダカラ、チョットシタ情報ト言ッタンダ。私ノネットワークニハ常時、君ノ名前ガヒットシタ事象ハスベテ上ゲルヨウニ指示シテアッテネ。ソノ網ニ〈小日向〉、〈シュポ〉トイウワードガ引ッ掛カッタ。カナリイイ腕ノヒットマンラシイガ、私ノ知ルコトハ現状、ソレダケニシテソコマデダネ」

「依頼主ノ情報ハ？」

「ハッハッ。タトエ知ッテイテモソレハ言エナイヨ、Ｊボーイ。コレハアンダーグラウンドノ暗黙ノ了解ダ。知リタケレバＪボーイ、君自ラガ足ヲ踏ミ入レルコトダ。エモイワレヌ腐臭ト、目クルメクヨウナ星ガ瞬ク、ネットリトシタ夜ノ世界ヘ」

「久シ振リニ、オ得意ノミッションカイ？」

「ソウ。ソンナモノダネ」

幼く戦場に生きた日々、ダニエルは純也に生きるためのさまざまな課題を出した。決して必要以上のことは言わないし手も出さなかった。達成すれば抱きしめて褒めてもくれたが、失敗すればただ悲しげな顔をするだけだった。死生に関してもダニエルの反応はきっと同じだろう。生きて帰れば褒めてくれるが、死んでも悲しい顔をするだけで、きっとそれだけで終わる。

「OK。アトハコッチデ」

「健闘ヲ祈ルヨ。デ、何度モ言ウヨウダケド、私ハ風邪ヲ引イテイルンダケド」

「オ大事ニ」

純也は電話を切った。忙しくしたいわけではないが、許されない状況になってきたようだ。

「やれやれだ。勝手に動くと、またあの人に嫌味のひとつも言われるのかな」

溜息《ためいき》交じりに墓前を見る。線香の煙はすでに消え果てていた。

「母さん、婆ちゃん、夕佳。また来るよ。いつとは約束できないけど」

白バラの花びらが、あるかなきかの風に舞い上がった。

第二章　発端

一

同日午前十時四十五分過ぎ。陸上自衛隊朝霞駐屯地には、第一礼服に身を包んだ小日向和臣の姿があった。

タカ派を自認する和臣にとってこの観閲式は毎年、まず外すことのできないイベントといえた。内閣総理大臣のスケジュールとして、すでに年初からオープンになっている。純也が墓参を設定したのは、この和臣のスケジュールを把握していたからだ。海外渡航の日程以外で言えば、年に何回もない、親子が絶対に出会うことのない一日だった。

駐屯地訓練場の一角に単管で組まれ、腰周りに紅白幕を巡らされた観閲台には、防衛大臣と防衛政務官、事務次官に統合幕僚長や三自衛隊の幕僚長、招待された各国の武官など、そうそうたる面々が厳粛な面持ちで居並んでいた。

この時刻、和臣は内閣総理大臣訓示を滞りなく終わらせ、観閲台の中央で各部隊のパレードを眺めていた。きびきびとした一糸乱れぬ隊員達の挙動は見ていて気持ちがよかった。この面々が日本を守るのだと改めて思う。装備や備品、総合的戦力だけ見れば、自衛隊法の関係で心許《こころもと》ない気もする。しかし、行進に見る隊員らの赤心を全身に浴びれば、国を守るのも破壊するのも、最後は人だということに思いが到《いた》る。年に一度、やはり和臣にとってこの観閲式は外せない行事だった。

頼もしげに隊員達のパレードを三十分ほども眺めた頃、中肉中背にしてやけに姿勢がいい自衛隊幹部が観閲台に上がってきた。司令官として紅白幕の前に陣取り、セレモニー全体に睨みを利かせていた男だ。特に会いたい男ではないが、職務上、会うときは数度顔を合わせる年もある。思えばこのところは機会がなかった。

和臣と目が合うと、男は目礼とともに寄って来た。

「ご無沙汰しております。海自の観艦式以来となりますか」

バリトンの声が響く。高い鼻、角張った顎、細いが鋭い目、ハッキリした眉、白髪一本ないオールバック、そして肩に三つの桜星。

男はカタール以来の顔見知りである、中部方面隊第十師団師団長の矢崎啓介陸将だった。

「そうだな。まあ、久し振りだからといって、君が私を気にするとも思えんが」

「恐縮です」

和臣と矢崎はともにカタールでテロに巻き込まれ、かつ生き延びた二人の邦人だった。ではあれ、関係は互いにどこかよそよそしい。カタールでのテロがすべてを変えた。それまでは野心家の外交官と寡黙な防衛官だった。以降は、妻と子をテロで同時に失った一等書記官と、テロから大使館員とその家族を守れなかった駐在武官。関係の根本はそのときから、今も変わっていない。

「座ったらどうだね」

防衛大臣が打ち合わせで席を外し、隣が空いていた。和臣が目で示せば、慇懃《いんぎん》に一礼して矢崎は腰を下ろした。

「あいつとは相変わらず昵懇《じっこん》なのか」

矢崎を見ることなく、和臣は柔和な顔で正面に手を振りながら言った。パレードは化学防護部隊の除染車から、89式戦闘装甲車に移るところだった。

「昔ほどではありませんが、後見を他人に譲るつもりはありませんので」

矢崎も前を向き、和臣を見ない。

「ご苦労なことだ。私も礼を言ったほうがいいのか」

「結構です。実の息子を名で呼ばずあいつ呼ばわりする方の礼など、受けるに値するものとは思われませんので」

自国の総理大臣、つまりは自ら属する隊の最高司令官を前にしても物怖《ものお》じしない。矢崎啓介とは、そういう男だった。

二

「先生、凄《すご》いです。純也君は本当に凄い」

純也が帰った年、十一歳の少年につけた和臣の私設秘書は電話口で興奮気味にそう言った。W大の教育学部を出た男だった。長男の和也も小学校時代は見させた。それなりに優秀な男だ。森田慶介《もりたけいすけ》という男だった。

〈悲劇のヒロイン、芦名ヒュリア香織の次男純也君、奇跡の帰還〉

この年の報道は異常なほど純也のことで過熱した。いずれは外に出すつもりで一旦引き取った世田谷の本宅は、わかっていても我慢が出来ず、すぐに全員が悲鳴を上げた。昼夜を問わず、周囲を取り巻く報道陣があまりにも多かった。

特にこの年は、長男和也にとっては高校進学を控えた大事な年だった。そのまま世田谷に純也を置くことはできなかった。森田の電話は、蓼科《たてしな》の別荘からだった。

「なにがだ」

「国語と社会にはやはり難はありますが、算数はとっくに数学と言っていいレベルで、同じように理科も初めからもう物理や化学のレベルです。語学は英語、アラビア語、フランス語、トルコ語に堪能で、ロシア語や韓国語、中国語はいくつかの地域の言葉を解するようです」

さすがに和臣も唸《うな》るしかなかった。密かに呼んだ矢崎一等陸佐への詰問に、矢崎は一貫して五年の間、純也はフランス軍人の庇護《ひご》下だったと説明した。記憶喪失でもあったという。その軍人、ダニエル・ガロアは極めて優秀な海軍士官であったらしい。疑うわけではないが外務省筋から調べた。嘘はなかった。純也はその薫陶を受けたものと推測できた。

「ただ、先生」

森田は言いよどんだ。

「なんだ」

「重火器や爆薬、兵器などについての知識も相当なようで。語学もそうですが、こちらも私には見当もつかないレベルでして」

「なるほど。要らない知恵もつけられたということか」

戦地にいて軍人の庇護を受ければ当然かもしれないが、日本の、華麗と言っても過言ではない小日向の一族には必要ない。和臣は詰問の去り際に、矢崎と交わした会話を思い出した。

――議員。お捨てになりますか。

――なにを。

――純也君を。

――ふん。捨てられるものならそうしたいが、この一連の流れは許さないだろうな。私はマスコミを軽んじはしない。

矢崎はかすかにうなずいた。

――ならば結構です。

発見の一報から記者会見場まで、セッティングは陸自だ。もしかしたら矢崎がすべてを仕組んだのかも知れない。駐在武官の頃は愚直な男という印象だったが、それでも防衛大を優秀な成績で出ているのだ。

――今後とも純也君に会ってもよろしいですか。

――なんのために。

――PTSD、ないとは言えません。

――あるのか。

――ないとは言えないと申し上げました。時間をかけて見定めるしかないでしょう。

――貴様ならわかると。

――戦場に居りました。少なくとも、議員の私設秘書よりは。

かりにも防衛大だ。舵取《かじと》りを間違えなければ成果は出すだろう。使いこなせるかどうかは、和臣自身の手腕による。これもシビリアンコントロールか。

──好きにしろ。ただし、報告は定期的に上げるように。

──承知しました。

それから本当に、蓼科まで行っては定期的に会っているようだ。

「森田。なら特に国語と社会を。いや、日本の同じ世代の生活と習慣を重点的にだ。この国には戦争などないことを嫌というほど叩《たた》き込め。まかり間違ってもそんなことで、私と小日向の家に傷をつけぬよう」

そうしてほとぼりが冷めたら香織の父ファジル・カマルに預け、私立のミッションスクールにでも通わせるのが段取りだった。万が一にも使いものにならないようであれば、カマルの母国であるトルコにでも留学させると、カマルには伝えてあった。ＫＯＢＩＸ建設と関連の深いカマルに否応を選べる余地はない。

だがこの半年後、森田からの電話によって純也のトルコ行きは霧散する。

「仕上がったのか」

「はい。学問も生活態度も、なにも問題はありません。国語や社会も高校生のレベルにまでなりました。血筋は争えないといいますか、さすがに先生のご子息です」

「余計なことはいい。なら、お前の目から見てどうだ」

「どう、とは」

「和也の同じ頃と純也を比べてだ」

うか」

「同じ頃の和也君。——ではその、忌憚《きたん》のないところを述べさせて頂いてよろしいでしょうか」

「構わん」

「純也君の方が遥かに上でしょう。齢に関係なく、今時点の二人を比べても」

「そうか」

実は拾い物かもしれないという欲が、和臣の中で頭をもたげた瞬間だった。

だが、年移って一九九九年。純也が精華インターナショナルスクール高等部二年の年だった。

和臣自身は得票率最多を続け、衆議院議員も三期目に入っていた。党の人気取りも託され、見返りとして三期目ながら建設政務次官にも抜擢《ばってき》された。次兄憲次の妻、美登里《みどり》の兄である三田聡《みたさとし》も五期目の当選を果たし、自治大臣兼国家公安委員会委員長になっていた。

このときまで、すべては順調だった。

純也は中等部入学からこの年まで、成績は常にトップだった。和臣は純也に、長男和也が断念したハーバード大学も夢ではないなら、MBAでも取らせてKOBIX本社に送り込み、あわよくば兄良一とその子良隆を蹴落とし、すべてを握るかなどと夢想もした。

その矢先だった。

「和臣君。ちょっといいかね」

翌年の総選挙に向けての党大会のあと、三田聡から議員会館の事務所に呼ばれたのは六月、入梅の頃だった。三田が猫撫《ねこな》で声で和臣君と呼ぶときは、よほどの重大案件か銀座の後始末と相場は決まっていた。高をくっていると、秘書らが退出するのと入れ替わりに二人の男が入ってきた。一人は警察庁長官の吉田堅剛《よしだけんごう》と知るが、もう一人はわからなかった。

「警備局長の国枝五郎《くにえだごろう》と申します」

国枝は自身でそう名乗った。

「和臣君。まずはこれを読んでみたまえ」

三田が投げて寄越したのは、表紙になにも書いていない一冊のファイルだった。後に警視庁公安部外事特別捜査隊の鳥居、犬塚、猿丸の三人も読むことになるファイルだ。

「なんだ。傭兵？」

読み進めるうちに和臣の目が次第に驚愕《きょうがく》、いや恐怖に見開かれた。

「馬鹿なっ！」

ファイルは〈国家重要警戒人物　ダニエル・ガロアについて〉で始まり、〈付記・小日向純也について〉に移った。

「ベドウィンに拾われただとっ。湾岸戦争だとっ。フランス傭兵部隊と行動を共にだとっ。銃撃戦だと！」

和臣はファイルをテーブルに叩きつけた。ファイルは和臣だけでなく、ＫＯＢＩＸという世界的複合企業の株価にさえ影響を与えかねない爆弾だった。

「有り得ん。これはなんの三文芝居だっ！」

「だからこそ精査に精査を重ねた、議員、これは事実です。外に出すには内容があまりにはばかられたので、三田委員長にご相談申し上げました」

国枝の声は硬く重かった。

「これからは申し訳ありませんが、ご子息には四六時中の行確《こうかく》、つまり、見張りの人員が付くことになります。三田委員長のような警視庁警備部のＳＰではありません。その、外事特別捜査隊から三人ほど」

「外事っ。……公安か」

和臣はソファに崩れた。ハーバード大学どころではない。こうなるともう、国外に出すことさえはばかられた。トルコなど中東はもってのほかだ。

「だが和臣君。これは極秘任務だ。そのために吉田君も私のところに自ら持ち上げてきたのだ。私が委員長のときでよかった。なに、君の経歴には傷ひとつつかんよ。安心したまえ。君を失うことは私にとっても日本にとっても、大いなる損失だ」

和臣は顔を上げた。三田は笑っていた。

「私のところでこの話は終わりだ。握り潰《つぶ》す。なあ、吉田君」

「はい。委員長のご決断であれば」

しかし、という和臣の言葉は先回りした三田の掌《てのひら》で制された。

「内々でな。私は政調会長を打診されておる。次で君も四期目だ。総理には私の方から君を自治大臣、国家公安委員長にと推薦しておくよ。少し早い気もするが、君は国民に絶大な人気があるからな。どこからも文句は出ないだろう」

三田にとって大いなる損失は和臣ではなく、ＫＯＢＩＸの資金だろう。底が見える分、裏はないに違いない。国家公安委員長などに興味はなかったが、警察庁以下の警察組織に睨みを利かせるには致し方ないか。自治大臣の名など、ただの付属物だ。

「有難う、ございます」

この二日後、和臣は守山から出てくる予定の矢崎を自宅に呼んだ。

矢崎はすでに陸将補に昇任し、中部方面隊第十師団副師団長に任命されていた。

「コモロ・イスラムクーデタにおける、ダニエル・ガロアの件ですか」

訪れるなり茶の一杯も待つことなく、書斎に立ったまま先に切り出したのは矢崎だった。もっとも、和臣も矢崎になにも出すつもりはなかった。

「なんだ。なぜ知っているっ」

和臣の語調は荒いが、

「陸自にも耳目はありますので」

矢崎は平然としたものだった。

「ならば話は簡単だ。なぜダニエル・ガロアが傭兵だということを、あいつが戦争に関わっていたことを、黙っていた！」

「言えるような話でも環境でもありませんでしたので」

「当たり前だっ。貴様、私になんの恨みがある。そんな爆弾を、なんで連れ帰ったっ」

直立不動で、矢崎は和臣を静かに見た。いつまで経《た》っても忘れ得ない、本当に静かな目だった。

「私は、貴方しか守れませんでした。奥様も純也君も守れなかった。悔やんでも悔やみきれることではありませんでした。これは駐在武官として、いえ、自衛官として、重いことです」

淡々とした口調だが、事実と真情を前にしては和臣も黙るしかなかった。

たしかに矢崎は身を挺《てい》してくれた。爆弾の破片は矢崎を襲ったはずだ。和臣は無傷だった。首都ドーハに戻ってからの矢崎は、暗い目をしてより一層に寡黙だった。その後、漏れ聞く話ではまとまった休みを申請しては、たとえ現地滞在一日でもカタールやサウジアラビアに出かけていたらしい。ために今でも良縁の機会もなく独身だとか、ヒュリア香織に懸想して忘れられないのだとかは、下世話な陸自雀《すずめ》の噂として和臣も知っていた。

「救えなかった少年。捜し求めて止《や》まなかった少年に、あろうことか私は命を救われました。私が取るべき道は、誰になにを言われようと、ひと筋に決まっております」

「守るということか」

矢崎はうなずいた。

「守られたと言ったな。戦闘があったのだろう。あいつはなにをした」

「お聞きになりますか？　本当に」

矢崎の声が一気に冷える。

「一時の感情でないのなら、私もそれ相応の覚悟を持ってお話ししますが」

「……いや、いい」

和臣は手を振った。これ以上の話は、前に進まないだろう。和臣の未来を停滞させるか、押し戻していくだけに違いない。

「これからあいつには公安が三人つく。いや、もうついているかもしれない」

「ほう。さすがに素早い」

「この先のあいつの人生はもう雁字搦《がんじがら》めだ。なにせ、公安外事だからな。と、言ったところでどうせ、これからもあいつの周りを彷徨《うろつ》くのだろう。貴様も、自分自身の身辺には充分に気をつけることだ。陸将補、第十師団副師団長。輝かしい経歴に、傷がつくことになる」

和臣にすればせめてもの皮肉、のつもりだった。

「肝に銘じまして」

答えて踵《きびす》を返し、去り際、矢崎は制帽を被《かぶ》りながら一度振り返った。

「ですが失礼ながら、議員は舐《な》めておられる。警察庁も、警視庁も」

「なにをだ」

「戦場に生き、生き抜いてきた人間というものをですよ。――おやりになればいい。やってみればわかります。きっと、嫌というほどに」

このとき、たしかに矢崎は笑った。

不遜、と思う和臣の感情が発露することはなかった。この男とは反りが合うことはない、ということが再認識されただけだった。

それにしても、この後さほどの月日を経ることなく、矢崎の言葉が現実であることを和臣は思い知らされることになる。

高校生一人対警視庁公安部外事特別捜査隊三人の戦いは、矢崎の予言通り、公安外事三人の完全なる敗北だった。

三

（そう。昔から、矢崎という男の不遜不敵なところは変わらない。謹厳実直にして、ふっ

ふっ、文官と武官以上に、私と反りが合わないところも変わらない)

気がつけば大空に爆音があった。中央観閲式のラストを飾る、陸自航空機による大編隊飛行だった。

「さて、矢崎師団長。次に会うのは、早くてまた一年後かな」

「そうですな。最低でもそのくらいを願っておきましょうか」

「ふっ。嫌われたものだ」

「そうではありません。今のところ、あなたとお会いするとしたら彼のこと。理由がそれしか思いつきませんので。何事もなく平穏に流れ過ぎる時間を願っているだけです」

「それはこちらも同感だ。最後に意見が合ったな」

近くで統合幕僚長が立ち上がった。

「ええ。では、総理。そろそろ、お時間でございますので」

「わかった」

和臣は立ち上がった。作った笑顔を四方に振り撒《ま》きながら手を上げ、観閲台の左側、幕外に階段のある方に歩き出す。SPも和臣に合わせるように一斉に動き始めた。

そのとき、紅白幕が揺らいで階段から観閲台に姿を現す男があった。痩せぎすで背も低いが、鷹のような目をした男だった。和臣は以前、どこかで見たことがある気がした。

(さて)

記憶を辿る思考は一瞬で止まった。男の後ろから現れたブロンドの外国人女性に目を奪われたからだ。和臣だけでなく、女性の容姿はおそらく、観閲台にいる誰しもの目を奪ったにちがいない。それほどの美貌であり、スタイルだった。

誰もが立ち止まる中を二人だけが進み、まず男が和臣に近づいた。SPがなにもしないことは訝しかった。まさかSPまでが女性に見惚《みと》れるとは考えにくい。それどころか、挨拶だろうか。男が片手を上げると軽い目礼を返す者までいた。

それで思い出した。

（ああ。千葉の県警本部長だったか）

今はたしか――。

「総理。警視庁の長島と申します」

長島は和臣の前に来ると慇懃に腰を折った。女性は控えるように二メートルほど後ろで歩みを止めた。

「そうか。君は千葉県警から、警視庁の公安部長に異動したんだったな」

「これは、恐れ入ります。ご記憶頂いておりましたか」

長島は恐縮したが、和臣が覚えているのは長島の名ではなく職歴の方だった。警視庁公安部長職は変わるたびに、それとなく気していている。なんといっても純也の上司にして、警察庁長官だった吉田堅剛自筆の〈Jファイル〉を引き継ぐ男なのだ。

「堅苦しい挨拶も登場も場違いだな。警視庁の公安部長がなぜここに」

「それは」

長島が顔を動かし、背後に控えるブロンドの女性を気にする素振りを見せた。

言葉はわからなくとも、肌で感じるものは万国共通だったろう。

「アア。小日向総理。長島ニハ、私ガエスコートヲオ願イシタノデス」

女性の口から出たのは英語だった。和臣も英語には堪能だ。アラビア語も出来る。かつては外交官だった。女性の英語は、滑らかだが少し発音がハッキリしすぎる気がした。母国語ではないからだろう。ヨーロッパ、ドイツ辺りかと当たりをつけた。

「エレナ・フォン・キルヒバッハト申シマス。小日向総理、オ会イデキテ光栄デスワ」

エレナは、咲く花のような笑顔で前に出てきた。

「キルヒバッハ。ドイツノ人カナ」

「エエ。ソウデス」

手を差し伸べながら、ローヒールの靴音を響かせる。

「駐在武官トシテ着任予定――」

ふと、ブルーアイズの視線が和臣の右肩口から外に流れた。和臣がなにかを考える暇はなかった。握手の手を迎える動作も止まらない。そのままだ。

いきなり白い手が踊り、エレナの体勢が崩れた。簡素に組まれたコンパネの床に足を取られたようだった。身体のすべてを預けるかのようにして和臣の胸に飛び込む。

「おっ」

エレナを抱き止めながら、押されるようにして和臣はバランスを崩した。鼻腔《びこう》にジャスミンが強く香り、顔に柔らかなブロンドがかかった。ジャスミンはエレナによく似合う香りだったが、堪能する余裕は和臣にはなかった。

倒れ込む途中、和臣の右耳はたしかに、大気を裂くかすかな異音を捉えた。肌が粟立つほどの近くだった。

背にコンパネの衝撃はあったが、痛みもエレナの重さも感じなかった。まず目が、異音の行方を捜していた。

「ぐっ！」

スーツの胸に小さな黒点を穿《うが》ち、和臣の視界の中でゆっくりと膝を突いたのは、警視庁の長島だった。

「総理っ！」

SPの何人かが長島を飛び越えるようにして和臣に寄せた。和臣は立ち上がろうとしたが、すぐには無理だった。エレナが和臣の肩を上から押えていた。思ったより強い力だった。

ブロンドの髪を揺らし、身体を預けるようにしてエレナが和臣の耳元に唇を寄せ、囁《ささや》いた。

「ジュンヤ・コヒナタ――受ケ入レル用意――ＢＰＯＬ」

急ぎ要件だけ告げる早口な英語だった。虚を突かれたに等しい和臣の耳に、全体は流れたがいくつかの単語だけは残った。

だが、聞き返すことは出来なかった。

「オウ。アクシデン。長島ガ」

ＳＰに取り囲まれる前に、和臣から離れてエレナは立ち上がった。

ブロンドの髪を掻《か》き上げ、流れに逆行するように長島に駆け寄る。

改めてＳＰに抱き起こされ、騒然とする観閲台を移動しながら和臣は確認した。

矢崎に抱えられた長島は、目を閉じて身動《みじろ》ぎひとつしなかった。

四

二日後の朝霞は曇天の下に埋もれていた。今にも泣き出しそうな空模様だ。その分、風はなかった。無風に近い。

この日純也は、スーツに借り物のヘルメットと、同じく借り物の安全帯を付け、二十メートル以上の空中にいた。

「ほぉい。もうすぐマンションの屋上を越えまぁす。こっちもそろそろ最大っすよ。ガクンときますから」

高所作業のハイライダーの操作をする資格作業員が純也に声をかけた。赤いつなぎの陽気な青年だ。胸に、宍戸鉄司《ししどてつじ》という黄色い縫い取りがあった。頭が大きいのか。乗せるようなヘルメットと薄い眉毛が特徴的な青年だった。

「OK。――おっと」

答えると同時に、宍戸が言った通りの衝撃が純也達二人が乗るハイライダーの籠《かご》、バケットに来た。思わず手摺《てす》りにつかまれば、純也とバケットをつないだ安全帯のフックが雑な音を立てた。

「ねえ。もう少しだけ早めに言ってくれると有り難いんだけど」

「へへっ。すいません。免許取ってまだ間がないもんで」

宍戸は㈱アウト・レントのロゴが入ったヘルメットを揺すった。

「頼むよ。って言ってももう遅いか」

「そうっすね」

純也はヘルメットの庇《ひさし》を上げ、ハイライダーの上から遥か彼方の朝霞駐屯地内を眺めた。

狙撃ポイントは、翌日には埼玉県警の集中捜査で判明していた。朝霞駐屯地から約千百メートルほど離れた場所で作業していたハイライダー上、二十七メートルの高さからだった。科捜研の夜を徹した精査によって、銃弾もすでに判明していた。7・62ミリNAT

O弾だった。ライフルマークは精査中だが、この銃弾を打ち出せる銃は限られている。警視庁管内で起きた三件の狙撃事件に引き続くものとして、以降の捜査は埼玉県警から警視庁が引き取っていた。

セレモニーも総理退場間際だったこともあり、その場ですぐ立ち上がって場内に手を振りながら退席した和臣の様子は、招かれた隊員の家族を含む一般の多くには、小日向総理が外人の女性に抱きつかれて倒れた、としか映らなかった。

一連の出来事は極秘扱いとなり、当然報道もされなかった。公安部が引き取ったのはテロと断定されたこともあるが、狙いが小日向総理大臣か長島警視庁公安部長かが判然としない現状においては、なにより狙撃された本人、長島の強い意向が優先された。長島は致命傷を免れ、現在は中野にある東京警察病院に入院し加療中だった。

純也は地上二十七メートルの高みで、ライフルを構える姿勢を取ってみた。駐屯地内でそのまま現場保存されている観閲台は当然、紅白幕の色分けも曖昧なほどの距離だった。狙いをつけるとしたら米粒以下だ。

「なるほど。思っていた以上に揺れる」

風のないこの日でさえ、ハイライダーの上は静止状態でも大きく揺れた。二日前なら風速三メートル。そんな秋風が朝霞の駐屯地には吹いていた。

「なかなか侮れない。いい腕だ」

宍戸が怪訝《けげん》な目を純也に向けた。

「えっ。いい腕っすか。そうかなぁ」

純也は構えを解き、宍戸に顔を振り向けた。

「君じゃない」

「あ。そうっすよね」

ペロッと舌を出す。如才ない受け答えは軽妙だった。きっと客先には受けがいいだろう。

ハイライダー操作の腕の方は別としても。

埼玉県警の迅速な調べによって狙撃犯が使用したハイライダーは、川口に本社がある㈱アウト・レントから借り出されたものということも判明していた。今まさに純也が乗る車種と同一のものだ。借主は地場の、㈱サンク電業という電設屋だ。

陸上自衛隊観閲式には内閣総理大臣も臨席するとは周知のことだ。狙撃当日は警官が物々しい態勢で巡邏していたが、前もって正規の道路使用許可申請も通してあったようで、誰もが通常の作業だと思っていたらしい。止まっていたのは大手チェーンのスーパーと、新築の高層マンションの間を通る市道だった。

当日はスーパー側もマンション側も、どちらも自分のところの工事ではないと思っていたらしい。その隙を実に上手くついた格好だ。スーパー側は二週間ほど前、同じ場所ですでに敷地際に建つポール看板の蛍光灯交換を終えたばかりだった。

アウト・レントはネット予約で契約カードさえあれば、東京・埼玉各地に設けた無人のモータープールから車両を借り出せるシステムだった。警察への道路使用許可申請も、使用期間と作業目的さえネット予約時に記入すればアウト・レントが代行する。そのためには諸々《もろもろ》の規約に基づいた法人契約カードが必要だが、逆に言えば、契約カードを持ってさえいればすべてはノーチェックだった。

サンク電業の社長、松本岳士《まつもとたけし》に拠《よ》れば、カードは十日ほど前に紛失したものらしい。社員は十名足らずだが常時外注を動かし、常に四、五人体制でいくつも現場を抱える電設屋に、カードは五枚発行されていた。誰がいつ使用するかは特に管理されていなかった。警察が向かって初めて紛失に気がついたようだ。誰かが盗み、ネット上から予約して当日の犯行に及んだということで間違いないだろう。狙撃ポイントという点では揺れるハイライダーの上よりマンションの屋上の方が遥かに確実だが、二ヶ月前に入居を開始したばかりのマンションは、オートロックやセキュリティシステムが当然最新だった。それでもプロなら入ることは可能だろうが、限られた時間を最大限に利用するという意味では、自由度は低かった。

サンク電業の事務所には、防犯カメラはついていなかった。というのも昼夜を問わず、日勤夜勤の作業員が常に出入りをするからだ。だから現金や貴重品は置いてませんと言われれば、無用心というのもたしかにおかしな話だった。

「下見に来て、スーパーの作業を見てたのかな。狙いも悪くない」

目撃者談によっても、カラーコーンやトラバーで車両をきちんと囲み、誰も不審に思わなかったようだ。もちろんこれらもアウト・レントの備品で、安全対策用具一式という項目をクリックすれば必要と思われる分だけハイライダーに積んだ状態で提供される。宍戸本人は別としても、アウト・レントは実に細やかな日本的サービスの行き届いた会社だった。

ハイライダーを操作していたのが小柄な作業員だったという印象を持つ目撃者は何人かいたが、作業服に手袋、アクリルの防護面が付いたヘルメットの姿で手際よく作業に入り、顔を見た者、声を聞いた者は誰もいなかった。巡邏の警官もチェックはしたらしいが、通り一遍のチェック止まりだ。作業車の運転席側のフロントに正式な道路使用許可証があれば、作業の手を止めさせてまで文句を言う筋合いは警察にもない。

作業半径三十一メートルのハイライダーはブームを目一杯伸ばすと八階建てマンションの屋上、すなわち二十七メートルの高みに上った。同じ位置に据え付けたバケットから顔を出せば、マンションの屋上パラペットの一部に、真新しい傷が見て取れた。そこにバケットの底を擦《こす》り付けて固定させたのかもしれない。

「ふうん。後で斉藤《さいとう》に教えて、鑑識でも呼ばせるかな」

斉藤とは本庁捜一、第二強行犯捜査第一係の斉藤誠《まこと》警部補のことだ。一件の捜査を担当するのはこの捜一第二強行犯捜査第一係とおそらく、部長が撃たれたことに憤る公安部、なかでも外事第三課だった。

ということになれば当然、警視庁公安部公安総務課に勤務する純也と、鳥居《とりい》洋輔《ようすけ》警部、犬塚《いぬづか》健二《けんじ》警部補、猿丸俊彦《さるまるとしひこ》警部補からなる部署にもお呼びが掛かるかと思いきや、そんな話はまったくない。当日純也が〈長島撃たれる〉の情報に触れたのは庁内のエス、いわゆる情報提供者として公安内部にいる外事第二課のスジからで、詳細はその一時間後に斉藤からのメールで知った。純也の部署は正確には、公安部公安総務課庶務係分室、通称J分室というどん詰まりだからだ。

〈飼い殺せ〉

元警察庁長官吉田堅剛直筆の、代々公安部長が引き継ぐ〈Jファイル〉には内容以外にそう口伝がある。極秘のようであって、飼い殺されなければならない当の純也は、それをJ分室開設以前から知っていた。閉じ込めよう押し込めようとする父にして今の日本の権力者の考えを逆手に取り、祖母の遺産をちらつかせて立ち上げたのがJ分室だった。純也の行確に失敗して以来、行き場を失っていた元公安外事の三人も引き込んだ。居場所を得た純也は当然、籠の鳥に甘んじるつもりなど毛頭なかった。

この日も、特に誰に指示されたわけでも断ったわけでもなく、自身の自身だけが思う矜持《きょうじ》と正義に従い、職務として動いてハイライダーを借り出した。指示する者も断らなければならない者も、J分室を取り巻く警視庁の中にはいない。せめて制御しようとするのが公総課長の杉本《すぎもと》であり、管理しようとするのが部長の長島であり、全体に文句を言うのが受付の大橋恵子《おおはしけいこ》、そのくらいだ。

完全無視、存在すらしない。それが警視庁という巨大な組織の中に充満する、純也とJ分室に対する暗黙の了解だった。

だが、

——それがどうした。

純也は警察庁から警視庁公安部に出向し奉職する、れっきとした警察官だ。どこからも情報がなかろうが、動くことを差し止められていようが、撃たれたのが公安部長であろうが父にして内閣総理大臣であろうが、テロが起きたことは事実だ。それ以外は純也にとっては関係がない。警視庁公安部の理事官として人々の生活、その安寧《あんねい》を脅かす者、行為は、断じて許すわけにはいかなかった。

おい、コラと居丈高な声が上ってきた。見下ろせば赤色灯を回したパトカーがあり、制服警官が二人立っていた。マンションかスーパー、あるいは歩行者でも通報したものか。今日の今日でいきなり借り出したハイライダーだ。狙撃犯のように道路使用許可など特に申請していない。無許可だ。

「げっ。ヤベ」

宍戸が慌て、バケットが大きく揺れた。

「もういいよ。降りようか」

宍戸に声を掛けハイライダーを下げさせる。三度ほどまた手摺りにつかまらなければならない衝撃はあったが、およそ二分で純也は地上に近づいた。最後の二メートルは飛び降りた。

「貴様らっ――。は？」

仕舞いは毒気を抜かれたような声だったが、純也は頓着しない。いつものことだ。いきなりクォータであり、ヒュリア香織の容貌を濃く映す純也を見ると、大抵の人間は無遠慮にして不躾《ぶしつけ》になる。

「悪かったね」

純也ははにかんだような笑みを見せ、おもむろに警察手帳を取り出すと開いて証票を見せた。

「ああ？　なんだ？」

二人の警官は身を屈めて覗《のぞ》き込み、

「警視庁。はぁ？」

「警視？　って、おい」

互いの顔を見合わせて後、バネ仕掛けのようにいきなり背筋を伸ばした。

——し、失礼しました。

声は揃っていた。

「ああ。いいからいいから。勝手なことして迷惑掛けたのはこっちだし。さ、宍戸君。さっさと仕舞おうか」

「へへ。了解っす」

警官らの狼狽《ろうばい》振りを眺めつつ、宍戸は手際よくブームを所定の位置に収めた。アウトリガも収納し、五分でハイライダーは撤収作業を完了した。

「有難う。参考になった」

安全帯とヘルメットを宍戸に返し、手櫛《てぐし》で髪を整える純也を宍戸はまじまじと見詰めた。

「なんだい？」

「あ、いや。いい男ってのは、なにやっても絵になるなぁって。羨ましいっす」

「そうかい？　まあ、そう言ってくれる人はいるけど、それはそれで色々厄介なんだけどね」

「うわぁ。俺も言ってみたいっす」

陽気な宍戸に背を向け、近くに止めてあった自分の愛車、ＢＭＷ Ｍ６のドアノブに手をかける。ハイライダーの重いエンジン音が先にした。

「じゃあ、お先っす」

動き出したハイライダーの後ろでは、パトカーの赤色灯を回したまま、二人の警官が直立不動の姿勢をまだ崩さなかった。

五

純也はその足で朝霞駐屯地に向かった。事前に連絡は入れてある。駐車場に車を入れると、近くの自衛隊車両からゆっくりと矢崎が姿を現した。

「久しぶりだね」

「どうも」

矢崎の純也を見る目はいつも、面映《おもは》ゆいほどに穏やかだ。真っ直ぐに見るのはどうにも照れ臭く、純也はつい目を泳がせてしまう。肉親の情に近いもの、あるいは心情としてそのものか。慣れていないことを、矢崎に会うと純也は痛感する。有り難いことだがどちらかといえば、だから苦手だった。

「〈カフェ〉の一件では助かった。活躍だね」

「いえ。ああ、チーム・カフェノワールでしたっけ」

北朝鮮が絡む〈カフェ・天敬会事件〉の折り、純也は猿丸を通じて、陸自内にも関係者がいることを知らせた。結果、陸自では統合幕僚幹部の部長が炙《あぶ》り出された。矢崎の助かった、はそのことを指し、純也の言うチーム・カフェノワールは矢崎と猿丸、それに名古屋の守山駐屯地にいる陸自監察部の和知友彦《わちともひこ》が、情報共有用に組んだLINEの昭和なグループ名だった。

「こっちだ」

矢崎の案内で純也は演習場に向かった。保存されている観閲台は野晒《のざら》しのまま三日が経ち、紅白幕が薄汚れ始めていた。純也は矢崎と共に観閲台に上がった。

「どの辺ですかね」

見回しながら純也は聞いた。矢崎が進み、ある一点で立ち止まった。

「ここだ。ここで長島部長は撃たれた」

「ああ。すいません。部長じゃなくて」

「ん？　ああ、総理の立っていた場所かな。それなら――」

「いえ。そっちでもなくて」

矢崎はふむと一瞬考え、天を仰いだ。軽挙妄動の類《たぐい》は一切しない。冷静沈着は矢崎の代名詞だ。

「なら、なんだね？」

「話題の美人さんの立っていた場所。正確には、転びかけた場所」

わからぬげな表情ながら、矢崎は三歩動いた。

「ここ、だな。うむ。間違いない」

「ちょっと失礼」

場所を譲らせて純也は立ち、先ほどまでいたマンションの方に顔を向け、手庇《てびさし》を作って目を細めた。

「ふぅん。へえ」

顔を観閲台からマンション方向へと何度も動かし、純也は感嘆することしきりだ。矢崎は黙って一連を見ていた。

「狙撃者もいい腕だけど、その女性も負けず劣らずに鍛えられてる。いい腕だ。師団長、そう思いませんか」

「ん?」

矢崎もマンションの方角に目を細める。

「ここから、不審に気付いたって聞きました。それであの人に倒れこんだと。半信半疑だったとも言っていたようですが」

矢崎も戦場に立った男だ。純也の言いたいことはすぐに理解したようだ。

「――そうだな。私の部下で考えても思いつくところで五人、いや三人くらいか。純也君、君ならどうだね」

「僕ですか。ははっ。陸自の現役で三人しか思いつかないんでしょ。僕なんかとてもとても」

「謙遜かね」

「いえいえ。過信をしないだけです。もっとも、このところ必要としていなかった、という言い方も出来ますが」

「なるほど」

到底、普通に日本で暮らす人間達の会話ではない。だがこの二人なら成立する。ともに戦場を知り、爆音と銃火の中に立った男達だ。

「わかりました。有難うございます」

「もういいのかね」

「ええ。一度、この目で見ておきたかっただけですから」

純也は先に立って観閲台を降りた。

「純也君。どうだね、君の見立ては。狙われたのは総理だろうか」

純也の隣を並んで歩き、矢崎は言った。

「さて。見立てもなにも、今は皆目。ただ、あの人が狙われたと、大方はそんな方向のようです」

「ほう。根拠は」

「総理大臣と公安部長を秤《はかり》に乗せたら、総理の方が遥かに重いから。それが強引にして、最後まで絶対に譲らない根拠でしょう。上の方の人達は打たれ弱いですから」

「脆弱《ぜいじゃく》だな」

「もっとも、これは表向きの話でしょう。裏でなにを考えてるのかは知りません。まぁもっとも、表だ裏だとやってるうちにグルグルになって、どっちがどっちだかわからなくなるのは目に見えてますけど。僕にわかるのは、その程度ですね、今は」

矢崎の口から短い呼気が洩《も》れた。笑った、と純也は解釈した。

「ああ。それはそうと師団長。母の命日、まだ墓参してくれているのですか」

「ん？　ああ。彼女に対して、私が出来ることはせめてそれくらい――いや、それだけだからね」

もう充分です、とは常に思っているが言えなかった。守るべきを守れなかった。これは矢崎のアイデンティティに関わることだ。

「珍しいね。なぜ急に、お母さんの命日のことなど持ち出したのかね」

「ははっ。少々思うところがありまして。ついこの間、青山墓地に行ったんです。ちょうど部長が撃たれた日の、まさにその時間辺りに」

「ほう」

「そうだ。師団長にも教えましょう。勝手な現場検証を、立ち会い込みでお願いした労賃です」

　純也は立ち止まって手を打った。

「どうせ無骨に生きてるんでしょうから、師団長は絶対に知らないですよ」

「どうせとは好きな言葉遣いではないし、人に言われることでもないとは思うが。まあ、無骨に生きているのは間違いないが」

　矢崎も立ち止まり、わからぬげに眉間に皺《しわ》を寄せる。

「白バラです」

「白バラ？」

「そう。白いバラ」

　純也は面白そうに、いつもの笑みを矢崎に向けた。

「母の誕生花です」

　矢崎が一瞬、息を詰めた。

「実は僕もこの前、供えてきました」

「――そうか。白いバラか」

　ゆっくりと、矢崎は顔を虚空に向けた。風が起こったような気が純也にはした。矢崎から吹く熱を帯びた風、純也にとっては、遥か中東を思うような風だった。

「なによりだ。充分だ」

「知ったからには是非、命日にはお願いします」

「そうだな。白いバラ、か」

矢崎は顔を戻した。

「気高く、清しく。お母さんに相応《ふさわ》しい花だな」

そうですねと純也が答えれば、遠くから雷が聞こえてきた。

第三章　助走

一

矢崎と別れて後、純也はＭ６を都内に向けて走らせた。十五分も走らないうちに空が暗さを増した。

雷を伴う本格的な雨が降り出したのは、ちょうど純也が目的地に到着したときだった。時刻は一時半を回っていた。

「うん。今日はついてるかな」

Ｍ６を滑り込ませたのは、中野にある東京警察病院だった。目的は長島の見舞い、ということだ。

「あれ。なにか持ってきたほうがよかったかな。――ま、いいか」

一階ロビーには捜一、あるいは公安の人間が何人かいた。全員を知るわけではないが、おそらく全員を把握出来た。午後、どこでも病院のロビーは人が少ない。中でも純也を見て好奇、嫌悪、とにかく物珍しげな目で見るのは一般人だ。警視庁の輩《やから》は、まず睨んで、なにごともなかったかのように顔を背ける。そんな男達が、一階のロビーには五人いた。

純也は気にすることなくエレベータに乗った。厳重に警護されてはいるが、長島は面会謝絶ではなかった。

十階の特別室。それが長島の部屋だった。病室の前に立つ警護の男を純也は知らなかった。相手もこちらを胡散臭《うさんくさ》そうに見ていた。どうやら純也を知らないようだった。純也が証票を胸ポケットに垂らせば無言で道を空けた。

中野警察署の人間だろうか。あるいは――。

などと考えながら、ドアをノックし、返事も待たずにスライドさせる。

「失礼します」

「アラ。オ見舞イノ方」

純也を迎えたのは意表をついて、長島の野太い声ではなく女性の、しかも英語だった。長島の近く、いや、真っ白な病室には、まったく不釣合いな先客がいた。ベッドサイドの来客椅子からスカートのフレアを揺らし、立ち上がったのは見事なブロンドの髪を持つ美しい女性だった。

「おっと。部長、お邪魔でしたか」

横になったまま顔だけ振り向け、長島は切れ長の目に強い光を灯《とも》した。

それだけでも推し量ることは出来る。体調は悪くないようだった。

「下らん冗談はいい。紹介しておこう。小日向、こちらがお父上の危難を救ってくれた女性だ。――ミス・キルヒバッハ。私ノ部下ノ小日向デス。自己紹介ヲ」

うなずき、エレナは見舞いの席を譲る形で純也の前に立った。それだけで、芳《かぐわ》しいホワイトジャスミンの香りが強くした。

「近々ドイツ大使館ニ着任予定ノ駐在武官、エレナ・フォン・キルヒバッハデス」

英語で告げ、手を差し出す。

「駐在武官、ネ」

耳に聞く無骨な響きを奇異に感じてしまう。エレナは戦いの殺伐としたイメージとはかけ離れた女性だった。美貌というか、余裕だろうか。醸す雰囲気は角がなく優雅だった。

エレナのことは情報としては知っていたが、やはり現場検証同様、じかに接してみないとわからないこともある。

「小日向純也デス。ドイツ語デイイデスヨ。英語ハチョット窮屈ソウダ」

手を握り返し、純也はドイツ語で答えた。長島がホウと感嘆を発する。それほどに流《りゅう》暢《ちょう》なドイツ語だった。

「マアア。オワカリデスノ？」

エレナはかすかに頬を染め、英語からドイツ語になった。

「見抜カレルコトハ、滅多ニアリマセンデシタノニ」

「特ニ気ニスル必要ハナイト思イマスケド、ドイツ訛リヲ気ニサレテルンデスカ。ソノセイジャナイカナ」

「聞キヅライデスカ」

「イエイエ。アレ、余計ナコトヲ言ッタカナ。大丈夫。ホボネイティブデスヨ」

「有難ウ。デモ、アナタノドイツ語コソ素晴ラシイ」

エレナは鳴らすことなく手を叩く仕草をした。

「デモ、ドコデ覚エタンデスカ、マタハ、ドウヤッテ」

「ソレヲ聞カレルト、ドウ言ッテイイカ難シインデスガ」

純也はいつもの笑みを見せた。

「マア、覚エナイト生キラレナイトコロデ、覚エナイト生キラレナイカラ、トイウコトデショウカ。要約シテシマエバ」

「――ナゼカ、スベテニオイテ日本人トオ話シシテイル気ガシマセンワ」

「ソウデスカ？　ソレハ僕ニトルコノ血ガ混ザッテイルカラデショウカ」

「トルコ？　ソウデスカ」

エレナの目が遠くを望んだ。

「シルクロードノ西ト東。ソノ融合。神秘的デスワ。素敵デス」

資料には三十三歳とあったがとてもそうは見えない。日本的に印象を語るなら、大人びた二十代前半、そんな感じだろうか。

「ナンダカ照レ臭イデスネ」

純也は鼻の頭を指で弾《はじ》いた。

「おい、小日向。わからんぞ」

ベッドの長島が仏頂面だった。

「はっはっ。これは失礼。匪石の部長でも苛立《いらだ》ちますか」

「そうだな。いや、わからん会話が不安なのかもしれん。多分に日本的かな」

「いえ。万国共通でしょう」

これは嘘も隠しもない純也の実感だった。外国人クラブやパブでのことだ。誰に引っ張られたときかはわからない。回数も覚えていない。印西《いんざい》警察署の副署長をしている同期の押畑大輔《おしはただいすけ》が警察庁の頃だったか、捜一の斉藤誠か猿丸か。ロシアンクラブ、フィリピンパブ、韓国、上海。その別も忘れた。なんにしても純也が強引に誘われる理由は〈ホステス呼びパンダ〉だった。取り囲むホステスと彼女らの母国語で話すと、決まって言われたのが、今の長島と同じセリフだった。

「アラ。部長サンノ顔ガ少シ険シイデスワネ」

場の雰囲気を見てエレナが動いた。フェリージのショルダーバッグを肩に掛け、ドアに向かう。

「デハ、私ハコレデ」

と、純也の脇を擦《す》り抜ける一瞬、エレナは自然な仕草で純也の肩口に顔を寄せた。

——外ノ警官ニ気ヲツケテ。嫌ナ感ジデス。

エレナはやはり、海外に抜擢されるだけのことはある警察官のようだった。しかもかなり優秀だ。

「アア。待ッテ」

純也はエレナに声をかけた。

「外ハ本降リノ雨デスヨ。ソンナニ長クハカカリマセン。ロビーデ待ッテイテクレルナラ、僕ノ車デオ送リシマスガ」

「イエ、オ気持チダケ。今日ハ非公式デスガ、大使ノ代理トシテ参リマシタノデ、公用車ヲ待タセテイマス」

「ソウデスカ。残念ダ」

エレナは笑った。ホワイトジャスミンの香りに似つかわしい、花の笑顔だった。

「イズレマタ、オ会イシマショウ。貴方ニハ、トテモ興味ガアリマスワ」

エレナは扉に手をかけ、ふと立ち止まって振り向いた。

「車ハ、ナニヲ」

「ＢＭＷデス」

「マア！　結構デスネ。イイゴ趣味ダト思イマス」

スカートの裾をひるがえし、エレナは病室から退出した。

リズミカルな靴音だけが、エレナの残した暫時の余韻だった。

二

「なあ、小日向」

ドアが閉まりエレナの靴音が遠ざかって後、長島は待っていたかのように口を開いた。

純也は唇に手を当てて制した。

長島も公安部長だ。そのアクションだけでなにかを理解したのだろう。うなずいて黙った。

ゆっくりと室内を動き、純也は細部の点検を始めた。コンセント、ライト、花瓶、引き出し。ベッドの下を覗き、手を伸ばしてなにかを外す。同じ物がロッカー内部の天井の折り返し部分にもあった。合計二個の、小型の盗聴器だった。長島の眉間に縦皺が寄る。

片目を閉じて見せ、病室の扉を勢いよく開ければ、聞き耳を立てていた先ほどの男が慌てて身を引いた。所轄だか本庁だかは定かでないが、純也を知らないという一事を合わせて考えれば、男はただの所轄でも本庁でも有り得なかった。

「お返しします。見る限り百メートルってとこですか、これ。今すぐ、お仲間のところに持ってってください」

男の目に逡巡《しゅんじゅん》が浮かんだ。

「ここは私が引き受けます。それでいいですね、部長」

顔だけ振り向け、純也は長島に指示を委ねた。

「持って行け」

間髪入れず、長島から鉄の指示が飛んだ。男は一礼だけを残し、泳ぐように去っていった。長い廊下から姿が消えるまで、純也は男を注視した。

「あの男、部長はご存じですか」

「いや、公安とは聞いたが。私は全員を知るわけではない」

「今の地位も通過点だから、というわけですか」

「そうではないが」

「覚えるべきです」

このときばかりは、純也の声は冷ややかだった。

「肝に銘じよう。で、お前にはわかっているのか」

「わかりません。ただ、わからないということがわかる、程度にはわかっています」

「──それは、大体の当たりはつけられる、ということかな」

「正解かどうかは、今の段階ではまだわかりませんが。──さて、ここからが今日の本題です」

純也は扉を開けたまま動き、見舞いのパイプ椅子を軋《きし》ませた。

「お加減はいかがでしょう」

長島の表情が少しだけ和らいだ。

「まずまずだ」

「不幸中の幸いですね」

「そういうことになるのだろうが、小日向、礼を言わねばいかんかな。お前のお陰で助かった」

「いえいえ」

純也は大げさに両手を振った。

「そんなお気遣いには及びません」

「なら真逆に言おうか」

「はて、なんでしょう」

「昼飯くらいでは割に合わんな」

「恐れ入ります」

純也が長島を見舞う、いや、見舞わなければならない理由がここにあった。

〈カフェ・天敬会事件〉始末の折り、〈カフェ〉の客何人かに、長島がその事実をつかんでいることをネット経由で流した。リスクヘッジと称し、長島を巻き込んだ格好だ。預かってやると長島は承諾してくれた。危険がゼロではないと承知の上でだ。

ならば――。

純也は長島の命に責任を負わなければならない。その覚悟があって巻き込んだのだ。

――今年一杯くらい、防弾ベストの着用をお奨《すす》めします。

〈カフェ・天敬会事件〉との関わり、その前に長島が狙われたのかどうかもまだハッキリしないが、生きているのは長島が純也の進言を忠実に守った成果だ。

長島は当初、防弾ベストを着用したときの不格好な姿を渋った。が、

――これならいかがですか。

と純也が出所不問を前提に提供したのが、長島の命を救うことになる防弾ベストだった。

当然、警視庁が備品として購入したものではない。

――これは。

長島が目を見張ったほどだ。物は防弾ベストどころではなく、言うなればボディアーマーの類だった。

──レベル3のインナーです。現状ではこれ以上は望めない薄さですから、スーツの中にどうぞ。最初は多少動きづらいかもしれませんが、なあに、すぐ慣れますよ。

実際、レベル3のボディアーマーは凶弾を防いだ。科捜研の分析に拠れば銃弾は、警視庁管内で起きた三件の狙撃事件と同じ、7・62ミリNATO弾だった。千百メートルの距離を考えても充分な殺傷能力を秘めている。観閲台で倒れたのは、致命傷こそ受けなかったが長島の薄い身体が弾丸の衝撃に耐え得ず、肋骨《ろっこつ》が三本折れたからだ。

「この齢になってから、もう少し肉をつけねばなどと本気で考えるとは思わなかった」

「そうですね。出来たら退院までに」

「退院？　後二十日足らずでか」

「はい。また撃たれるかもしれませんから」

長島の目がふたたび光を帯びた。ベッドからゆっくりと起き上がる。

「──狙撃の狙いは私だと」

「六四の割で、私は部長だと思ってます」

「根拠は」

「実はここに来る前に現場に行って、犯人が使用したものと同種のハイライダーに乗ってきました。二十七メートルは揺れに揺れます。ヒットマンの腕が未熟なら、あっちを狙って失敗した流れ弾がってこともあるでしょうが、ヒットマンならばこそ、未熟ならあの位置を選ぶとは到底思えません」

「ほう。では凄腕なら」

「やらなければならないとしたら、やりますね。ただし、揺れはやはり考慮に入れなければならない重要なファクタです。仕事として確実なのはここですが」

純也はピンポイントで自分の頭を指し、次いで、

「狙えるのはこっちですね」

自信たっぷりに胸を叩いた。

「それが限界でしょう。限界ですから、当てたという事実からだけ判断すべきだと思います」

「ということは」

「狙撃犯はかなりの凄腕、プロですね。そう考えれば、管内の三件も説明がつきます」

「三件とは、あの連続狙撃事件か」

「おそらく試射です」

「試射？」

「持込みにおける銃自体の修正。日本の風土、環境にたいする銃の相性、腕の相性。言えばそういったものでしょうか。まあ、そうかなとも思ってましたけど」

「どういうことだ」

「推測の域は出ませんし言い方は悪いですけど、考えるに、最初は八百で静止物に近いお婆ちゃん。で、右腕。これで修正はしたと思います。次が九百で通常歩行の警官。心臓にヒットして確認完了。最後が千メートルでランニングマン。これは、眉間でしたね」

「――そこまでするものなのか」

長島が息を呑んだ。

「はい。そこまでしなければ、千百メートルは当たりませんから」

純也は断言した。

「……そうか。凄腕の、プロか」

「ただ、胸では確実に仕留められるかは疑問です。現に部長は生きてます。ボディアーマーがなくても、7・62ミリNATOなら臓器の隙間を縫っての貫通もある。良くも悪くも当たり所によって、仕事としての成果は不確かです。ここまで用意周到なプロにしてはと、そこがわからない。だから六四で、それが四です」

「なるほどな。それで六が、お前と私か」

「はい。なのでまた、銃の携行許可を頂きます。申請後出しで」

「勝手にしろ」

長島は軽い溜息をついた。

「有難うございます」

純也は儀礼的に頭を下げた。

「実は、この推論には補足がありまして」

「なんだ」

「海外の友達からの情報なんですが、インナーベスト同様、こちらも出所不問でお願いします」

ダニエルのことだが、純也は氏名をぼかした。本人が望まない限り長島は知らず、知らなくていいことだからだ。

〈Jファイル以上のことが知りたければ、覚悟を持って中央合同庁舎二号館の二十階の官房へ〉

飼い殺すことともうひとつ、この文言も公安部長には口伝に申し送られているはずだった。二十階の官房とは、国家公安委員会会務官のことだ。覚悟を持って本当に向かった部長は今までいない。行けば聞く前に、おそらくその場でキャリアは終わりを告げるだろう。

伏されるのは間違いなく純也と、テロリストとして世界に認識されつつあるダニエル・ガロアの関係だ。これは現日本の財界、政界にとって地雷のようなもの、それほどの爆弾だった。

長島はしばらく、探るような目を純也に向けてから口を開いた。

「無論、聞くのはやぶさかではない。それが私の職務だ。だが――」

病室内に光が満ち、爆音のような雷鳴が轟《とどろ》いた。

「出所不問などと念を押されなくとも、お前の話で外に出せるものなどほとんどない」

言いながら顔を外に向ける。雨が窓ガラスを激しく叩いていた。

「私の中にどんどん、小日向純也という澱《おり》が溜まっていくような気がする」

「はっはっ。いずれ体調不良にでもなりますかね」

「さて。劇薬となるか、活力剤となるかは知らんがな」

最後に、話せと長島は短く言った。ではと受け、純也はダニエルからもたらされた情報を端的に語った。

三

「小日向、か。たしかに、それだけでは狙いが、総理かお前かはわからんな」

聞き終わって、長島の第一声がそれだった。

観閲式で撃たれたのは長島だが、総理大臣を狙った弾が女神のもたらす幸運によって逸れたとの意見が一般的だった。同時に、美しき女神にそっぽを向かれたのが長島という、キャンセルしたはずの場違いな席に現れた、警視庁の公安部長だとも。

「で、そのシュポという男のことは」

「はい」

「さすがに早いな」

「入管だと手間取りそうだったので。一発目でビンゴだったのはラッキー以外のなにものでもありませんが。まあ、そう多くはない名前ですので」

これも出所不問で、と純也ははにかんだような笑みを見せた。

「またそれか」

「まぁ、これは話せと言われれば話せます。毒にも薬にもなりません。ただ、匿石が沈まないほど浮かれた話になりますが」

必要ないと、今度の長島は早かった。

「三週間ほど前、フランクフルトから成田にやってきたドイツ人に、そんな名前の男がいました」

シュポ・アドラー・ゲーリング、と純也は言った。

〈カフェ・天敬会事件〉蠢動《しゅんどう》の頃、表敬訪問のつもりで純也は印西警察署を訪れた。その折り、キャリアの同期である副署長の押畑大輔に付き合わされ、成田駅前のキャバクラに行った。

――わぁ。いい男さんですね。ねぇ、海外旅行のときは成田を使ってくださいね。私昼間は、空港にいるんですよ。

そこで出会ったのが、なかなか愛嬌《あいきょう》のある空港職員の娘だった。

——へへぇ。夜のお店はアルバイトアルバイト。なんか刺激が欲しくって。でも小日向さんに会ったから今日で達成。やったぁって思う。

あっけらかんとした笑顔で、実に堂々としていた。土地柄か、職務規定もずいぶんゆるいようだ。空港関係者も店に来るけど、一緒に歌うんだと彼女は笑った。

——それに、これでも私、普通に英語しゃべれるんですよ。

国籍を問わず、成田市街に遊びに出るパイロットやパーサーの中には彼女を指名する男もいるという。

——へえ。人気者なんだね。

海外との玄関口にスジがあってもいいかと、純也は軽い気持ちで一、二度通った。

——ふふっ。周りのみんなが羨ましがってるんだぁ。純也さんに呼ばれると。

猿丸ほど情を深く付き合えるわけではないが、今回は図に当たった感じだ。機転の利く娘で、あの手この手で入国者リストを調べてくれたようだ。夜の仕事も三日ほど休んだらしい。結果は、彼女にも純也にも上々だった。

ゲーリングの名は、ルフトハンザドイツ航空に勤める友達から仕入れてきたという。ホテルのディナー付きの同伴二回とブランド物のバッグ、それにドライブ一回なら安いもので、友達のバッグとアクセサリーはおまけのようなものだった。

「シュポ・アドラー・ゲーリングか」

　純也の告げた名前を、長島は繰り返した。

「何者だ。素性はわかっているのか」

「まだです。そもそもこの男が関わっているのかどうかも不明です。ラッキーは浮かれると、自ら墓穴を掘ることにもなりかねませんから」

「至言だな」

　答える代わりに、純也は肩をすくめてみせた。こういう仕草が絵になる男だった。

「狙いは部長なのか、あの人か。狙ったのはゲーリングか、他にいるのか。まだまだ、見えているものと見えていないものの分別すら出来ていません。まあ、これからカイシャに戻って、ぼちぼちと始めます」

「そうか」

「それはそうと、あの女性」

「ミス・キルヒバッハか」

「はい。部長はなぜ、キャンセルした観閲式に彼女と行ったのですか。調書にはハッキリとは書かれていませんでしたが」

「話さなかったからな」

「話さなかった？　ほう」

「彼女は、ドイツから警視庁に某かの話をもってきたらしい。それで私が呼ばれた。呼ばれたが、行けば私は副だという。主はな、君のお父上だと彼女は言った」

「なるほど。それで観閲式に」

「そうだ。内容は知らん。行って観衆の中で観閲式を眺め、頃合を見計らって台上に上がったら」

長島は大きく首を振り、顔をしかめた。肋骨に響いたのだろう。

「後は、調書の通りだ」

苦々しく吐く言葉を純也はうなずきで受けた。

「で、内容もわからず、あの人とドイツが絡むような話を一存で話すわけにはいかないと」

「そういうことだ。知りたかったらお前が――」

言いかけた長島を純也の手が制した。十階の廊下に、潜めた靴音が聞こえた。先程来の警護の男が戻ってきたようだ。

「では、そのように」

わざと聞こえるように声を逞《たくま》しくし、純也は病室から出ようとした。

「小日向」

長島が呼び止めた。振り向けば長島はまた外を見ていた。

「子供の頃から雨はあまり好きではなくてな。早く太陽を拝めるのなら、雲を引っ掻き回してやろうかとよく考えたものだ」

「ははっ。それには長い棒が必要ですね。如意棒《にょいぼう》とか」

「如意、金箍《きんこ》棒か。――私にはないものかな」

純也はいつもの笑みを見せた。

「お探ししましょう。では」

目を忙《せわ》しく動かす警護の男の肩を叩き、

「部長をよろしく」

純也は病室から遠ざかった。

四

その少し前のことだった。

長島の病室を出たエレナは、真っ直ぐ一階のロビーに降りた。二時も近い病院のロビーは閑散としていた。会計前のソファに三人、そのほかに彷徨く五人は日本の警察官に間違いない。なぜなら、エレナが病院に入ったときにもいた五人だからだ。

（ふふっ。私の部下だったら叱責《しっせき》ものね。でも、侮れない人や、とても魅力的な人もいる

けれど)

警察官、病人、病院関係者。ありとあらゆる視線を堂々と受けながらエレナは外に向かった。

自動ドアの向こうでは、激しい雨がアスファルトを叩いているようだった。視界が悪い。ときおり秋雷があった。

エレナの携帯に着信があったのは、風除室からエントランスに出たときだった。見知らぬ番号だったが、エレナは満足げにうなずいた。ブロンドの髪を振り、静かに携帯を耳に当てた。

「ミス・キルヒバッハノ携帯カナ」

実に滑らかな、自信に満ち溢れた英語が聞こえた。

「ヤー」

「英語ニナルガ大丈夫カネ」

さすがに、外務省から一等書記官として海外駐在を務めた男の声だった。そして、上り詰めた男の揺るぎない自信を秘めた声だ。

「大丈夫デス」

「ソレハ有リ難イ。私ハ――」

「ワカッテマスワ。小日向総理」

「！」

驚きの波動が心地よかった。

先手先手は、エレナが常に心掛けていることだった。男社会であることは日本もドイツも変わらない。法整備によってドイツでは女性の登用機会は増えたが、賃金格差は依然として残っている。法案の制定が逆に、キャリアアップが実力によってかそうでないかを曖昧にしたと見る向きもあった。だからエレナは、先手必勝を心掛ける。優秀さを強烈にアピールする。たとえ嫌がられようと、それが今までもこれからも、エレナにとってキャリアアップのための手段だった。

また雷が鳴った。激しい雨も五月蠅《うるさ》かった。

「チョットオ待チ下サイ」

エレナは携帯を持ち替えながら、エントランスから風除室に戻った。

「私ノ携帯番号、ヨクオワカリニナリマシタネ」

小日向総理のかすかな笑い声も、風除室なら聞き取ることが出来た。

「方法ナドイクラデモアル。必要トアラバナンデモ動カス。簡単ナコトダ」

本当に嫌味なほど、自信たっぷりの声だった。

「ソウデスカ」

「コチラカラモ聞コウ。君ハ、何故《なぜ》私カラダトワカッタノカナ」

「ソチラ以上ニ簡単ナコトデス。私ノ携帯ニ掛ケテクル見知ラヌ番号ハ、現在、貴方以外アリエナイト思ッタモノデ」

「見知ラヌ番号? フッフッ。コレハ恐レ入ッタコトダ。一体、ドノクライヲ把握シタ上デ言ッテイルノカナ」

「オヨソ千五百ハ」

数瞬の間を、総理の息遣いだけがつないだ。エレナは口元を綻《ほころ》ばせた。もう一度驚かせることが出来た。これで人は、私のことを当分忘れ得ない。たとえ日本の総理大臣であっても。

「——聡明ナコトダ。サスガニ、BPOLノ意思ヲ私ニ託スコトヲ任サレルダケノコトハアル」

英語で話しても独特の遠回しは、日本人の特質か。だが、侮られることはない。

「ヤハリ、ゴ興味ハオアリダト。イクラデモアル方法ヲ思考シ、ナンデモ動カス決断ヲスルホド」

言外の意味をエレナは正しく理解した。

「ソウ取ッテモラッテ構ワナイ。ミス・キルヒバッハ。例ノ、BPOLノ件ヲ詳シク聞キタイ。ソノ前ニ、アイツノコトヲドコマデ知ッテイル」

長島が狙撃された日、エレナが耳元で囁いた言葉に和臣が反応した、その電話のようだ。いつか掛かってくるとは思っていた。時間だけが問題だった。

「オ待チニナッテ下サイ。私ハ今、中野ノ警察病院ノ中デス。ドコデ誰ガ聞イテイルカ。私ハ日本ニ不慣レデス。ワカリマセンガ、イイノデスカ」

「ソレハ――」

「フフッ。ト、ソノ程度ニハ彼ト貴方ノコトハ理解シテイルツモリデス。余人ヲ交エルノハ、コチラモ本意デハアリマセン」

「――私ニ、大使館ニデモ来イト」

「イイエ。大使館ハ駄目デス。ナゼナラ、アソコハ別ニ、ＢＰＯＬノ持チ物トイウワケデハアリマセンカラ」

「……ナルホド。ドコニデモ争イハアルト」

「ドウデショウ。デモ、ソチラニトッテ悪イ話デハナイト思イマスガ。イカガ？」

エレナは解を総理に預けた。稲妻があって、辺りが広く明滅した。総理の答えは、雷が鳴った後だった。

「――イイダロウ。ナラバ、ドウスレバイイ。提案ハ？」

「プライベートデ、ディナーニデモ誘ッテ頂ケマセンカ。場所モ料理モ、ソチラニオ任セシマス」

「ディナーーカ。陸自デノ一件ノコトモアル。イイダロウ。ダガ、スグニトイウワケニハイカナイ。三カ所ノ補選。補欠選挙。ワカルカナ」

「エエ」

「モウスグ公示サレ、私ハスベテヲ回ラナケレバナラナイ。原発、自衛隊法、TPP、沖縄問題。イズレ国民ニ信ヲ問ワネバナラナイ問題ヲ前ニシテ、コノ補選ハ大事ナノダ」

「大変ナノデスカ」

「ソンナコトハナイ。勝チハ揺ルギナイ。タダ、大変デハナイガ、大事デハアル。コノニュアンスモワカルカナ」

「ハイ」

「サスガニ聡明ダナ。ダカラディナーハ、早クテモソノ後ニナル」

「結構デス、一年デモ二年デモ。私ハ貴方ガディナーニ誘ッテ下サルマデ、日本ニオリマスカラ」

「フッフッ。大層ナコトダ。近イウチニ、マタ連絡スル。アア、手ガ離セナイトキハ無理ヲシテマデ電話ニ出ル必要ハナイ。リダイアルヲ五分ハ待ツ」

「フフッ。無理ヲシナクテイイト仰リナガラ、五分デスカ。貴方ノタイムスケジュールガワカルトイウモノデスネ。デモ、了解デス。ワカリマシタ」

通話を終え、エレナはエントランスに出た。また稲妻が光った。今度は長かった。

光の中でエレナは、待っているはずの公用車に向けて手を上げた。

五

驟雨《しゅうう》は長くは続かなかった。純也が警視庁の地下にM6を入れる頃には雷も去り、雨も上がる気配だ。濡れたディープ・シー・ブルーの車体は、居並ぶ黒塗りばかりの中でいつも以上に異彩を放った。

地下から直接エレベータで十四階へは行かない。A階段で一階に上がり、玄関ホールに出るのが登庁における純也の順路だった。

玄関ホールはいつも通り多種多様な人々で溢れ、雑然としていた。意識のベクトルも視線の向かう先も当然まちまちだが、純也が通ると一度集まり、しばらく散らない。それも当然の、いつものことだった。煩わしくはあったが、それでも純也が玄関ロビーを通るのは、RPGに仕組まれたフラグのように一階受付を通過するためだった。

雨のせいでロビーは蒸れ、人の発する臭いが混ざり合っていたが、純也が目的とする一角からは近づくほどに、逆に芳香が際立った。

「やあ、おはよう。爽やかな香りだね」

受付には、三様の綺麗な花があった。鮮やかなイエローオレンジに咲く大輪のアフリカンマリーゴールドと、

「お、おはようございます」

受付に座ってまだ日の浅い、言うなら蕾《つぼみ》の菅生奈々《すごうなな》。そして、

「菅生さん。他の人たちの手前もあるでしょ。この時間におはようは乗っちゃ駄目」

多分に毒を含む花、大橋恵子が三様の花だ。菅生はようやく純也に慣れ、声を掛ければ初々しい返事をきちんと返してくれるようになった。が、かつてはハイテク犯罪対策総合センター（現サイバー犯罪対策課）に誘われたという美貌の才媛と、純也はどうにも相性が悪かった。

「いつものことですけど、ずいぶん遅いおはようですね。芸能界やマスコミじゃないんですから。なんでしたら、芸能人におなりになったらいかがです？　そちらの方がイケると思いますけど」

「――それって、褒めてる」

「いいえ。遠回しな嫌味です」

これが大橋恵子だった。少し機嫌が悪いようだ。理由は聞かなくともわかった。実は、相性云々《うんぬん》と思っているのは純也だけで恵子に言わせれば、怠け者の純也が自分勝手に受付の仕事を増やすのがダメ、らしい。最近は互いに慣れてきてなにもなければ普通の関係だ。だから機嫌が悪いということは、

「ええとですね」

　恵子がショートボブの髪を揺らし、机上のメモに目をやった。

「そちらの課長からの伝言です。登庁したら総務課に顔を出すようにとのことです」

　つまりはそういうことだ。受付は理事官の秘書ではありませんと、決まって最後に恵子は柳眉《りゅうび》をしかめる。

「最初は九時二十五分でした。次が十時三十二分で、十一時十四分と午後一時四十八分にもありました。まだかと。四回は今までで新記録です」

　恵子は受付台から身を乗り出し、黒目勝ちな大きな瞳で純也を真っ直ぐに見詰めた。

「なにかなさいました？」

「いやいや」

　純也は思わず半歩引いて苦笑した。公安部長が撃たれたことは、その場に居合わせた者も含め、埼玉県警にも緘口令《かんこうれい》を敷いている。警視庁本庁内にも知る者は少ない。捜一第二強行犯捜査第一係と公安外事三課以外に事実を知るのは、各課の長までに留《とど》まるだろう。

「どうせ小言だよ。決まってる」

　しばらく純也を見詰め、吐息ひとつで恵子は席に戻った。

「それなら結構ですけど。なんにせよ、理事官、受付は――」

　わかったわかったと最後まで聞かず、純也は受付前を離れた。思い出したように振り返り、菅生奈々に手を上げる。

「騒がせてごめんね」

いいえと若やいだ笑顔が首を横に振った後、小さく頭を下げた。


本部庁舎の十四階には公安部長室、参事官執務室、公安第一課、そして公安総務課がある。純也の管理するJ分室も公安総務課のうちだからこの階だ。

桜田通り側のどん詰まりにかろうじて居場所を確保しているJ分室と違い、公安総務課は正反対のヘリポート側、部長室の並びにあった。十三階も十五階も、公安が占めるエリアはパーテーションやらの遮蔽物によって廊下が常に薄暗く、内部から響く電話の音さえ低く感じられる。人の気配も薄い。そんな中にあって、公安各課の調整を本分とする総務課だけは唯一、常時人がいて他よりは幾分上乗せの活気がある部署だった。

純也が入っても大方の動きが滅多に変わらないのが公安総務課だ。所属部署ということもあり、全員が純也の容貌と行動に慣れ、逆に無視の努力が徹底していた。

(いつ来ても、変わらないな)

努める無視はかえって気配が煩わしい。気にしないということに、課員が慣れる以上に、純也は慣れていた。

大部屋を横断するように進めば、一番奥の方で課長である杉本が立ち上がって手招きした。

「小日向理事官。いつまで待たせるんだ」

杉本は現在、四十七歳の警視正だ。キャリアだが先が見えた感がある。その分、現状を守るべく直属の部下には厳しく、口やかましい。

「さて。いつまでと言われても、お約束した覚えはありませんが」

このやり取りで花開いたような、多くの盗み見る視線を分けて純也は平然と進んだ。デスクを挟んで杉本の正面に立つ。総務課長は頭半分ほど純也より背が低かった。ただし、厚みは倍増しだ。

「どこで油を売っていた」

轟然《ごうぜん》と胸をそびやかし、杉本は苛立った声を発した。純也はにこやかに顔を寄せた。

「部長に呼ばれまして。それがなにか」

「な、ぶ」

杉本は一瞬言葉に詰まった。ない物強請《ねだ》り、憧れ、弱みは一体だ。この課長は権力に弱い。これで少しは大人しくなるだろう。

「い、いや。それならそれで、お得意の受付にでもきちんと伝えておけ。所在不明が一番困るのだ」

案の定、いくぶんトーンを落として杉本は吐き捨てた。

「はっはっ。そんなことまで頼んだら、今以上に関係が悪くなります。本庁の顔とも言うべき場所の雰囲気が険悪になるのは、ちょっとどうでしょう」

「ふん。私の知ったことではない」

「それに」

純也はデスク際のギリギリにまで近づいた。

「当然部長のことはご存じと思いますが。課長、いいんですか？　中野の病院に呼ばれたなどと受付に残しても」

押せば退《ひ》くのが杉本だ。虚勢も保てず、実際押されたかのように杉本は椅子に尻を落とした。

「いいわけがないだろう。誰がそんなことを言えと」

「嘘は嫌いですから」

というジョークは、間違いなく純也は好きだった。

「馬鹿。嘘も方便だ。昔から――」

「課長」

そろそろ切り上げ時と純也は判断した。

「私をお呼びになられたのは？　なにか理由があるんですよね」

「えっ」

狐につままれたような人の顔は、純也にとって誘導が間違っていないことの証だ。やがて思い出したように杉本は、そうだと喉の奥から絞り出した。

「お呼びはお呼びだが、私が呼びたくて呼んだわけではない」

「では？」

「呼んでいるのはあっちの」

杉本は首をひねり、中央合同庁舎二号館がある方角を顎で示した。

「二十階だ」

「ほう。二十階ですか」

一瞬〈Jファイル〉のことが脳裏を過《よ》ぎる。国家公安委員会会務官。が、有り得ない。真に逆鱗《げきりん》に触れたとき、純也が呼び出されるとしたら堂々と総理大臣官邸だろう。そのくらいの潔さはあると、父和臣に対するそれが純也の評価だった。

「二十階といえば警察庁の」

合同庁舎二号館の二十階には、その昔純也も在籍していた警察庁警備局が入っている。

警備局は都道府県の公安警察、警備警察に睨みを利かせ、管理監督する部署として君臨していた。課長職以上のポストはキャリアが独占し、局員は主に自衛隊や各省庁からの出向者及び、警視庁や道府県警本部からの出向者で構成される。

杉本はうなずいた。

「そう、警備局だ。警備局のな、お前の古巣だ。警備企画課の課長が呼んでいる」

全国の警備、公安警察を束ねる警察庁警備局の中でも、警備企画課は特に核となる部署だった。

「いかに古巣だとはいえな、こっちの理事官程度を、課長が直々に呼ぶなど滅多にあることではないぞ。小日向理事官、お前一体、なにをしたんだ」

ここが虚勢を張るポイントと思ったか、杉本の声が一段上がった。途端、辺りの物音が一瞬途絶えた気がした。

(ははっ。どうにもわかりやすいな)

誰もが聞き耳を立てているのは歴然だった。

「いえ、別に」

「別にで呼ばれる場所ではないぞ。おい、小日向理事官」

「強《し》いて言えば、そうですね」

身を乗り出そうとする杉本の機先を制し、純也は顔を三十センチほど杉本に近づけた。

「聞こうとしないほうが身のため、いえ、保身のためかと」

低くも潜めもせず、ただ威を込める。それだけで杉本は口を開けたまま、かすかに青ざめ椅子に沈んだ。

純也は返す刀で素早く周囲に目を移した。室内全体に、いきなり音が戻る感じだった。

取ってつけたように顔を真逆に逸らし、あるいは受話器を手に持つ者も多かった。

（ま、こんなものだな。相変わらずだ）

馬鹿げているが、それが公安部公安総務課、純也の所属する部署だった。

苦笑とともに、純也は課長席を離れた。

「お、おい。小日向。話は最後まで聞け」

この先はもう無駄だった。自慢か愚痴か、なんにしても必要ない。

「結構。わかってますから」

振り向くこともしなかった。純也の意識は早、合同庁舎二号館に移っていた。

杉本がまだなにかを喚いている気はしたが、遮断した純也の耳に、聞く必要のない声は遠かった。

六

裏玄関から区画の中歩道を通り、純也は合同庁舎二号館に入った。警視庁本庁舎に隣接しているからといって、合同庁舎二号館などは滅多に来ない。キャリアにとって合同庁舎二号館は本丸だが、純也にとってはどうでもいい場所だった。純也の居場所は、後にも先にも、警視庁本庁舎十四階のJ分室以外有り得ない。

省庁然とした静けさに満ちたロビーを通り、純也はエレベータに乗った。

合同庁舎二号館の二十階には、警察庁長官官房や会計課、給与厚生課、そして警備局がある。純也は真っ直ぐ警備局に向かった。迷うことはない。かつて通った部署だ。懐かしさはないが、見慣れた感はあり過ぎるほどにあった。

こちらの警備局は警視庁の公安部ほど静まり返ってはいない。日本のトップとして、組織と人を動かすところで動かされるところではないという雰囲気に満ち溢れている。逆に言えば、危機管理が内には薄い。

警察庁警備局警備企画課は、警備警察の制度、運営、企画立案、危機管理、その他情報や画像の分析までを扱い、他にも局内の他部署の所掌に属さないことはすべて受け持つ部署だ。若手有望キャリアには、この警備企画課配属が出世競争のスタートラインという認識が強い。国家公務員I種一次をトップで通過の純也も二十五歳時、本格的な勤務の最初がこの警備企画課だった。

純也が入室してもさして空気が動かないのは公安総務課と変わりないが、含む内容は大違いだ。警視庁側と違って純也を見知る者は極端に少ない。異動によって総取っ替えにも等しい。それでいて純也に目を留め、留めてもすぐに机上に意識も視線も戻る。良くも悪くも他人に興味がない、あるいは自分のことで手一杯、そんな感じだろう。向き合わなければならないのは膨大な情報であり、考えなければならないのは自分のキャリアであり、自衛隊や省庁、都道府県警から出向の人間も原理は一緒に違いない。

純也は真っ直ぐ警備企画課長の席に向かった。現在の課長を、課長として純也は知らない。知らないということだけは知っていた。純也が在籍したのは六年前からの二年間だ。その間にも一度、定時異動として課長は変わった。四年も五年も居続けられるポストなど、警察庁には存在しない。

「やあ、久し振りだな」

課長の席で男が片手を上げた。中肉中背で、これと言って特徴のない男だった。左の側頭部に綺麗な寝癖が吊りあがっていた。

「前から目立つ存在ではあったが、さらに精悍《せいかん》になったようだ。男っぷりにも磨きが掛かったかな。羨ましいよ。今は警視庁の理事官か。順調だね」

言葉ほどに親しく接した覚えはないが、挨拶程度に言葉を交わしたことはあった。福島《ふくしま》という名で、ややこしいことに茨城県警本部長だった男だ。入庁は長島部長より二年次上か。紛らわしさと、剃刀《かみそり》の切れ味を隠した厄介な人懐っこさで覚えていた。

「お呼びと伺いましたが」

「ん。なんだ。私がか？」

「はい」

あいつはまったく、と福島は苦々しげに呟いた。

「私の名前を使ったのか。面倒臭いな。まあ、らしいと言えばらしいが」

福島は椅子の背もたれに身体を預けるようにして、手でさらに奥の応接室を示した。

「で、君ならわかるな。小日向君」

「なるほど。そっちですか」

「そういうことだ。まあ、しっかりな。あっちに睨まれて得なことはなにもない。と、言ってもだ」

辺りを一瞥《いちべつ》し、身を乗り出してから福島は声を潜めた。

「組織に在籍する者の言うことではないかもしれんが、総合力から行けば、私は君が負けるとは思わんがね。逆に、鼻っ柱のひとつも折ってもらえると有り難い。後が楽だ」

福島はやはり、食えない狸《たぬき》のようだった。特徴のない狸だ。

純也は福島に示された応接室に入った。お茶の一杯も出されず十五分は待った。待たせるのも警察庁らしいというか、こういう高飛車なところはかえって懐かしい。

やがて靴音が近づいてきた。ノックはなかった。

いきなり入ってきたのは、髪をオールバックにした大柄な男だった。固太りというやつだ。上等なスーツを着ている。ブランドがどうということではない。生地そのものが上等だった。

「待たせたな」

男は対面のソファにどっかりと腰を下ろした。傲岸《ごうがん》不遜を絵に描いたような立ち居振る舞いだった。福島の言う、鼻っ柱では済まされない自信が見て取れた。

「俺は――」

「わかってますよ。氏家《うじいえ》理事官」

氏家と呼ばれた男は黙って純也を見た。感情の揺れは見られなかった。純也にすれば先手を打ったつもりだったが、相手もそのくらいには鍛えられているようだった。

「いや、久し振りですけど、さすがに警備局は違いますね。この応接室も調度品が格段だ。うちの部長室なんてかわいいものだってわかります。ただ、威圧感ばかりが勝って、昔から私は好きではありませんが」

ソファに足を組み、氏家は純也を冷ややかな目で見た。

「――わかっているようだな、小日向」

「ははっ。わからないほうがおかしいでしょう。この前の春の人事でしたよね。入庁十五年の警視正でいきなり組織図から消える。馬鹿馬鹿しいほどに定石化してますよ。裏理事官殿」

男は氏家利道《としみち》。警察庁警備局警備企画課の理事官にして、極秘で動くゼロと呼ばれた作業班のトップだ。二人いる警備企画課の理事官のうち、ゼロのトップは裏理事官と呼ばれる。

「定石か。なるほど、それも変える気概で俺は受けたが」

「へえ、変えられたら凄い。そうなったら認めましょう。ゼロの存在を」

「ゼロではない。そこまでは知らないか。さすがにJ君でも」

氏家はかすかに笑った。裏理事官ともなれば、さすがに純也の来歴も〈Jファイル〉程度にはわかっているようだった。純也にしてみれば、だからどうしたという感じだ。たかが〈Jファイル〉など、小日向純也という人間の単なる入口にしか過ぎない。出口の見えない、入口だ。

「ゼロも知られ始めた。オズだ。今はな」

「オズ?」

「OVER ZERO。オズ」

「へえ。そのくらいは変える権限が与えられたと。なら人事権も委譲されてそうですね。半年も大人しく潜行してたってことは、ゼロ当時からの作業班も一新ですか。それは手強いかな。ああ、一人はもう、すでに判明してますけど」

一瞬、氏家の顔に感情が走った。いい方であるわけはない。当然、純也も動かそうとして饒舌《じょうぜつ》なのだ。

「わかっている。雨が上がる前には、その作業班からこれが届いた」

氏家はポケットからなにやらを取り出した。長島の病室で純也が見つけ、警護のオズに持たせた盗聴器だった。

「お、早いですね。ということは、彼が病室に帰って来た時間を考えると、一階にいた連中の中にもオズがいたんですね。しまったな。尾行してロビーに降りればもう一人、二人は判明したのか」

「なんでもいい。そっちがなにをしようと我々は関知しない。ただ小日向、ことは一国の総理大臣の命に関わるかもしれないのだ」

氏家は身を乗り出した。大柄なだけに、威圧感はそれなりにあった。

「いいか。我々の邪魔はするな」

「邪魔、ですか」

「そうだ」

「うちの部長の病室に仕込まれた盗聴器を撤去することも」

「設置がうちなら、そういうことだ」

「うーん。難しいなあ」

「そんなことはないだろう。わかっていたはずだ。わかって、これも取り外したんだろうが」

氏家は手の盗聴器をもてあそび、テーブルに投げた。

「国家公務員I種トップ、総理の息子、ＫＯＢＩＸグループや芦名家の日盛《にっせい》貿易の後ろ盾。

本来なら俺の次、いや俺を飛び越して、今すぐにでもお前が裏理事官でおかしくないとな。上っ面な事象を中途半端に知るだけの連中からは、そんな馬鹿げた声も聞こえてくる」

「それはそれは。光栄ですが、面倒臭い話ですね」

「面倒臭いか。不遜だな」

「そのくらいでちょうどいいでしょう、ここでは」

「そうか。まぁなんでもいいが、伝えたぞ。いいか、小日向」

右手に立てた人差し指を揺らし、勿体《もったい》をつけてから氏家は純也に突き出した。

「我々の邪魔を、するな。いかにI種トップ、総理の子息であろうと」

「あろうと、なんです？」

純也は平然として受けた。氏家は口の端を歪《ゆが》めて笑った。

「うちにも色々いる。荒っぽいのも、底意地の悪いのもな」

「なるほど。気をつけるとしましょう」

純也は先に席を立った。ドアに向かい、ノブに手を掛け一旦立ち止まる。

「ああ、理事官。うちのにもお気をつけ下さい。口が悪いのと柄が悪いのと、生真面目が過ぎるのと。まあ、三人しかいませんが」

氏家は微動だにしなかった。失礼しますと応接室を出れば、課長席から福島が顔を上げ、すぐになにごともなかったかのように書類に向かった。

純也は一階に降り、エントランスに向かった。

「オズ。ＯＶＥＲ ＺＥＲＯね。ゼロを超える、ゼロさえ超えるか。ゼロを超えてもゼロはゼロだろうに。センスこそゼロ、いや、ＯＶＥＲ ＺＥＲＯかな」

警備員に注視されながらエントランスから出る。途端、純也はかすかではあったが、触りの良くない視線を感じた。エントランス両サイド、純也からそれぞれ五十メートル以上は離れた樹木の際だった。

「まったく。恫喝《どうかつ》しといてこれか。だったら、最初から呼ばないで欲しい。どうにも時間の無駄だ」

撒くか見破ってやるかとも思ったが、止めた。氏家は純也とＪ分室をまだ舐めている。ならば舐めさせておくのが得策だ。自分の優位を信じて疑わないキャリアという生き物は、客観的事実をさえ認めるのに時間がかかる。いずれ全面衝突はあるかもしれないが、この案件の間くらいは猶予があるだろう。

アドバンテージは待つものではなく、作るものだ。氏家という男を丸裸にする間くらい、舐めたいのなら舐めたいだけ舐めさせておけばいい。

雨はすでに上がっていた。西の空が明るく、北東の空には虹が掛かっていた。純也はおもむろに携帯を取り出した。警備企画課に入ったとき、着信があったことを思い出したからだ。履歴を見れば、猿丸からだった。そういえば警察病院から戻ると連絡したきり、三人を分室に待たせたままだった。

　電話をすれば、柄の悪いＪ分室員はすぐに出た。よほど暇だったようだ。

「警備局に呼ばれたみたいっすね。それも警備企画課だって」

「そう」

「てぇことはゼロっすか。どうでした。ゼロは」

　柄は悪いが、そのくらいの情報は猿丸をはじめとする三人ならすぐ仕入れるだろう。

「ゼロじゃないよ。今はＯＶＥＲ　ＺＥＲＯでオズというそうだ」

「え、オズ？　オズって。――なんかセンスないっすね」

「はっはっ。セリさんもそう思うかい」

　セリは猿丸の愛称だ。本名で呼ぶことがはばかられる公安警察官の多くが持つ。セリはイタリア人っぽい顔をした猿丸に鳥居がセリエＡからつけた。因《ちな》みに鳥居は漫画家の鳥居明から明をもらってメイ、犬塚は南総里見八犬伝からシノだ。

「で、どうします。そろそろ早い呑み屋なら開く時間っすけど、そっちが終わったんなら一回上がってきますか。呑み屋には逆方向っすけど」

　暇はすでに、飽きを呼んでいるようだ。そうだそうだと、受話器の向こうで口の悪い分室員が喚いた。

「へっへっ。メイさんも同感らしいです」

「そうだね。今日はもういい。明日からにしよう」

虹を見上げながら、今日は奢《おご》るよと純也は続けた。

「あ、いいんすか」

「今日はすっぽかした格好だしね」

「やった。言ってみるもんすね」

「その代わり、明日は久し振りに朝から大掃除だ」

「え」

「なんたって、オズだからね。今もついてるようだ」

「なるほど。じゃあ大忙しだ。へへ。久し振りに賭けますか」

J分室立ち上げ当初は、おそらく公安の各課が代わる代わる盗聴器を仕掛けてきた。捜一辺りもあったかもしれない。盗聴器の確認が毎朝の仕事だった。小さな分室であれ、新しい部署の立ち上げにはどこも疑心暗鬼になるようだ。本来ならしなくてもいい掃除に張りを持たせるため、大っぴらには出来ないがささやかな賭けが恒例だった。

「俺ぁ、十」

猿丸が決めると、奥から鳥居が、

――八個くれぇだろ。おい、シノ。お前《め》ぇは？

と言う声が聞こえた。残る分室のもうひとり、生真面目過ぎる犬塚が、熟考の間を取って十二と答える。

「じゃあ、僕は十五で」

純也は携帯を切って本庁舎に向かった。

同時に二人のおそらくオズ課員が、間隔を変えずに純也の動きに従った。

第四章　作業開始

一

　翌日の朝は定時から、決めてあった分室の大掃除で始まった。大掃除といっても実際には分室だけでなく、廊下、エレベータ、自販機、トイレ。J分室の四人が立ち寄りそうな場所はすべてだ。分担も慣れたもので、指示などしなくともそれぞれがそれぞれに散った。

　二時間ほども入念に調べ、見つけた盗聴器は合わせて十八個だった。賭けとしては純也の勝ちということになるが、全員の予想を超える数とあっては素直に勝ちを宣言するわけにもいかなかった。

「なんとまあ。こりゃぁ、なかなか根性の入った数っすね」

　猿丸が、二日酔いの青い顔でみんなの感想を代弁する。

　前日は有楽町のガード下に出た。早い時間でも開いている居酒屋といえば、四人ともに思い浮かぶのはそこだった。狭い小上がりに四人で詰め、襖《ふすま》を開け放ったままこの日知りえたことをそれぞれに持ち寄った。

大事な話は人混みの中が、J分室の基本だった。ダニエル・ガロアのことも部下の三人にはオープンだ。呑んで食って三時間はいただろうか。猿丸はひとり、いつものように夜の巷《ちまた》に消えた。結果が今の体《てい》たらくというか、猿丸にとっては普段通りとも言えた。

「それにしても分室長。普通に考えれば警察庁からいきなり来て、赤の他人がこの数は無理でしょう。何人かのオズ課員、あるいは協力者がこのフロアにもいるってことですよね。どうします。炙り出しときますか」

と、小難しい顔で言ったのは犬塚だ。

「いや、いい。気にしないでおこう。近所付き合いは大事だしね。疑心暗鬼になると今まで以上にこのフロアに居づらくなる」

と前置きしつつ、

「脅しのつもりもあるんだろうけど、数は無能を露呈する証拠でもある。ただ、今後も執念深いと面倒だ。分室での話もコーヒーも、このあとしばらくはお預けにしよう」

全員が無言でうなずいた。

「けっ。それにしてもご苦労なこった。お陰で二時間。いずれ利子つけて返《け》ぇしてもらわねぇとね。分室長」

「ああ。そうだね」

鳥居の呆れ顔に苦笑を漏らし、純也は壁の時計を見た。十時を少し回ったところだった。

「みんな、休憩にしよう。天気もいいから、公園に出ようか」

「了解っす」

純也は休憩と言ったが、猿丸を筆頭にみな阿吽《あうん》の呼吸でわかっているようだ。全員、手早く完全な身支度を整えた。これ見よがしに駄話をしながら一階に降りる。

受付では、大橋恵子が花瓶に花を整えていた。朱色のダイヤモンド・リリーが、ススキの海を泳ぐようだった。

「おっ。ススキかい。そういや先月ぁ、印西の後始末でお月見もできなかったな」

鳥居が口調に風情を滲《にじ》ませる。手を打ちながら、愛美《まなみ》に羽二重団子買ってやるか、好物なんだよなぁとまで口にする。まだ遠かったが、ロビーに響く鳥居の声を恵子は聞きつけたようだった。こちらを見る。

「あら。皆さんで一緒なんて、よっぽど暇なんですか」

大橋恵子が聞いてくる。純也に代わって、猿丸がおうと手を上げた。

「暇も暇。そっちも暇そうだな」

「警察が忙しいのは、いいことではありませんから」

「こっちも同じだぁな」

「そうですね。行ってらっしゃい」

正面入口から出、皇居の堀を左手に見ながら歩く。秋は長雨もあるが、晴れると空気が澄んで外は気持ちがよかった。

「やっぱり分室長。なんですね」

猿丸が言いながら純也に並ぶ。

「男所帯ってなあ、むさ苦しいっすね。恵子ちゃんとの今の会話だけでも、なぁんかほっこりしちまいましたよ。やっぱ必要じゃないっすか。分室にもひとりくらい」

これが今年で四十四歳になる、猿丸俊彦という警部補だった。二重瞼《ふたえまぶた》で目が大きく、鼻筋も通って唇が薄く、トレードマークにしている無精髭がよく似合っている。酒焼けしたテノールの声も聞きようによっては男の色気だ。小指がない左手も危険な香りを醸し、水商売の女性にはよくもてる。女好きは女好きだが、情が深く、どちらかと言えば人間好きなのだろう。それが猿丸という男の本質だった。だから年齢性別職業に拘らない縦横無尽のスジを持つ。

「馬鹿野郎。職員を飾り物みてぇに言うな。ほっこりしてぇなら花でも飾れ。ねえ、分室長」

がらりとした声が鳥居洋輔警部だ。小柄にして白髪混じりの短髪は、誰が見ても態度といい分室最年長で間違いない。事実、主任は鳥居だ。五代は続いているという江戸っ子で、スーツ姿でなかったらいかつい顔つきは職人で通る。べらんめぇで口の悪い鳥居は五十四歳にして、小学二年生の一人娘、愛美には頭が上がらない。心優しく義理人情に厚い、江戸っ子の心意気を体現すると鳥居になる、とは純也の率直な感想だった。つながりを大事にするスジは、カイシャ内から派生して番記者、報道関係までを網羅する。

「そうだね。でもメイさん。セリさんの言う通り、現状の効率ダウンは否《いな》めないから、そういう意味では近々とは考えてはいるけどね。まあ、当面は花でも飾って愛《め》でてもらおうか」

「ちぇ。結局、花かぁ」

猿丸が心底残念そうに天を仰ぐ。それにしても秋晴れのいい天気だ。日比谷公園の庭球場が見えてきた。

「ほら、セリ。花ならあそこの花壇にたくさん咲いてるぞ」

犬塚が指を差す。齢は四十七歳で鳥居より七つも若いが、いつも冷静でいてくれることがなにより、純也には心強かった。背も高く身幅もあり、顔つきも福々しいからおっとり型に見えるが、実は経済に強く事務処理能力も高い。〈カフェ・天敬会事件〉以降、J分室に女性の事務職はいないが、その分をカバーしてくれているのが犬塚だった。個人商店から銀行、果てはヤクザのフロント企業までをカバーしているのが犬塚のスジだ。

「なんすか。シノさんまで」

口を尖《とが》らせる猿丸の首に鳥居が腕を巻きつけた。

「おっとっと。今年ぁまだまだ暑《あ》っちいから、ほれ、花に熊ん蜂がたかってるぜ。へっへっ。お前ぇみてぇだな。なあ、セリ」

「げっ。熊ん蜂。へっ。俺ぁそんなに危なかねぇっすよ」

言いながら鳥居の腕を振り払い、一行の一番後ろに猿丸が退いた。

「なんでぇ、大げさに。熊ん蜂なんざ大して危なかねぇぜ」

「そんなわけないでしょ。熊ん蜂っすよ」

「だからなんだよ」

「ああ、メイさん。セリ。それはね、お互いの勘違いってやつだ」

犬塚が鹿爪らしい顔で言った。

「セリが言ってるのはスズメバチだろ」

「そうっすけど」

「あそこにたかってるのは熊蜂。メイさんが言うのは、だから正式には熊蜂。もっと正式にはキムネクマバチ。熊ん蜂って言い方はどっちにも使うんだ。スズメバチと違って、こっちは滅多なことじゃ刺さない。日本語は結構曖昧なんだな」

はぁ、へぇと、猿丸と鳥居、二人の感嘆が重なる。

「シノよ。お前ぇ相変わらず、どうでもいいことよく知ってんな」

「恐縮です」

「やっぱ雑学と、経理事務はシノさんには敵《かな》わないっすわ」

「お前は覚えろ」

「へぇへぇ」

良くも悪くもこのノリに純也を加えて、それが公安部公安総務課庶務係分室、通称〈J分室〉というところだった。

二

「さて、打ち合わせといこうか。ここだって長くいたら、いつどんな邪魔が入らないとも限らない」

自動販売機を前にして純也は財布を取り出した。了解と声を揃え、園内、外周歩道へと三人が散る。ランダムに選ぶ公共の場所も、だからといって油断していいわけではない。半径五十メートルほどの確認は、J分室員にとっては阿吽の呼吸にして、暗黙の了解だった。

鳥居の温かい緑茶、純也と猿丸の同ブラックコーヒー、犬塚の冷たい微糖は定番だった。飲み物を抱え、純也は手近なベンチに座った。確認を終えてまず鳥居が隣に座り、鳥居の後ろ、ベンチの背に寄り掛かるようにして猿丸が立ち、犬塚は純也の正面に立つ。これが外での打ち合わせの態勢だった。

「シュポ・アドラー・ゲーリング。この男を知るのは今のところ分室のアドバンテージにして、最後まで譲る気はないけどね」

純也は缶コーヒーのプルタブを開けた。

「分室長。サンク電業が借りたってぇハイライダーの予約、都内のネットカフェからしいですわ。こりゃ捜一からです」

お茶のキャップを開け、ひと口飲んで鳥居が言った。カイシャ内には純也も他の二人もそれなりにスジを持つが、年の功、年季とでも言うか、鳥居が一番広く深い。

「で、防犯カメラの映像とかを引っ張ろうとしたらしいんですが、うちの外事三課が根こそぎ持ってったってことで」

「あ、やっぱりその名前が出てくるんだ」

純也もコーヒーを飲んでひと息ついた。十年一日《じゅうねんいちじつ》、刑事警察と公安警察は規則でもあるかのように相容《あいい》れない。

「やっぱりってぇか、当然出てきますわ。持ってったのは偶然にも外事三課の大杉《おおすぎ》ってぇ野郎で」

「えっ。大杉って言えば」

猿丸がベンチの後ろから振り向いた。鳥居がうなずく。

「そう。その昔、シノが教育係をしてた奴だよ」

「へぇ。シノさんが。どんな男だい？」

純也が聞けば、ここでようやく犬塚はプルタブを開けた。

「良くも悪くも公安マンですよ。以上も以下もなく、取り立てて面白みはないです。能力はまぁ、並、ですか。分室長が気にするような価値はありません」

犬塚もそうだが、J分室の三人は全員、公安外事第三課が外事特別捜査隊だった頃からの叩き上げにして、警察庁長官や警察庁警備局長から勅命を受けるほど優秀だ。そんな男らに、並と切って捨てられるほうに同情心が湧かなくもない。

「メイさんの指示で、スジじゃないんですが誼《よしみ》で、それとなく触ってみました。結果、どう触ろうが関係なかったですね。なにもありませんでした」

「なかった。ふぅん」

「掻《か》っ攫《さら》って秘匿一辺倒の公安が、係全体で憮然《ぶぜん》としてました。ネカフェの分だけじゃなく、現場のスーパー、マンション、アウト・レントのモータープールの防犯映像まで。全部吸い上げられたようです。警察庁に――オズですね」

「そうだろうね。あの理事官ならそのくらいのことは強引にやるだろう」

納得顔で純也はコーヒーを飲んだ。十年一日はここにもある。警視庁と警察庁は相容れない。

「で、捜一なんですがね」

鳥居が話を引き取った。することがないかと思いきや、捜一は現在、電設屋と外注の人物確認をしているらしい。鑑識は電設屋から採取した指紋と、それらすべての人間を照合中で、終われば次に、同様に当日の自衛隊観閲式の参加者を順次当たっていくという。

「ちょっと空《むな》しいかな。斉藤に陣中見舞い、いや、お悔やみのメールでも入れておくか。メイさんだったらブン投げそうだね」

「それがそうも。聞く話じゃあ、これぁ警察庁の警備から直々の依頼だそうです。話の流れから行きゃぁ、オズってんですか。間違いないでしょう」

「ふうん。秘匿すべきは最初から。どうでもよさそうだが地味に押さえとくべきものは人手のいる捜一に丸投げ。それで動きも制限して一石二鳥か。えげつないね、オズはっていうか、氏家理事官は」

「まぁ目的は一緒でも、自意識も縄張り意識もない部署なんてなぁ、そもそも警察にゃありませんや。せめて鍋と蓋《ふた》。よくてそんな関係までですわ」

「破《わ》れ鍋に綴《と》じ蓋、ね。放っといて、こっちはこっちでやっていこう。じゃ、週明けからの持分を決めようか」

純也が言えば、全員が顔を振り向けた。

「メイさんは今まで通り捜一、うちの外事三課辺りから拾えるものを拾いつつ、そこから外へ。なんにしても動きはスピーディに。せっかくの三連休だけど、下準備くらいは頼むよ。愛美ちゃんには申し訳ないけど、おそらく、一歩遅れただけでオズが全部持ってくだろう」

「へい」

「それとプラスワンがある。〈カフェ〉の客だった男だ。シノさんには、メイさんに頼むプラスワン以外の何人かを当たってもらいたい」

「〈カフェ〉ですか」

「そう」

純也はうなずき、コーヒーを飲み干した。

「シュポと小日向。わかっているのはこれだけだ。アドバンテージだが悩ましいところでね。部長が撃たれたのが流れ弾じゃないとしたら。これは押さえないといけない。というか、僕は六四で六の線が〈カフェ〉だと思っている」

「わかりました」

「あとでリストを送る」

「了解です」

「で、セリさんは」

「ほいきた」

猿丸がベンチの後ろから身体ごと振り向けた。前夜の酒がやっと抜けたようだ。俄然《がぜん》やる気なようで、体勢は揉《も》み手だった。

「陸自だ」

「……はぁ?」

揉み手は動いたまま顔だけが崩れた。いい男が台無しだ。純也はいつものはにかんだような笑みを見せた。

「四日後には衆議院の補欠選挙が告示される。愛知第四区、大阪第十六区、鹿児島第二区だ」

「げっ。そうだ。補選」

「わかるね。あの人が応援遊説に向かう。さっきも言ったけど、まだターゲットが判然としない以上、部長とあの人を両天秤に掛けないといけない。人の命として、重さは一緒だからね。多分だけど」

「でもまた、なんで陸自なんすか」

「僕は薄いと思ってるけどね。万が一、本当にターゲットが向こうだった場合、セリさん一人でゲーリングを追うのはさすがに無理がある。だから昨日、師団長に会ったときに相談したんだ。守山の彼に手伝わせると言ってたよ」

「――和知君っすか」

猿丸が肩を落とした。容疑者の取調べだったら完落ちというやつだ。

「そう。ゲーリングに関する情報は、四日後までに僕の方でなんとかする。当てもまぁ、ないこともない」

「へぇへぇ。わかりました。行きますよ。行きゃいいんでしょ」

「そうだけど、メイさんの正反対で、セリさんには三連休はちょうどいいね。もう師団長は名古屋に帰ってるから、直接向こうへ」

「へいへい。――へっ」

「じゃ、そういうことで。みんなよろしく」

固まった猿丸をよそに、三人はそれぞれに動き出した。

三

同日、夜。純也が帰宅したのは十時を回った頃だった。国立《くにたち》の駅から徒歩圏内の家は、祖父ファジル・カマルが建てた瀟洒な邸宅だ。二十年前に相続した祖母、芦名春子が大掛かりにリフォームの手を入れて小さくしたらしいが、それでも間取りは5LDKで、塀際を木立が巡る立派な庭は二百坪もあった。二階は二部屋で、純也の部屋は手前の一室だ。

そういってしまえば庶民的にも聞こえるが、部屋はどちらも十平方メートルのウォークインクローゼットつきで、二十畳以上あった。家主は春子だから、純也は間借りの格好だ。とりあえず食費は充分な額、国立の駅前にワンルームが借りられるくらいは入れている。祖母は断るが、鵜《う》呑《の》みにするといつなにを頼まれるかわからない怖さがあったから、毎月勝手に振り込んでいた。

自宅のガレージにM6を入れる。三台は楽に入るガレージの真ん中だ。隣には、二ヶ月ほど前まではディーラの代車にして、今は春子所有のBMW M4が、一度使用されただけで後は置物のように、チタンシルバの車体を眠らせていた。

ガレージの裏扉から出、玄関への石畳を踏みながら純也は辺りを見回した。

木々を唄わせるような、柔らかな風が吹く夜だった。庭に防犯も兼ねた常夜灯が四基あり、視界に不自由はなかった。箇所箇所、ポイントと決めた場所や家の外観を、脳裏に俯《ふ》瞰《かん》を意識して眺めた。

「ふぅん」

一声を風に添わせ、純也は玄関を開けた。

「あら、お帰り」

リビングから芦名春子の濁りのない声がした。

「柿あるけど、食べる?」

「じゃ、着替えてきなさい。剝《む》いておくから」

「ああ。もらう」

春子は夫とふたり、一代で会社を東証一部上場にまで育て上げた立志伝中の女傑だった。日盛貿易㈱の会長職からも引き、悠々自適の生活を送っているが、呆《ほう》けるどころか八十六歳にして現執行役員は誰ひとりとしていまだに頭が上がらない。

着替えてリビングに降りれば、オレンジのナイトガウンを着た春子がソファでニュースを見ていた。

「寝るところじゃなかったのかい？　悪いね」

純也はガラス容器に盛られた柿の前に座った。

「ううん。お風呂の洗浄があったから早めに入って着替えただけよ」

ＴＶから目を動かさず春子は言った。画面に映るのは、首相官邸でインタビュを受ける和臣だった。補選に向けての話らしい。

「和臣さんも大変ね。三カ所を行ったり来たりするんですってね」

「あっそ」

純也は柿を口にした。少し硬いような気もするが、甘さは格別だった。食べながらテーブルに目を落とす。長３の封筒が無造作に置いてあった。

「なにこれ」

「ん？　ああ、それね。今朝方ヨープルさんが来てね。置いてってたの」

ヨープルとは、春子が定期購入している宅配の乳酸菌飲料だ。

「へえ」

開けると、入っていたのはＴＤＬのオープンパスポート二枚だった。

「豪勢《ごうせい》だね。もう契約更新だっけ？」

「少し早いけど、新聞屋さんの先々契約みたいなもんじゃない？　契約強化月間だって、営業さんと所長さん二人掛かりよ」

「じゃ、更新したんだ」

「うん。一年分。ほら」

サイドテーブルの引き出しから春子はＢ５サイズの契約書と領収書を取り出した。来年一月からで継続のヨープル一年分と消費税で、二万八千五百十二円だった。

「へえ。結構するんだね」

「そりゃあ、シロタ株四百億個ですもの」

「……よくわからないけど」

「でも純ちゃん。ディズニーよ。二枚よ」

春子がなぜか、目を輝かせながら純也を見た。

「誰かいい人いないの？　行くならあげるわよ。いないなら私と行きましょ」

「それ、きっつい二者択一だなぁ」

純也は口中の柿を飲み下した。

「そう言えば、風呂の洗浄は何時頃終わったの？」

純也の家は㈱デイ工業社製の二十四時間風呂だった。濾過《ろか》機能があって掃除要らずということで、十年前から導入している。その代わり一年に一度、濾過装置には業者の洗浄が必要だった。

「五時前かしら。いつもより掛かったみたいだけど、そんなに汚れてたのかしら。装置は替え時かもって言ってたわね。でも私が普通に入ったから大丈夫よ。綺麗になってたわ」

「わかった。じゃあ、入ろうかな」

ゆっくりと風呂に浸《つ》かり、上がるとＴＶは消えていた。春子は自室に引き上げたようだった。春子の部屋は一階の一番奥だ。純也はラップがかけてある容器から柿をもうひとつつまみ、一階の明かりを消して自室に上がった。

それから三十分も経たず、純也の部屋の明かりも消えた。


午前三時を回った頃だった。国立の小日向邸から百メートルほど離れた真っ暗な路地に、一台の軽トラックが止まっていた。一方通行の入口も出口も工事中のバリケードで封鎖されている。路地に設置されている街灯は、すべて点灯していなかった。軽トラの中の人間が暗くなってから梯子《はしご》を掛け、球を抜いたからだ。両側の家に明かりはなく、月と星の光によって、かろうじて車体が軽トラだと識別できた。

十月の深夜は、まださほど寒くなかった。エンジンは切られていた。

「ふっふっ。なあ、タイラ。人は見掛けによらんな。いい男は認めるが、なんだこの爆音のような鼾《いびき》は。百年の恋も醒《さ》めるってやつだな」

作業着でヘッドホンをつけ、ダッシュボードの上に足を振り上げた男が笑った。作業着の胸にはＤａｙとあった。

「東大卒のＩ種トップだかなんだか知らんですが、フクさん。理事官もなにを気にしてるんでしょうか。所詮《しょせん》はボンボンのキャリアでしょ。オズに所属して、これほどつまらん仕事はないですね。あのクソ鼾を、このまま朝まで聞いてなきゃいけないんですかね」

タイラと呼ばれた男がハンドルに寄り掛かる。

「いや、今日はもう秘聴することもないだろう。女だって興醒めで逃げ出すような鼾を、なんで俺らが雁首《がんくび》揃えて聞かにゃならんのだ。馬鹿馬鹿しい」

助手席のフクがヘッドホンを外した。こちらの方がタイラより明らかに年上だった。

「俺もお前も明日は日勤だったな。差し障りが出たらたまらん。少し寝るか」

「へっへっ。俺は平気ですけど、フクさんはもう齢ですからね」

「そりゃな。もう反論をする気も起こらん齢になっちまったよ」

ヘッドホンをサイドブレーキに引っ掛け、フクがシートを倒す。見てタイラもシートを倒そうとした。そのときだった。

運転席側の窓が叩かれた。寝かけのタイラがまず飛び起き、数秒遅れでフクもシートごと身体を起こした。

「なんだ。タイラ。巡回か」

タイラは窓の方に身体をねじったまま動かず、答えなかった。

「おい。タイラ」

運転席のタイラが答えるより先に、そちらの窓の外で人影が動いた。前に出て、軽トラに向けて手を動かす。なにかの意思表示のようだった。

「タイラ。ライトだ。ほら」

「えっ。は」

フクに促されてようやく、タイラは我に返ったようだ。キーをメインの位置に廻してライトをつける。

浮かび上がったのは妙な形のゴーグルをつけた、背の高い男だった。濃い茶のジョギングウェアの上下を着ていた。闇に同化する色だった。

「なんだ。あのゴーグルは」

「暗視、ですかね」

フクの呟きにタイラが答えた。

「玩具か。あんなタイプ見たことないぞ」

「俺も知りません」

車内の会話をよそに、ライトの中で男はたしかに笑っていた。ゴーグルをゆっくりと額に上げる。

――あっ。

タイラとフクの口から出た驚愕は同時だった。

ライトの中で笑っていたのは、二人が今まさに、前々日の仕込みから昨日日中《にっちゅう》の仕掛けを経て、今の今まで秘聴していたはずの小日向純也理事官だった。

若い分、まずタイラが車外に飛び出した。フクはドアノブに手を伸ばして一旦止め、サイドブレーキのヘッドホンを取り上げた。耳に当てなくとも豪快な鼾は今も聞こえた。

「畜生っ。ダミーかよ」

ヘッドホンをフロントガラスに叩きつけ、数秒遅れで車外に出た。

「こんばんは」

ターゲットは場違いな挨拶を口にしながら片手を上げた。

「こ、小日向」

思わずフクは呟いた。

「あれ。呼び捨てですか」

純也は上げた手に人差し指だけを残して握り、フクの方に向けて倒し、

「福永健一《ふくながけんいち》警部補と、それに」

そのまま指は手首の回転でタイラに動いた。

「平野雄大《ひらのたけひろ》、巡査部長」

「あ、いえ。その――」

福永に言葉はなかった。なぜか素性は知られていた。そうなれば相手は本庁の警視、理事官だ。

「ははっ。ヨープルとデイ工業ですか。一日で二つは甘いですよ。まだまだだなぁ。それとも、僕のことをよほど舐めましたか」

言いながらポケットから取り出したなにかを、純也はアスファルトにばら撒いた。それは前日の日中に、福永達が純也の家に仕掛けた種々の盗聴器とカメラアイだった。

「ど、どうして」

「三時間もらえれば、なんでも出来ます。そちらと同じことはね」

秘撮、データ化、スジに照会。純也は手順を羅列した。

「まあ、夜中なんで面倒臭がられはしましたけどね。――葛西《かさい》署からですか。ご苦労なこ

とだ。ただ、ね」

純也は声を落とした。

「福永、平野」

一音一音に冷えてゆく声だった。福永も平野も固まった。

「福永、平野」

繰り返しは間違いなく返事を強要した。はいっ、と返事をして背筋を伸ばしたのは平野だったが、福永もいつの間にか姿勢を正していた。

「日々の暮らし、関係のない人々にまで手を伸ばしたら、祖母の笑顔を崩したら、僕は許さない」

脳髄が痺れるような、凍えるような声だった。人にして、どうしてそんな声が出せるのだろうか。

「氏家理事官はどうでもいい。手を伸ばしたら、伸ばした本人を僕は潰す。持てる物のすべてを使って、徹底的に潰す。潰すとは、文字通りだ。ヤクザ紛い、ヤクザを超えて、文字通り。嘘だと思うならこの後もやり続ければいい。受けて立とう。受けて立って、磨《す》り潰す。生きた痕跡だって、消してみせる」

平野の喉が音を立てた。時間にしてどのくらいだったろう。純也を芯に、時も凍るかのようだった。

やがて、遠くに救急車のサイレンが聞こえた。純也からふと、威圧感が消える。

「と、はは。まあ、これは氏家理事官に言ったところでどうにもならないだろうね。あの人はこれからも、無情非情に同じ指示を繰り返すだけだろう。君達がどれほどオズの全容を理解しているのかは知らないけど、横には、仲間と呼べる人達がいるなら、出来るだけ伝えておいたほうがいいよ。こう見えて僕は、思いっきり本気だから」

じゃあと手を上げ、純也が暗闇の奥に去った。

時がまた流れ始めるようだった。どこかの犬の遠吠えが聞こえた。十月の深更は、思うより遥かに暖かかった。

「フクさん。俺たちは今、一体何者と話をしたんでしょう」

平野の問い掛けに、福永は唸るだけでしばらく答えなかった。

四

その日は、三連休のど真ん中だった。猿丸は陸上自衛隊守山駐屯地に向かった。名古屋駅に到着したのが昼ちょうどだった。駅地下で昼食を摂る。

「さて、と」

駐屯地は名古屋駅から十キロほどだ。名鉄かバスが一般的だが、歩けない距離ではない。

猿丸は迷わず徒歩を選んだ。腹ごなしにと思ったのも事実だが、食後三十分も経ないで矢崎に会うと、かえって胃凭《いもた》れする気がしたのも事実だった。それほどに猿丸は、矢崎の堅さが苦手だった。

「なんてぇか。なんにもねぇな」

猿丸は師団司令部前の交差点から駐屯地に入った。来たことはある。あるが、出来ればご無沙汰していた間に、パブやクラブとまでは言わないが、スナックやカラオケバーくらいまとめて増えていないかと期待したが当然無理だった。逆に通り道に閉店しているところを二軒見つけた。矢田川の向こうにはナゴヤドームの屋根が見えるが、川を渡ると名古屋はいきなり住宅街が広がった。

「いや。そうじゃねえ」

住宅街と、駐屯地が広がった。

日曜日にもかかわらず、やけに威勢のいい掛け声でランニングに精を出す一団を憂鬱《ゆううつ》に見ながら、猿丸は司令部棟に入った。時間はおおよそしか伝えていなかったが、

「うむ。ずいぶん遅かったな」

矢崎が待っていた。東京の防衛省で会うときとは違ってラフな格好だ。開襟の半袖シャツから露《あら》わな二の腕は還暦を感じさせず、赤銅色に陽焼《ひや》けして肉の筋が盛り上がっている。

それも猿丸の憂鬱を助長する一因だった。

一応、応接室に通される。一応は一応だ。

「一応、応接で概要は話そうか」

矢崎本人が言ったのだから間違いない。飲み物の一杯も出ない殺風景な部屋で打ち合わせは始まった。なかなかハードな旅になりそうな予感が猿丸にはした。

「今度は、君にしてはかなり長期になるんだろうな」

「……やっぱり、そうっすかね」

「世間も今回の補選にはずいぶん注目しているようだからな。そもそも小日向総理の人気におんぶに抱っこの政権だが、総理に限らず政治家はこういうとき力を入れる。メディア露出のＰＲ効果の費用換算というやつだろう。当然、総理もな。あんなことがあってまだ犯人も捕まっていないというのに、予定に変更は一切ないようだ。周りはてんやわんやだろうな」

それは猿丸にもわかる。今回の補選は愛知、鹿児島、大阪で予定されている。その三カ所を二周するというのだ。それぞれの警備部は頭を悩ませていることだろう。警視庁の警護課も当然入る。

「ただな」

矢崎は声を重くした。

「警備計画はわからん。いや、いつもならその気になれば手がないこともない。が、県警も警視庁も今回は駄目だった。なにかわけのわからん連中がしゃしゃり出てと、ぼやき声だけは聞こえてきたが。君はなにか知っているのか」

「さて、私らもそこいらんとこはあやふやでして」

間違いなくオズだろうが、猿丸は言葉を濁した。旧チヨダやゼロだったときのことを考えれば、大っぴらにしていいことはなにもない。いずれスジとして運用できる人間が出たときのことを想定する。

「そうか。まあ、わからん連中といっても、県警や警視庁がぼやいて済ませる段階で、警察庁か公安委員会、あるいはもっと上ということはわかるがな」

「さすがですね、師団長。ただ、その辺で止めておいたほうが」

「ほうが、なんだね」

「いや、師団長が睨まれることになるのもってね。思ったもんで」

「ふん。そんなことか。気にするな」

矢崎はソファに足を組んだ。堂々とした押し出しだった。

「来年の三月で、私ももう退官だ。なんらかの形で関わりは続くだろうが、少なくとも師団長ではないし、陸将で上がりだ。睨みたい奴には睨ませておけばいい。それでなにが変わるわけでもないし、睨み返せば傷を負うのはそちらということになる」

「なるほど」

たいした陸将だと改めて思う。それが矢崎という俠《おとこ》だった。

「だからな、まあ色々ねじ伏せて、半歩くらい踏み込んだものは押さえた」

言いながら矢崎は卓上のカレンダーを手元に引き寄せた。

猿丸も既知なのは十八、十九、二十日の名古屋駅前、鹿児島駅前、堺駅前の順までだ。夕、夕、昼とも記憶していた。そこから折り返して鹿児島にまた戻り、大阪は堺ではなく大阪駅阪神前交差点前が二十二日で、また名古屋駅前が二十三日だと矢崎は続けた。最重要と位置づけられた名古屋ではもう一回、二十五日の昼にも遊説を行うという。総理が帰京するのは、この二十五日の夕方になるらしい。

「なんとまあ、精力的にして人騒がせな」

「人騒がせだが、さっきも言ったメディア露出の費用換算は二桁《ふたけた》の億になるらしいからな」

猿丸は呆れたが、矢崎は表情を変えなかった。

「と、このくらいは近日中に誰でも知るところになるだろう。こちらでは正確な時間も押さえてある。和知のところへ行けば見られるはずだ」

「そうっすか」

猿丸は膝を打って腰を上げた。そろそろ退散の潮時と判断する。

「わかりました。じゃ明日にでも。いや、連休中でしょうから明後日か」

猿丸が言えば、矢崎は不思議そうな顔をした。

「他人行儀だな。構わん。今から行けばいい」

「えっ」

「ああ。まだ行ったことはなかったかな」

矢崎は立ち上がって窓に向かった。

「この司令部棟を出た西側に、守山の史料館がある」

「えっ。って、あの」

「その昔、連隊本部として使用されていた二階家だ。和知はそこをな、まあ、言えば勝手になんだが」

さすがに矢崎だ。猿丸の都合などお構いなしに説明は続いた。

「ちょ、師団長。ちょっと待ってください」

「――なんだね」

「いや。もう三時半も回りましたんで」

「――だから、なんだね」

「実は俺ぁですね。こっち着いてから決めようと思ったもんで、宿の手配もまだなんですわ。そろそろ探しに行かねぇと。なんたって三連休のど真ん中ですからね」

猿丸にしては、そもそもこの夜くらいは栄に繰り出し、なにがなんでもハネを伸ばす予定だった。新幹線の車中から、想像すれば胸の大きなキャバ嬢が浮かんでは手招きを繰り返した。

「そんなことか」

矢崎がまた、不思議そうな顔をした。猿丸は、嫌な予感しかしなかった。

「他人行儀だと何度も言わせるな。構わん。ここに泊まればいい」

「……はぁ？」

「実は、こっちでもう用意してある」

猿丸は一瞬固まった。

「でも、俺ぁ夜は」

宿を押さえる気など、端《はな》から猿丸にはなかった。若き純也に助けられた日の、ただ一度の死の恐怖に猿丸は蝕《むしば》まれていた。眠れば悪夢にうなされ、ときに叫び声を上げる。呑み、呑み潰れて眠るのが、猿丸の選んだ唯一の対処法だった。

「わかっている。言ったはずだ。君は私と同じ匂いがする、と」

矢崎は大きくうなずいた。

「安心したまえ。いくら大声で叫ぼうと、誰も気にしないところに野営を整えた」

一瞬、猿丸には想像も出来なかった。名古屋駅から高々十キロで、しかも住宅街で――、

「や、野営っすか」

「せっかく守山に来たんだ。陸自を肌で感じたまえ。野営も案外いいもの——」

矢崎は咳払《せきばら》いをした。

「悪いものではない」

猿丸の脳裏で栄のキャバ嬢らしき人影が、何人も並んでさよならの手を振った。

五

意気消沈しながら、猿丸は和知が〈占拠〉しているという部屋へ向かった。

——行けばすぐわかるが、史料館は古い洋館だ。連隊本部だった頃は白亜、だったのだろうな。和知がいるのは二階の奥だ。ずいぶん前になるが、人を使ってごそごそと大改造したらしい。職務柄の電力供給と回線数、それに伴うセキュリティくらいまでを許したつもりだったが。

史料館はすぐに見つかった。守山は猿丸も知る習志野の駐屯地はもとより、朝霞の駐屯地と比べてもこぢんまりしている。広さは朝霞の約六分の一だ。

——ただな、入るのが少々面倒臭い。

史料館としての階段では辿り着けないらしい。一階最奥を曲がった行き止まりに、間を空けて二台並んだ掃除具ロッカーがあり、右側を開けるとモップの陰に漢字変換のテンキーがある。

「和知、二尉、と」

しばらくあって、

――あ。師団長に聞いてたよりずいぶん遅かったですね。どうぞ。

ロッカーに顔を突っ込んでインターホンも間抜けな気もするが、この辺が和知の、猿丸には理解できない美意識だ。

「うわっ。本当に開きやがった」

やがてロッカーとロッカーの間が音もなく開く。それ自体はよく見ればただの自動ドアだが、木目調のカモフラージュがサッシにまで施されている。階段は狭いが角度はゆるく、両サイドにはフルカラーのＬＥＤモジュールが数個配されて明滅していた。足元はさほど暗くない。

「なんてぇか」

秘密基地、いや、悪の手先のアジトだなと猿丸は呟いた。二階の踊り場でも、なぜか並んだロッカーで同じ手順を繰り返す。なぜまたロッカーなのかは疑問視しない。使えるものは使う、は税金で賄われている組織の基本だ。テンキーをセットしても、今度は和知の声は聞こえなかった。その代わりロッカーの間で金属音がした。ときに家宅に侵入もする猿丸には馴染《なじ》みの音だった。見れば、ロッカーの間には小さなノブがついていた。一階はインターホンで、二階はオートロックということだ。

「邪魔するぜ」

開けて一歩踏み込み、猿丸は眉を顰《ひそ》めた。中は驚くほどに広い空間だった。三十畳はあるだろう。風呂もトイレも、ご丁寧にピクトサインまでつけた扉があるのだから、あるのだろう。食堂のサインもあるが、特に見たくはない。なるほど、陸将が〈占拠〉という言葉を使ったのもわかる。史料館の二階をどれほど使っているのか。そのせいで移動、あるいは撤去を余儀なくされた展示品もあるに違いない。

「なんとまあ」

壁際には大型のディスプレイが並びに並んでいる。ざっと見て十台以上だ。合間合間で充電台に載せられたスマートフォンは、それ以上に数えるのも面倒なほどだった。その空間を――。

キャスタチェアに座ったまま、和知が遊ぶように動いていた。身長は百六十センチ足らずで、体重は身長割る二くらいだ。マッシュルームカットは本人のお気に入りだというから話題にもしない。全体にどこからどう見てもリン・ユーチュンにそっくりだった。歌は一度しか聴いたことがないが、思い出すだけで気分が悪くなる。

「あ、セリさん。お久し振りです」

作業に一区切りついたのか、キャスタチェアのリン・ユーチュン、和知が振り向いた。

「仕事上の渾名を使うな。その前に、なんでお前ぇが知っている」

「えへへ。そこはそれ、蛇《じゃ》の道はヘビって言うじゃないですか」

「誰が蛇で誰がヘビだ」

「どっちもヘビだから分類は難しいです」

会話の間も、和知はキャスタチェアでごろごろと動いていた。

「なんでもいいが、動くな。止まりやがれ」

「はぁい」

本人は手を膝に置き足を丸め、いたって忠実に指示を守る。が、PCの機動音しかしない中、和知を乗せた椅子はゆっくりと慣性の法則に従って猿丸の前を通り過ぎた。

「まあ。らしいって言えばらしいがよ」

猿丸は頭を掻いた。到底切れる男には見えないが、和知はとんでもなく切れる。なんといっても矢崎が、職務に関しては全幅の信頼を寄せる男だ。

「なんなんだ、この部屋は」

「あ、いいでしょ。なんか秘密司令部みたいで」

「もしかして、単にそういう場所が欲しかっただけか」

「失礼な。どうせ使うなら、こういう部屋にしたかったってだけです」

「――まあ、話が面倒臭くなりそうだからどうでもいいや。で、師団長が、遊説日程の時間がって言ってたが」

「あ、それならあっちの三台目のＪ４のフォルダを開けてください」

示された通りにＰＣを開くが、

「なんだこりゃ」

三十七インチのモニタは無数のフォルダに埋め尽くされ、下手をしたらモワレを起こすほどだった。

「わかんねぇ、やってくれ」

「あ。はぁい」

ごろごろと和知が寄って来る。

見せてもらったデータは、矢崎が言う通り一般にはおそらく出ないものだった。警備部の苦肉の譲歩案だったろう。テロの恐れを考慮して新幹線は使わず、だからといって政府専用機は当然選挙応援では使えず、今回総理の移動に使用するのは、プライベートジェットだった。和知のデータには、その離着陸予想時間が記されていた。欄外に〈ＫＯＢＩＸ借り上げ・地方空港ビジネスジェット離発着環境視察兼〉とあった。ビジネスジェットの運航は、昨今では首都圏及び地方大型空港活用の切り札と噂され始めていた。狙いは悪くなかった。

「なるほどね」

猿丸はひとり納得し、画面上の機密書類をスクロールした。空港からの細かな動線。それらから導き出される遊説開始時間。鹿児島の一回目と大阪の二回目に、候補者の演説開始と大幅なずれがあった。欄外に、〈わざとかな〉と書き込まれていたが、これは和知だろう。矢崎が色々ねじ伏せてと言っていたのは航空自衛隊で間違いない。政府専用機の管理運営は空自であり、借り上げたプライベートジェットのパイロットも、氏名のほかに記された階級は空自のものだった。

「ＯＫ」

猿丸は内容を頭に叩き込んだ。プリントアウトはしない。頼んだところで和知もＮＧを出すだろう。機密保持はどこでも、最終的には人力となる。

「今回のこたぁ、悪《わり》ぃな。あんまりお前ぇらには関係なさそうなのによ」

「あ、気にしないで下さい」

和知は顔の前でゴム鞠《まり》のような手を振った。

「僕が動くわけじゃないですから」

「そんなこたぁ最初からわかってら」

猿丸は辺りを見回し、一脚だけ畳まれているパイプ椅子を見つけた。勝手に出し、勝手に座る。

「それにしても、陸自の隊員をそんなに動員出来るのか」

「簡単ですよ。休日の奴らを動かしますから」

「休日って、おいおい、大丈夫か。文句は出ねぇのか」

「大丈夫。文句が言えない理由はいかようにも、この中に」

和知は胸に手を置いた。

「まあ、僕も鬼じゃない。外出許可申請をしてる奴は除きます。本当に用事があるか、極限状態の奴らですから」

「なんだそれ」

「どこの駐屯地も外出手続きが面倒でして。班長から小隊陸曹、小隊長、中隊長とね。外出の前日は、順番通りに判子をもらうため、駐屯地中を駆け回ることになります。それだけで、もうヘトヘトですよ。だから、本当に用事がある奴と、極限状態の奴以外はあまり出ないんです」

「極限状態って」

「聞きますか」

「いや、いい」

聞かないのが武士の情け、というやつだろう。

「それより、てこたぁ、そいつらを使うには逆に、判子待ちが駐屯地中に列を成すのか。目立ち過ぎだろ」

「大丈夫。班長だろうが小隊陸曹、大隊長だろうが、握るものは握ってますから、僕から申請すればノー判子。後出しもＯＫです」

「──なるほど」

「それでも人数が足りなければ即動・初動の連中も使います」

「それは」

「災害時に備えた待機状態ってことですね。まあ、こいつらまで使うようなら、天災が起こらないことを祈るばかりですが」

「怖《こえ》えな」

これは天災にというより、和知に対する感想だ。この男なら天災があっても、隊員を鮮やかに、きっと駒のように振り分けることだろう。

「ただ、今回は多少参りました」

「てぇと？」

「今度の土日は名古屋まつりでしてね。第三十五普通科連隊の連中が使えなかったんですよ。そろそろ、骨の髄まで押さえてる奴が多かったんですけど」

毎年恒例で、行列の武者隊に二百人も駆り出されるんですよと和知は珍しく嘆いた。

「かぁ。そうか、祭りか」

名古屋まつりは猿丸も知っていた。郷土三英傑の行列を含む、パレードで有名な名古屋の一大イベントだ。毎年百五十万人以上の人出が予想された。

「その前日ですからね。こっちから出す人数のこともありますが、駅前から街中の人出が、ね」

言いたいことはわかる。遊説中の駅前は都内で言えばさながら、大晦日《おおみそか》のアメ横のようになるかもしれない。

「ターゲットの情報は大丈夫でしょうね。動かして空振り、意味不明じゃあ、ここの連中は体力も気力も持て余しますよぉ。勢いのまま、今度は僕がなにかをつかまれちゃうかもしれません」

「――なんかあんのか」

「いえ。なんにもありませんが」

シレッとした顔で和知は言った。

「じゃあ、黙って当日の手配をしてろ。大丈夫だよ。分室長がそう言ってんだ」

「なるほど。そっちの担当は分室長が。じゃあ安心ですね」

「ああ。それより、お前の方でもしもよ、ひとりのドイツ人の名前言ったら、調べられるか」

「ダメです」

和知はきっぱりと言った。

「僕のネットワークは自衛隊という組織に特化して閉じてます。閉じてるからこそ有効なんです。ご存じないかもしれませんが、セリさんだけにはこっそり教えましょう。秘密ですよ。誰も知りません」

和知はにんまりと笑った。ますますリン・ユーチュンにそっくりだ。もしかしたら本当に双子かもしれないと猿丸は思った。

「僕はね、筋金入りの自衛隊オタクなんですよ」

「――ご存じないもなにも、そりゃあ、見りゃわかるから誰も聞かないだけだと思うがな」

「ええっ」

良くも悪くも浮世離れしている。天才とはこういうものというか、こういうものの見本のような男だ。

じゃあ頼んだぜと部屋を後にする猿丸は、名古屋駅からここまで歩いた以上の疲れを感じた。

六

週明けは十月十五日だったが、都内は朝から少し雲が多かった。夕方から一雨あるかもと天気予報は伝えた。ひと月遅れの名月は拝めそうもなかった。

鳥居はこの日登庁前の早い時間に、葛飾区《かつしか》にある京成高砂《けいせいたかさご》の駅前でひとりの男に会った。高砂は鳥居が住む荒川区の町屋から同じ京成線で繋がっている。時間にして十五分くらいの距離だった。

「へっへっ。相変わらず、ここの蕎麦《そば》食ってんのか」

「はい」

瘦せた、四十代後半の目立たない男だった。だが、出来る。男は井上浩《いのうえひろし》という警部補だった。一九九五年の国松長官狙撃事件のとき、井上は荒川警察署にいた所轄の刑事だった。鳥居は公安にいて、純也番になる前の話だ。その頃からの知り合いにして、その頃からのスジだった。数年前、警部補に昇進してからは引っ張られて本庁公安部の外事第三課に所属していた。

鳥居が井上と会ったのは、高砂北口駅前の路地を入った食堂だった。立ち食いのスペースもテーブル、座敷もあり、蕎麦やうどんのほかに丼物も豊富で、ラーメンやとんかつ、オムライスに惣菜類まである。昔ながらのお好み食堂の風情だ。二十四時間開いていて、二十四時間誰かが酒を呑んでいた。

「相変わらず細《ほせ》ぇな。そんなんじゃ保《も》たねぇぜ。海老天も卵ものっけちまえ。おう、大将――」

　すいませんと井上は笑って頭を下げた。

「その蕎麦にこだわりでもあんのかい」

「いえ。ただ好きなんです。ははっ。夜も定番のままですが」

　井上は警察一筋に生き、今も独身だった。毎朝この食堂でたぬき蕎麦を食い、夜は刺身定食にお勧めの惣菜をひとつつける。鳥居が出会った頃から変わらない、いや、変えないのだろう、それが井上という警部補だった。

「なんかいいもん、見つかったかい」

「あるわけないじゃないですか。全部、お隣さんが持ってっちまいました。うちの課長が椅子を蹴り飛ばすの、初めて見ました」

　言うまでもなく、お隣さんとは警察庁のことだ。

「それだってお前ぇ、根こそぎ渡したわけでもあるめぇ」

「まあ、コピーくらいはありますよ。でも、表向きはお隣さんの手前、なにも残ってないってことになってますからね。解析出来る部署に回すわけにもいかない。こっそりって言っても、同じ部署の中に、お隣さんの息が掛かったのが何人いるかもわかってません。シシャだけじゃなくホンシャにもずいぶんいるようですから。課長がまず、とんでもなく疑心暗鬼になってます。物事は進んでるようで、あまり進んでません」

「まったく、国松長官の頃から変わんねえな。庁同士、署同士、局同士、部同士、課同士、係同士、隣の席同士。手を組むってことを知らねえからな」

「見てる物が大きいからでしょうかね。これは感覚ですが」

「大きい？」

「今のソトゴトは、うちの課でも本当に狭い気がします。世界は狭くなりましたね。距離感の問題として。でも、いや、だから思うのかもしれません。見てる物が大きい。——すいません。上手く言えませんが」

井上は頭を下げて蕎麦をすすった。

「いや。わかる気がすらぁ。うちの分室長も言ってたっけ」

鳥居は箸先で中空を突いた。

——公共の安寧、公共ってなんだろう。国家の存在を護持する、国家ってどこまでのことだろう。庶民の暮らしを守る、庶民って誰だろう。よくわからないね。わからないけど、公共、国家、庶民。これって実は全部同じものなんじゃないかな。国語的解答としてじゃないよ。使ってる人間の触り方としてだ。同じものなのに言葉が違うから壁を立てる。わからないものには果てがないから、イメージはどこまでも広がる。壁は積み上がる。必然的に見るのは上空、遥かなる高みだ。足元も水平方向も、もう見えない。見ようともしない。ふふっ。いずれ、イカロスの翼にならなければいいけどね。

鳥居は井上にここまでを話した。

「へえ。そう、そんな感じです。キャリアなのに、凄いことを言いますね」

「昔、俺も言ったよ。そしたら、本来ならキャリアこそ言わなきゃいけないと思うんだけどねって笑ってたわ」

井上はうなずいた。ともに蕎麦をすする。

（ま、言葉もここまでは平和だけどな）

鳥居は純也の言葉について、すべてを話したわけではない。後半がある。

――だからね、僕達がしなければならないことは、この壁を壊すことだ。なぜかと問われれば、出来るからだ。とまあ、ははっ。動くなって指示に反発して動けば、自然にそうなるんでね。これは目的であり理由であり、突き詰めれば言い訳さ。でも壁は高いからね、上手く壊さないと大惨事だろうけど。

さすがにそこまで開示する気は鳥居にはなかった。

「そういえばお前ぇ。ゲーリングって名前、知らねぇかい」

「え。誰ですって」

蕎麦をくわえたまま井上は顔を上げた。スジの関係で鳥居と会っているにもかかわらず、井上は一瞬公安の目になっていた。

「いや。うちの愛美んとこの小学校に来た先生でよ。こないだの保護者会で、こっちの方に住んでるって聞いたもんでな」

知らないようなら深追いはしない。話したほうが効果的なら話すが、スジではあってもここは駆け引きだ。警察庁の絡みがあって、井上も外事第三課も今すぐには動けはしない。

「へえ、保護者会。メイさんもそんなのに出るんですね」

「記念、みてぇなもんかな。遅く出来た子だし、一人っ子だしよ。一回くれぇはな」

保護者会に出たのは本当の話であり、理由も本当だ。入園式、卒園式、入学式、授業参観にも記念で一度行った。子供は、記念のたびに成長を実感させてくれた。鳥居はだから学校行事が好きだったが、これも井上には話さない、話の後半として飲み込んだ。

井上と途中まで一緒に行き、警視庁までの経由を変えて別れた鳥居は分室に顔を出した後、午後イチで捜二のスジを池袋東武の屋上に呼び出した。たいがい鳥居はスジとは、〈いつもんとこ〉で会う。捜二のスジは練馬に住む刑事だった。鳥居は井上と同じく、ゲーリングについて聞いた。扱いが違う捜二にわかるとは思っていない。こちらは多少、強引にも聞いた。

「照会してみちゃくんねえか。マル暴絡みの話としてよ」

狙いはそこだった。J分室の匂いを立たせないためだ。

「ちっ。あんまりやりたかねぇが、メイさんに言われちゃしょうがねえな」

「すまねえな」

鳥居は煙草の箱をスジに渡した。

「おっと。有難さんです」

吸うわけではない。中には丸めた一万円札が十枚入っていた。

「くれぐれも、な。出来たらそっちも密かにってな線を装ってくれっといいんだが」

「へへっ。わかってますよ」

「そうか。そうだな」

それくらい言わないでも出来る者でなければ、そもそも最初からスジにはしない。

捜二の男に頼んでから、鳥居は山手線で日暮里に出た。ロータリー向こうに、目的の羽二重団子があった。店を出て空を見上げる。すでにいつ雨が降り出してもおかしくない空模様だった。

「お月さんにゃ悪ぃが、ちょうどいいや。愛美と団子食って、へっへっ、一杯は無理だろうな」

日暮里から鳥居の住む町屋は京成線で二駅だ。家に帰り着いたのは四時を回った頃だった。愛美は妻の和子《かずこ》と、ジグソーパズルに興じていた。

「あ、お帰りぃ」

「買ってきたぜ。和子、婆ちゃんとこ行こうか」

「はいはい」

鳥居の家は二世帯住宅だ。階下に母が住んでいた。降りて四人で羽二重団子を食い、ひとが多く、言ってはいけないことはそれ以上に多かった。

多くの公安課員同様、鳥居も部署や所属は家族に話していない。言ってもわからないこ

「夜勤てぇか、出張だ」

「あら。今日は夜勤ですか」

とり先に鳥居は席を立った。

出張。これが純也から指示された、〈カフェ〉のプラスワンだった。〈カフェ・天敬会事件〉でデータの顔写真などを確認した際、何枚かの写真には鳥居が素性をつかんでいる男達が写っていた。純也から指示されたのは、そのうちのひとりだ。

——これ、わかるね。

純也は内ポケットから写真を取り出して示した。一度見た写真だった。

——大嶺《おおみね》じゃないですか。入れたんですか。

写真の男は柏崎《かしわざき》に本拠を構える北陸の広域指定暴力団、辰門会《しんもんかい》が関東に食指を伸ばしたフロント企業の社長だった。辰門会会長大嶺滋《しげる》の長男、本部長の英一《えいいち》だ。

——そう。そっち系、スジがあったよね。下田《しもだ》って聞いたかな。だから入れた。

そういうことか。たしかにマル暴絡みで辰門会の話を純也にした記憶はあった。いつのことかはよくわからないが、一回きりだ。本人も定かでない流れるような話に出てくるごく普通の名前を、相変わらずだがよく覚えているものだ。

――リスクヘッジで部長は巻き込んだけど、見せた写真がすでに全体のリスクヘッジのつもりだった。もっとも、誰を入れようと五十歩百歩に危ないけどね。

鳥居が高崎へ向かうのは、そっち方面に大嶺に繋がるスジがあるからだ。辰門会直系で、前橋を拠点とする天神組《てんじんぐみ》の下田一隆《かずたか》という四十手前の組長だ。本人が新宿で愚連隊のようだった悪ガキ時代からの付き合いで、ずいぶん面倒も見てやった。それが今ではのし上がって、辰門会の副理事長に収まっていた。

高崎に入るのは、まずは直接に触れないためだった。

「行ってらっしゃぁい。お父さん、気をつけてね」

「おう。ちゃんとお母さんの手伝いするんだぜぇ」

見送る愛美に手を振る。振るときはいつも考える。帰ってこられるのだろうか。行ってらっしゃいに対する、お帰りなさいを聞くことは出来るのか。和子と愛美の笑顔はどこへゆく。

だから目一杯に手を振る。振って、振り切る。

駅に向かう鳥居は、すでに公安の顔だった。

七

同日、犬塚は西新宿の都庁を望む新宿中央公園にいた。四葉《よつば》銀行の本店営業第二部の課長、波多野《はたの》英幸《ひでゆき》と会うためだ。

——北芝電子とニシモク、イーストレッドファンド。南がないだけで覚えやすいだろ。

——ええと。まさか、そんな理由で選んだんですか。

——選ぶには選ぶなりの理由もあるって言えばあるけど、後付けだね。〈カフェ〉の客は、そもそも選り取り見取りだったから。どうせなら、覚えやすい方がいいと思ってね。

——なるほど。

——返す返すも南がないのが残念だ。こういうときって、シノさんもコンプリートしたくならないかい。

——いえ。特には。

休日を使って下調べをし、犬塚は北芝電子について動いた。

北芝電子は有機ＥＬ分野で特許をいくつも持つ、中堅電子メーカーだった。業績は堅調と思われたが一年前、長年にわたる損益隠しが発覚した。このことに嫌気が差した投資家がこぞって離れ、資金調達が一気に悪化したことは時のニュースだった。企業価値の持ち直しは一向に見られず、現在はリストラを含む大規模な事業再編が望まれていた。当時の取締役会は総退陣し、創業一族に繋がる三代前の社長で、現在は会長職に退いていた安本博和《やすもとひろかず》が復帰し、大鉈《おおなた》を振るう最中だった。年内に連結従業員で千人規模のリストラを国内外で終わらせることを前提に、現在融資シンジケートに提示されている再建案が了承され、追加融資が動かなければ北芝電子は破綻する。その瀬戸際だった。

社長への返り咲きもリストラも安本は非情にして強引だったようだ。社中には不満が燻《くす》ぶるどころか、未だに火を噴いているところもあった。爆発しないのは、企業再建という共通のお題目があるからだった。ここでもし、近々話題になったばかりの天敬会などという新興宗教の組織する愛人クラブと安本が契約していたことが発覚すれば、マスコミを先導して馬鹿騒ぎする者達は社内外におそらく多い。本人の地位や立場も危うくなるが、なにより企業再建のペースが滞るのは間違いなく、シンジケートが破綻に舵を切る可能性は極大にまで膨れ上がるだろう。

と、安本が長島や純也を狙う動機は、あるといえばその辺だ。

四葉銀行はそんな北芝電子の給与振込みを担当するメインバンクにして、再建融資シンジケートの主幹事だった。その中でも法人を扱う、本店営業第二部が中心だ。

「北芝を調べたい。たしか、お前のところが主幹事だったな」

影の出来ないベンチに間を空けて座り、犬塚は依頼を口にした。

「わかってて言ってんでしょ。ってここ、ビル風が強いなあ」

波多野は顔をしかめた。四十を過ぎて薄くなり始めた髪を気にしているようだ。チックで固めた髪が束で浮き上がる。たしかに風は強かった。声は通りづらかったが、その方が好都合だ。波多野は野放図に声が大きい男だった。

「気にするな。ただの確認だ」

犬塚は懐から茶封筒を出した。いつものことだ。が、いつもなら帯封の百万だが、今回は帯封ふたつ、二百万だ。それだけの大物であり、それ以上に時間もなく、二百万でどうにかなるほど、純也の懐からなる分室の活動費は少なくない。

波多野は横目で犬塚の手を見た。

「誰をです。あんまり上の方は触りたくないんですけど」

波多野も銀行員、しかも本店法人部門の課長だ。茶封筒の厚みで金額、その示すものは理解する。

犬塚は反対の手に持った新聞に茶封筒を挟み、波多野に向けて差し出した。

「社長の安本」

「うへぇ。渦中のど真ん中じゃないですか」

逆風の向こうで、通り掛かりの何人かがこちらを見た。波多野は本当に声がでかい男だった。

「今はまずいなぁ。犬塚さん。しばらくして、落ち着いてからじゃダメですか」

「それじゃあ年を越すだろう。ああ？」

犬塚は差し出した新聞の先を揺らした。

「そりゃまあ」

「すぐにだ」

取ってつけた溜息ながら、波多野は新聞を受け取った。

「どうしてもって犬塚さんが言うなら、まあやらないじゃないですけどね。ただ、ね」

新聞を縦にして頬杖に使い、波多野は狡賢《ずるがしこ》そうな目で犬塚を見た。実際、信は置けない男だが、そのくらいの方がいい。経済界に張るスジは、真っ正直では使い物になどなりはしない。それを操り、ときに与太話を見破るのは、自分の生真面目さ、愚直さだと犬塚は理解していた。

「他に、なにかうちのメリットになるようなネタはないんですか」

うちのメリットはイコール、波多野のメリットだ。そういうやり取りもたまにはする。波多野は犬塚からの金と情報によって、多少髪が薄くなり始めるくらいの若さで、四葉銀行本店の課長になったといっても過言ではない。

「これじゃ足りないと」

「今回だけは金の問題じゃないです。あるんですか」

犬塚はスジと強引な取引はしない。ギブアンドテイク、対等は揺るがせない。

「あるぞ」

「おっ。なんです?」

波多野が背中を丸めて身を寄せてくる。たしかに、上から覗くと固めたくなるのもわかる髪の量だった。

「言うなら逆メリット、ってやつかな。ああ、デメリットじゃないぞ」

「逆メリット、ですか」

波多野が身体を起こした。わからないというわかりやすい顔をしていた。

「俺が調べてることと関わりがないならよし。あったとしたら、な」

「……したら?」

「吹っ飛ぶのが、安本だけならいいな」

スジに使うほどだ。頭は悪くない。数秒考えた後、波多野は青くなって喉を鳴らした。

「さて、時期は追加融資の前か後か。もしかしたら企業再建ごともあるな。そうなったら四葉の貸付金も吹っ飛び、主幹事の面子《メンツ》も丸潰れ。比べればささいなことだが、再融資を主導したお前の部長職、その先の夢も吹っ飛ぶと」

「ま、待った待ったっ」

波多野はベンチから尻を浮かせた。

「やります。やりますよもう。で、なにをどこまで」

「安本と安本の家族の預金。幹事行だ。他行のも合わせて押さえてるだろ。そこから一千万単位の送金がないか。特に海外。それと、北芝電子の社内に安本の取り巻きがいるなら、そいつらの分も寝こそぎだ」

犬塚は先に立ち上がった。

「結果報告は三日後の同じ時間、ここで」

「へ、は。え！　そりゃあ——」

「お互い、時間は惜しいと思うが」

最後までは言わせない。波多野はやり場のない言葉を長い溜息で吐き出した。

「敵《かな》わないなぁ」

「わかってると思うが、手は抜くなよ。自分の未来も掛かってんだからな」

風の中に歩き出す犬塚の背に、わかってますよと力ない波多野の声が聞こえた。

大声ではない。なぜ。五メートルはあるはずだった。

犬塚は思わず立ち止まり、辺りを見回した。

「ああ。サイドフォローか」

些細《ささい》なことに引っ掛かる自分を、犬塚は笑ってまた歩き始めた。

第五章　エレナ

一

翌十月十六日は部下全員が出払い、分室には純也がひとりだった。

昼食後は申し訳ないと思いながら、こだわりのコーヒーをゆっくり楽しむ。ペルー・サンディアのコーヒー農園と特約し完熟させたティピカ豆だ。淹《い》れる直前まで不活性密封した逸品は、一流デパートの外商部でも扱えるものではない。

ドーナツデスクの上には今、メーカーも機種も違う携帯がいくつも置かれていた。鳥居達三人に割り当てた、メールと通話用の計六台だった。すべて番号も契約者も違う。買い取った物もあれば頼んだ物もあった。それぞれが遠方に出る場合、万が一に備えて準備は怠りない。不測の事態に陥っても、J分室まで辿られることは絶対ない。

猿丸からメールが入ったのは、コーヒーのアロマと陽射しに満ち足りた午後二時過ぎだった。やけに修飾語と形容詞が多いのは、読めばわかったが要するに暇なのだろう。要約すれば、和知の手配りによって準備がほぼ整ってるということと、なぜか駐屯地の一角で野営させられ、宿営用天幕で寝起きしているという旨の報告だった。朝は起床ラッパ以前から演習場を走り回る輩がおり、夜はダンベルを持って静かに歩き回る連中が引きも切らないらしい。昼間は隙を見せると、誰かが寄ってきて鍛錬の相手をせがまれるという。

「はっはっ。師団長のやりそうなことではあるけど」

純也が横浜の精華インターナショナルスクールに通っていた頃、ミックスド・マーシャル・アーツを習いに通った保土ヶ谷の駐屯地も同じような環境だった。だから、わからないでもない。難しい報告を書いている振りをして、長々しい不満を送ってきたのだろう。夜の繁華街に寝起きする猿丸にとっては、純也が考えても陸自の生活は真逆に思えた。メールの最後に、なぜか付き合うと矢崎が隣に天幕を張り、自分も野営を始めたのは止めさせてもらえませんかと懇願があったが、見なかったことにした。矢崎には矢崎の考えも自由も当然ある。

次いで、犬塚からも報告はメールだった。緊急でない場合、メールは便利だ。報告の内容を簡潔にまとめることも出来れば、逆に推論や感情の域にまで広げることも出来る。運用する側からすれば、つかむべきポイントが見え易《やす》く、不安不満のありかもわかる。

イーストレッドファンドに関しては白、と犬塚は伝えてきた。業務への影響を鑑《かんが》みて秘しているが、〈カフェ〉の客であった代表取締役の横瀬《よこせ》が三ヶ月前から病床に臥《ふ》しており、病院のスジに拠れば末期癌《がん》で、余命宣告もされているらしい。引き続き北と西を当たると、順調な人間の見本のような簡潔さだった。かえって猿丸が哀れに思えてくるから不思議だ。

だが、噛《か》み締めてやる間もなく、掛かってきたのは鳥居からの電話だった。

「連絡がつきました。今晩、下田が高崎に来るんで会うことんなってます」

「了解。よろしく」

「ああ。それと、ICPOに照会中のライフルマークに前歴ぁなかったそうです。ただ科捜研の方じゃあ――」

電話の向こうで紙片をめくり、ヘッケラー・ウント・コッホ・ゲーエムベーハーのG3、と鳥居は言った。

「持ってるライフリングデータと、押収した弾丸に付着した金属粉の組成も裏付けんなってるみてぇです」

「ふぅん。H&Kか」

「……あ、やっぱりH&Kでよかったんですか。じゃねえかとは思ったんですけどね」

鳥居は舌打ちを洩らした。

「あの野郎。知ったかぶってややこしいこと言いやがって」

「はっはっ。まあまあ。それにしてもH&Kの三号小銃ね。ということは、A3、A4、

SG／1、PSG―1辺りか。なるほど」

　G3はそれまで弱小メーカーだったH&K社を躍進させた名銃だ。アサルトライフルに分類される自動火器だが、採用した各国からの性能と安全実績への信頼は高く、AK―47、M16、FALと合わせて世界四大アサルトライフルと呼ばれたりもする。純也が呟くA3以下はカスタムパーツや改良を加えられたG3型で、使用する銃弾はどれも7・62ミリNATO弾だった。

「銃のこたぁ、私の頭から外していいですかね」

「ああ。狙撃銃のことはわかった。メイさんは今晩に集中していい。頼んだよ」

「へい」

「ただ銃のこと、全部を外しちゃいけないよ」

「えっ」

「なにかあってもいけない。シグは携帯してるね」

シグとは、シグ・ザウエルP239JPのことを指す。警視庁の制式拳銃だ。

「ええ。まあ」

　答えに歯切れは悪かった。銃に禁忌があるのは鳥居だけの話ではない。ただ、棹《さお》をさしておかなければいざというとき、必ず悲しむ人が出る。鳥居の場合はまず家族だった。ならば、禁忌だろうと破り捨てる。それが純也の役目だ。

「メイさん。でもね――」

「わかってます。大丈夫ですよ。もう何回も言われてますから。へっへっ。もう何回も、気ぃ使わせてますから」

鳥居はしみじみとして言った。そうだ、そういう部下だったと改めて確認する。

「持って行きます」

それで、鳥居の報告は終わりだった。


鳥居との電話を終えてひと息ついた頃、受付から分室に電話が掛かってきた。珍しいことだ。壁の時計は午後三時を指していた。

「どうかした？　デートの誘いなら喜んで――」

「あの」

軽口は、普段聞いたことのない大橋恵子の戸惑いを感じさせる口調に跳ね返された。

「あの、分室長。受付にお客様がいらっしゃってますが」

「お客？」

「いらっしゃればわかる、と思いますので。すぐに受付までお願いできますか」

わけもわからず、並べた携帯を鞄《かばん》に仕舞い、とにかくロビーに降りてみる。

受付は、白と薄紅の愛らしいセルリアの花で満たされているのが遠くからでもわかった。午前とは違う花だ。昼に恵子が替えたのだろう。

「あれ」

セルリアの花の向こう、受付台に寄り掛かるようにして、ひとりの女性がロビーを眺めていた。

シックなビジネス・スーツだが、プロポーションの良さは明らかだった。ブラウスを押し上げる胸が強調されて見えるのは、台に寄り掛かっているせいだろう。それにしても堂々として見えるのは、自信と誇りがあるからに違いない。小さな顔と輝くブロンド。

女性はドイツ大使館の、エレナ・フォン・キルヒバッハだった。恵子が相手をしているようだ。隣でもう一人の受付嬢、菅生奈々は目を白黒させていた。ロビーを往来する人々のエレナを見やる反応は、主にこの奈々に近い。あまりに日本的にして純也には慣れっこだったが、さてエレナはどうだろうかと、そんな興味が純也の中には湧いた。

近づけば、純也を一番先に見つけたのは恵子だった。

「ミス・キルヒバッハ。アチラニ」

少し重たいが、まず問題のない英語を恵子が口にした。

「へえ。大橋さん。英語が出来るんだね。初めて知った。凄いね」

「いえ。嗜《たしな》み程度です」

恵子は視線を泳がせた。

「たしかに、それくらいのレベルではあるけれど」

純也は本当に感心し、素直に褒めた。そして、率直な意見を言った。けれど、

「まあ」

恵子は少し目を吊り上げた。

純也は、こういう反応が昔はわからなかった。今はわかる。真っ直ぐな恵子をからかうと、純也は自分が日本に帰ってきたこと、日本人であることを再認識する。からかわれるほうはたまったものではないだろうが。

「でもわかるんじゃあ、ここで彼女と愛を語るわけにはいかないな」

えええっ、と落胆の声を発するのは隣の奈々だ。

「ナンノオ話デスノ。気ニナルワ」

ドイツ語が聞こえた。エレナを見る。笑顔のエレナは、胸元に上げた手を純也に向けて小さく振った。

「着任前ハ暇ナンデス。任地見聞ヲ大使ニモ勧メラレマシテ。ソレデ、来テシマイマシタ。警視庁ニモ貴方ニモ、トテモ興味ガアッタモノデスカラ」

「ソウデスカ。チナミニ、任地見聞ノココハ何番目？」

「一番先デスワ。ソシテ、イラッシャラナケレバ、エエ、特ニ二番目ヲ考エテイルワケデ

ハアリマセンデシタノ」

　エレナは愛らしくうっすらと頬を染めた。セルリアの花が、エレナによく似合って見えた。

「ソレハ、結構デスネ。イイゴ趣味ダト思イマス」

　長島の病室で聞いた言葉をアクセントごと再現する。エレナは少しすねたような顔をした。純也は肩を竦《すく》め、左手でエレベータを示した。

「デハ、マズ僕ノ分室ヘゴ案内シマショウ。狭クテ驚カレルト思イマスガ。コーヒーダケハ極上デスヨ」

「あ、理事官。よろしいんですか。その方の申請は特に――」

　純也が先導しようとすると、恵子が身を乗り出して異を唱えた。さすがに優秀な受付だ。流されない。

「大丈夫だよ。こちらはドイツ地方警察のエリートさんで、今度大使館の駐在武官に着任されるらしいし。うちの部長もご存じだ。ご存じというより、うちの部長にとっての幸運の女神だね」

「え、あ、そうですか」

　長島が撃たれたことは公言されていないから、恵子にはなんのことかわからないだろう。案の定、小首をかしげる。

「大丈夫。だから、はい」

純也は手を出し、強引に許可証を求めた。躊躇いがちに、けれど恵子は許可証をくれた。

「ありがとう」

エレベータに向かいながら、純也は許可証をエレナに手渡した。ストラップを首に掛け、エレナは首筋の髪をさばいた。やはり、ホワイトジャスミンの香りがした。

「オ好キナンデスネ。ホワイトジャスミン」

「エッ。アラ」

エレナは朗らかに笑った。

「ヨクオワカリデスノネ。向コウノ職場デモ、イイエ、友人デモ、滅多ニホワイトトマデ、ワカッテハモラエマセン」

「花ニハ、結構興味ガアルモノデ」

「ココハ、受付ニモ花ガ飾ラレテイマスモノネ。――アノ受付ノ女性」

エレナは肩越しに振り返った。

「貴方ト、親シインデスカ」

「エ。アア、ソレホドデモ。顔ヲ合ワセレバ話クライシマスガ。ドウシテデス」

「イエ」

少し意地悪げな目だった。

「トテモ親密ニ見エタモノデ。羨マシイクライニ」

なるほど。武官も女性、おそらくそういうことなのだ。

「ソウ見エタナラ、ソレハ僕ガ、彼女ヲ信頼シテルカラデスネ」

「信頼？」

「同僚トシテ、彼女ハ立派ナ職員デス」

「ソウデスカ。デモ、ソレダケナンデショウカ。ホラ、マダコチラヲ気ニサレテマス」

エレナはもう一度、受付を見やった。

「トッテモ綺麗ナ方」

純也も見る。すると恵子は、我に返ったように慌てて横を向いた。エレナが小さく笑った。

「フフッ。ソレニ、トテモ可愛ラシイ」

「ソウデスネ」

苦笑するしかなかった。女性の感覚、感性はときに純也の思考を凌駕《りょうが》する。というか、別次元で働き、まったく理解できないこともある。

「デモ、貴方モ綺麗デスヨ」

「有難ウ。直接ソウ言ッテクレル日本人ニ、初メテ会イマシタ」

エレベータホールに出る。乗降雑多にしてひとまとめに奇異好奇の視線を浴びながら、ちょうど開いたエレベータに純也はエレナをエスコートした。

二

「フフッ。本当ニ狭イノネ。デモ機能的ダワ。コノ部屋ニ何人デ?」

「僕ヲ入レテ四人。本来ハ、事務職ニモウ一人欲シイトコロデスケド、今ハモラトリアム中」

「人数モマタ機能的ネ。数バカリイテモ、ヤレル人間、ヤロウトスル人間ハ限ラレテマスモノネ」

「ソレハサスガニ、SEKノ部隊ヲ率イル警視監ノ言葉カナ。僕ニハワカラナイ」

純也がコーヒーを淹れる間、エレナは分室内をしげしげと眺め歩いた。

特に重要な物、部外者に見せられない物などは普段から置いていない。オンラインのPCも同様で、覗かれてもなにも出はしない。オフラインのノートだけは持っていかれると困らないでもないが、それは仕事が滞るという意味で、クラウドのセキュリティは今のところ最高ランクだ。

「——ドウゾ」

ドーナツデスクに純也はコーヒーを置いた。窓側の、いつもは純也が座る席でエレナはカップを取り上げた。薫香《くんこう》を楽しみ、唇をつける。言いたくも認めたくもないが、喫茶のスタイルとしてカップ&ソーサは欧米人によく似合う。逆に、鳥居や犬塚には湯飲茶碗がしっくりくる。

ホウ、とエレナは吐息を漏らした。

「本当ニ美味《おい》シイコーヒー。向コウデモココマデノ味ハ滅多ニ。大使館ノハモウ飽キマシタ。イエ、諦メマシタ」

「僕ノコーヒート比ベタラ可哀想デスヨ。コレハ僕ノ拘リデモアリ、趣味ノ有力ナヒトツデスカラ」

「ドコノ豆デスノ。南米デスカ」

「オ目ガ高イ」

純也は自慢のコーヒーの説明を始めた。どこで出会った豆か。いかに入手困難か。エレナは頬杖で、コーヒーを飲みながら聞いてくれた。アンニュイにも見えたが、エレナの聞く姿勢は心地よかった。

「コーヒー二杯分、味モ貴方ノオ話モ堪能シマシタ」

「オ口ニ合ッテ良カッタ」

「エエ。トテモ」

エレナは微笑み、壁の時計に目を移した。純也も見る。四時を回っていた。

「デ、貴方以外ノ三人。部下ノ方達ハ？」

「真面目ニ仕事デスヨ。僕ト違ッテ、部下ハミナ優秀デ勤勉ナノデ」

「誰モオ戻リデハナイデスネ」

「昼夜ガアッテナイヨウナ仕事デスカラネ」

「今日ハモウ、戻ラレナイノカシラ」

「サテ。ソコハ企業秘密ニサセテ頂キマショウカ」

純也は片目を瞑《つぶ》ってみせた。

「一度、会ッテミタイデスネ。貴方ニ優秀ト言ワセル方々ニ」

エレナは窓辺により、眼下の桜田通りを見下ろした。

「会ッテ貴方ノ部下ニ、貴方ノコトヲ是非色々ト聞イテミタイデス」

「ハハッ。不平不満シカ出ナインジャナイカナ」

皇居側の空が、茜色《あかねいろ》に色付いていた。

「綺麗ナ夕焼ケ。綺麗ナ緑」

呟き、エレナはブロンドの髪を揺らして振り向いた。茜を映すブロンドは、色彩として神秘的だった。

「挨拶ノ言葉以外ニ私ガ覚エタ、初メテノ日本語、ワカリマス？」

「イエ」

「見学ニ来マシタ、デス」

「エッ」

「フフッ。今日、ココヘ来ル前ニ大使館ノ職員ガ教エテクレマシタ。警視庁ノ正門カラ入ルトキニ必要ダト」

「アア。ナルホド」

「実ハ私、貴方ヲオ誘イニ来タンデス。ディナー、イカガデスカ」

「ディナーデスカ」

「ハイ。別ニ、ドコヘト決マッテイルワケデハアリマセン。ドコデモイインデス。ソモソモ、任地見聞トイッテモ右モ左モワカリマセン。マズハ、色々教エテ頂キタイノデス。貴方ニ、貴方ノドイツ語デ」

　ブルーアイズが、蠱惑《こわく》も探りもするようだった。

「オ忙シイデスカ？」

　ホワイトジャスミンの、香りが甘い。

「イエ。ソレホドデハアリマセンガ――」

　即断はせず、椅子に背を預ける。

　エレナがドイツから持ってきたという話も気になるが、もうひとつ、気になっていることが純也にはあった。

（二兎《にと》を追う者は、――やっぱり紳士的じゃないよな）

瞬きいくつかの間ではあったが、思考を促したのはもうひとつ気になっているほう、先に知っておきたいほうだった。

「ナラ、ゲームヲシマセンカ」

純也はキャスタチェアから弾むように身を起こした。いつものはにかんだような笑みを浮かべるが、こういうとき、笑みは少々悪戯気にも見えた。

「ゲーム、デスカ？」

「ソウ。モチロン、ディナーハＯＫデス。タダ、行ク場所ヲ賭ケタゲームヲ。貴方ガ勝テバ、パリノ名店ニモ負ケナイフレンチト、三ツ星以上ノコーヒー。負ケタラ、ソウデスネ」

純也は天井に指を向けた。

「ココノ上カナ」

「オウ」

エレナは顔をしかめた。

「ソレハアマリ。行ッタコトハアリマセンガ、ワカリマス。向コウノ地方警察モ同ジ。役所ノ食事ニハ、本当ニ絶望ダモノ」

「同感デス。デハ？」

ブロンドが優雅に、縦に揺れた。

「イイデスワ。面白ソウデスシ、貴方ノチェシャ猫ノヨウナ微笑ニハ逆ラエソウニモアリマセンカラ」

「決マリダ」

指を鳴らして純也は立ち上がった。

「今日ハ車デスカ」

「イエ、電車デス。ソレモ初体験デシタ」

「デハ、地下へ。僕ノ車デ移動シマショウ」

「アラ、ゲームハ？」

「簡単ナゲームニモソレナリニ、準備ガ必要デシテ」

純也は片目を瞑り、エレナが逆らい得ないと言った笑みをもう一度見せた。

三

純也がＢＭＷ　Ｍ６で向かったのは、江東区の警視庁術科センターだった。夢の島公園の先、荒川河口にあって、堤防に立てば東側に葛西臨海公園とＴＤＬが望める場所だ。
――貴方ノ腕ガ鈍ラナイヨウ、一石二鳥ト言イマスカ。ハハッ、ＳＥＫトイウ実戦部隊ノ方ノ技術ニ興味モアルモノデ。射撃訓練トイキマショウ。

　これが、純也がエレナに持ち掛けたゲームの内容だった。

　警視庁術科センターには柔剣道の武道館や射撃場があり、公にされている訓練施設としては都道府県警随一の設備を誇った。武道館では柔剣道のほかに逮捕術の全国大会も催され、射撃場は国体の会場にもなっている。ピストル射撃のシューティングレンジだけでなく、一段奥には三百メートルのライフルレンジもある。

　純也がM6を滑り込ませたのは、午後五時を過ぎた頃だった。西の空に太陽はなく、消え残る残照が都会の街並みを黒々と浮かび上がらせるだけだった。

　それから二十分足らずで、純也はシューティングレンジに入った。

　いきなり訪れたわりには大した揉め事もなかった。美貌の外国人女性連れは目立ったが、純也自身警視にして本庁の理事官、キャリアだ。

　その上、

「ご不審があれば長島公安部長にどうぞ。もっとも、本人は現在入院加療中ですので、出ないか怒鳴られるかのどちらかでしょうけど」

　と携帯を堂々と目の前にちらつかされては、手を出す者も文句を言える者もいるわけはなかった。

　レンジに立ち、ゴーグルとイヤープロテクタを装着する。

「ナラ、僕カラ。八発装塡《そうてん》デスカラ、四発ズツノ勝負トイキマショウ」

「ワカリマシタ」

エレナもゴーグルとイヤープロテクタをつけるのを確認し、純也は前を向いた。可変のターゲットは三十メートルの設定で、純也は術科センターから貸与された銃を構えた。少々古いがS&W M39の第三世代、M３９１３だ。

右手首を左手でホールドし、照星と照門にターゲットを馴染ませる。一発目は発射までに時間を取った。それでも所要時間は約五秒だ。戦場においては迷いも決断も、時間に対してリスクは正比例する。

轟っ、と反動と銃声が身体の芯を揺すった。

「ふむ」

ターゲットの中心には当たらなかったようだ。純也は少々不満げに首をかしげた。銃にはそれぞれ癖がある。M３９１３は癖だけでなく、照準も少し甘いようだった。

頭にそれを叩き込み、続けざまに純也は三発を撃った。

「あれぇ」

初弾とはそれぞれ別に、中心からの同心円状に弾は散った。中心から約七センチ。純也の成績はまずまずと言えた。

「サスガデスノネ。アノクライ狙エレバ、確実ニ戦闘力ヲ削《そ》グコトガ出来マス。日本トイウ国ノ中デハ、ソレ以上ハ逆ニ必要ナイカモシレマセンネ」

ゴーグルの下には、余裕が感じられる笑顔があった。

「デハ、私ノ番デスネ」

差し出される繊手に、純也はS&W M3913をのせた。エレナがレンジに入る。初弾は純也より二秒長く掛かったが、ターゲットの着弾点は同じようなところだった。だが——。

エレナはやはり、ただのたおやかな女性ではなかった。続けざまに撃った残りの三発はすべて、純也より中心に近かった。約四センチ。三十メートル設定で三センチの差は、射撃においては〈たった〉ではない。彼我《ひが》の差には隔絶の感がある。

「コンナモノデショウカ」

イヤープロテクタとゴーグルを外し、エレナが振り返った。純也は両手を大げさに広げた。

「降参ダ。参ッタナ。サスガニGSG—9ヲ脅カス部隊ノ人ダ」

純也も防護具を取って頭を掻いた。

「デハ、連レテ行ッテ頂ケルノデスネ。パリノ名店ニモ負ケナイフレンチト、三ツ星以上ノコーヒーノオ店ニ」

「喜ンデ」

「フフッ。デモヨカッタ。頑張リマシタモノ。警視庁ノ上ニナラナイヨウニ」

「トンデモナイ」

純也は片手を軽く振った。

「ゲームハゲームデスケド、実ハモウレストランハ予約シテアルンデス」

「エッ。マア」

「今夜ノメインハ、シャラン鴨ノ骨付肉ト、モスタルダト玉蜀黍《とうもろこし》ノブリオッシュ、ダッタカナ」

先に立って歩き出す。

「ココカラ、ソウ遠クモナインデス」

エレナは黙ってついてきた。

そうして次に純也がBMW M6を廻したのが、厩橋《うまやばし》近くの隅田川を望む一角にあるKOBIXミュージアムだった。目的はカビの生えた小日向一族の歴史などではなく、当然併設のレストランだ。
KOBIXのメセナとして建設されたこのミュージアムは、コンサートホールや多目的会議場も持ち、広く一般にも公開されているが、実際には一般の来場者などほとんどいない。ＫＯＢＩＸが重要な顧客用に使う、いわば迎賓館の役割を担っている。であるから、併設といってもレストランは格調高く、系列のホテルの調理部から優秀な生え抜きがシェフに抜擢される。小日向一族の主だった者達が年に二度、一堂に会して晩餐会を催すのもこのレストランだ。そのときは系列のグランシェフが腕を振るうのが慣わしだった。

「お待ちしておりました」

総支配人の前田《まえだ》が出迎えてくれた。盛大だったと聞く父母の結婚式も取り仕切ったという老支配人も、レストランの格調に相応しい男だ。なにより、敵と無関心ばかりの一族とその関わりの中で、いつ訪れても純也に慈愛の目を向けてくれるのが嬉しい。

エレナが純也に言語のチョイスを聞いてきた。英語ならと答えれば、エレナは支配人に笑顔で話しかけた。

「素敵ナオ店デスネ。入ッタ瞬間カラ、サーブサレルオ料理ヲ描イテシマイマス」

「オ褒メニ預カリ」

前田は恭しく頭を下げた。前田もたいがいの従業員も英語なら、来客に失礼のない程度の会話が出来る。世界レベルの複合企業、ＫＯＢＩＸの接待に使われる以上、ここはそういう店だった。

「今宵ノヒト時ガ貴方様ニトッテ、ヨキ思イ出ニナリマスヨウニ」

「有難ウ。――総支配人。ミスター・小日向ハヨク来ラレルノカシラ」

「頻度ハ高クアリマセンガ、ソウ」

前田は純也に目を向け、細めた。

「大事ナ方ヲオ連レニナラレルトキニハ、時折リ」

「女性ノ割合ヲ聞イテモ、教エテハクレマセンワヨネ」

「ハイ。ゴ勘弁ヲ」

前田は鷹揚《おうよう》に答え、小日向一族が晩餐会で使用する貴賓室とは反対側に二人を誘い、一礼とともに場を離れた。

「ミス・キルヒバッハ」

「イイエ。エレナ、デ」

「ＯＫ。ジャア僕モ純也デ」

一般席と貴賓室のほかにこのレストランには、川沿いに出られる四テーブルだけのテラス席があった。女性の手でも小石を投げれば川面に波紋が起こる。それほどの近くだ。客は純也とエレナの二人だけだった。

「純也ハ、恋人ハ？」

「イナイヨ」

「嘘デショ」

「イタケドネ」

「別レタノ？」

「ソウ、ダネ。永久ノ別レ」

「――ソウ。ゴ免ナサイ」

「イインダ。ソレヨリ君ノ方コソ、大事ナ人ヲドイツニ置イテキタノカイ。ソレトモ、大事ナ人ガ大使館ニ？」

「ドチラモ不正解。仕事仕事バカリデ。女性ガキャリアヲ積ミ上ゲルノハ、今ノドイツデモマダマダ大変ナノヨ」

「ヘエ。ジャア」

純也はワイングラスを取り上げた。

「コウイウ時間ガ、セメテ君ノ癒シニナルナラ」

エレナは微笑み、自分のワイングラスを純也のグラスに合わせた。

黒い鏡のような水面に人が生きる街並みと、その脈動のようなイルミネーションの明滅を映す隅田川の流れを、間近に眺めながら摂るシェフの料理は格別だった。

「素晴ラシイ。ルカ・キャルトンニモ負ケナイワ。味モサービスモ雰囲気モ。ソウ、純也、貴方モ込ミデ」

ほろ酔いのエレナはまた美しかった。

食後のコーヒーは、前田支配人が手ずから淹れる。

「本当ニ美味シイ。前評判通リダワ。イエ、超エルカモ。純也ノ執務室デ頂イタ物ニモ負ケナイワ」

素直に喜ぶエレナに前田も目を細めた。

「ネエ、エレナ。君ニ頼ミタイコトガアルンダケド」

前田が奥に下がってから純也は口を開いた。

「ナニ。私ニ出来ルコトナラ」

「シュポ・アドラー・ゲーリングトイウ人物ニツイテ知リタインダ」

「シュポ・アドラー・ゲーリング？」

「ソウ。オソラク陸軍。マークスマンカナ。イヤ、モシカシタラKSKニ所属シテイタコトガアルカモシレナイ」

マークスマンとは、直訳すれば選抜射手のことを指す。八百メートル内外の狙撃で無類の正確さを誇り、各国とも主に陸軍の歩兵隊から選抜される。次いで純也が口にしたKSKとは、ドイツ連邦陸軍特殊作戦師団に属する、旅団クラスの特殊部隊のことだ。

コーヒーを口に運ぶエレナの手が止まった。

「ソノゲーリングガ、ドウカシタノ？」

「長島部長ヲ撃ッタ男カモ」

「マア」

　エレナは驚きを隠さなかった。

「デモドウシテ陸軍、ＫＳＫダト」

「狙撃銃ガH&K　G3ダト判明シタ。G3ハドイツ歩兵ノマークスマンライフルトシテイマダニ有名ダ。ソウ考エタラ行キ着イタ。ＫＳＫノ主装備モ、アサルトハG3ダッタ。今ハＨＫ４１７ニ移行シテイルラシイケド、マークスマン上ガリガ使ウナラキットG３ノカスタムダロウ、トネ」

「詳シイノネ。調ベテアゲテモイイケド、軍ノコトデショ」

　口ではそう言いながら興味深げだ。エレナはテーブルに肘を突き、掌に顎を乗せた。酒気が自制心を緩めているのかもしれない。

「結構厄介ヨ。ソノ情報ハ、本当ナンデショウネ」

「信憑性《しんぴょうせい》ハ限リナク高イ」

「根拠ハ？」

「ソレハ言エナイ」

　エレナは酔眼で純也を見詰めた。

「コレカラ愛ヲ語ロウト思ッテイタノニ。貴方ハヤッパリ日本ノ、公安部ノ人ダトイウコトネ」

　純也はただ苦笑交じりに目を伏せた。

「ワカッタワ。本国ニ照会シテミマショウ。難シイケド、ココノディナーナラオ釣リガクルワ」

「ハハッ。有難ウ。実ハネ、君ガ着任ニ当タッテ、僕ニツイテナンラカノ話ヲ携エテキタッテ聞イタケド、ソレハ大シタコトナクテ、本当ハ、ソノゲーリングノコトデ密命ヲ帯ビテヤッテキタト思ッテルンダケド」

「サア、ドウカシラ」

エレナはゆったりとした笑みを見せた。酔いの中にも真っ直ぐに届く光があった。鍛えられた者の、閉ざした微笑だ。

「貴方ガ公安ナラ、私モSEKヨ」

どちらともなく席を立ち、エントランスに向かう。携帯の番号とアドレスを交換し、

「僕ハ酔イヲ醒マシテカラ帰ル」

「ソウ。今日ハ有難ウ。楽シカッタワ、トッテモ」

狸穴《まみあな》のマンションに向け、エレナを乗せたタクシーが去るのを純也は見送った。

「さて、吉と出るか凶と出るか。いや、剣難女難。いやいや、僕も酔ったかな。ねえ、どうだろう」

振り返れば、前田が姿勢よく立っていた。

四

翌日も順番は変わらず、まず猿丸から定時報告めいたメールが入った。スマートフォンの画面でも読むのに苦労するほどの長文だった。だいぶ、鬱屈の度合いが深まっている感じだ。内容はと言えば、取り立てて重要視しなければならないことはなかった。

〈準備万端。行確対象者の情報待ち〉

それはそうだろう。猿丸と和知がタッグを組んで当日を明日に控えた状態で、ごたつくことなどないと純也はわかっていた。

「こっち次第か。さて、間に合うか、焦《じ》らされるか」

純也は呟き、分室の窓辺に寄った。

「焦らされたら、絶交だって言うかな」

猿丸の次は犬塚からのメールだった。

〈ニシモクの牧田《まきた》も白〉

順調を物語って文章は簡単にして明快だ。かえって前日と同じだからこそ、猿丸との対比は恐ろしいほどだった。二度目ともなれば、どこか笑える。猿丸の方が、だ。

ニシモクの社長牧田が相当な発展家とはマスコミを通じて広く流布しているが、とうとう奥方の堪忍袋の緒が切れた、とメールは伝えてきた。切っ掛けはこの年三月の、牧田の還暦祝いのパーティだったらしいが、内容は純也にとってどうでもよく、犬塚もわかったものでそれは省略されていた。

結果として、弁護士を介しての離婚協議は極秘ながら前月中に終結し、翌年六月の株主総会前後に業績を見ながら発表されるという。ようは生け贄《にえ》だが、牧田は入り婿だ。財産分与の内容も決まっているが、それまでの生活からすれば着の身着のままで放り出されるに等しいということだった。

よほど社長や奥方に近いスジか、法律事務所のスジか。なんにしても、犬塚ならではの情報だった。上手くすれば仕手筋を動かし、インサイダー取引にも使えるだろう。

（いや、実際動かしてみようか。そういう世界に枝葉を広げるのも悪くない。シノさんか、あるいは、隠れてやるなら別所《べっしょ》辺りに相談すれば――）

別所とは別所幸平《こうへい》、東大時代の純也の同級生にして、今や東証二部上場のベンチャー企業、㈱サードウインドのCEOだ。サードウインドは、J分室員が作業用に持つゴールドカードの名義会社でもある。SNSゲームに先駆けた形で成長した会社だが、この別所の先見の明に資金を提供したのが学生時代の純也だった。上場後の比率は落ちたが、今でも純也は個人筆頭株主として六・一パーセントを保持している。

分室の壁掛け時計が午後二時半を指していた。泡のような思考は着信メロディによって破られた。鳥居からだった。

「お疲れさんです。今、いいですか」

「いいよ。大丈夫」

「夕べ、下田と会いました」

「そう。で、どうだった」

「ええ。まあ、はっきり言っちまやぁ」

まだ白とも黒とも先送り。それが鳥居の回答だった。

以下は鳥居が語った話だ。

灰色な話は滲む分、輪郭が鮮明な話よりは長くなった。


鳥居が下田と会ったのは、午後七時を回った頃だった。鳥居が泊まる駅前のビジネスホテルに下田はやってきた。電車だという。

「へっへっ。おっちゃんたぁ、久しぶりですからね。ちゃんと呑む気で来ましたよ」

坊主頭にサングラスは厳《いか》ついが、取ると案外澄んだ目が鳥居を見て細くなった。

百八十に届く背丈の固太りだが、笑う顔は昔からどこか憎めない。でかいガキ、印象は二十五年前とさほど変わらなかった。

「そうか。どんくれぇ振りになるかな」

「さぁて。でも子供が出来てからぁぜんぜんだから、六年以上ぁ間違いねぇでしょう」

「馬鹿言うな。お前ぇが嫁もらったってのも年賀状で知ったんだ。子供よりもっと前だろうが」

「あれ。そうだっけ？　でもね、出来ちまった婚だから、そんなにゃぁ大きくは変わらねえっすよ」

実際には、下田が嫁をもらったことは群馬県警のマル暴のスジから知った。関東を渡り歩くテキ屋で、脳溢血《のういっけつ》で倒れた親父《おやじ》の跡を継いだ娘らしい。前橋の夏祭りの日、絡む酔客を鮮やかな啖呵《たんか》で撃退した娘に下田がひと目惚《ぼ》れしたようだ。以来三年間、群馬の祭りという祭りを追い掛け回したらしい。本人は空《そら》っ惚《とぼ》けて言わないが、県警の情報だから間違いないだろう。

こっちですよと、下田が鳥居を案内したのは高崎駅の西口から二百メートルほど先にある、大将と女将《おかみ》の二人で切り盛りする居酒屋だった。さほど広くはないが、座敷もあって平日だというのに満席だった。繁盛していた。客の質も悪くない。家庭的という言葉がしっくり来る店だった。

「柄でもねぇって言われっかもしんねえけど、ちゃんと予約しといたんすよ」

二人が通されたのは店の一番奥にある、こぢんまりとした座敷だった。

「いい感じの店じゃねぇか。高崎までテリトリーにしてんのかい」

「へっへっ。安也子《あやこ》と一緒んなる前の女が、この辺に住んでたもんでね」

「なんだぁ。前ってぇと」

たしかホステスだったと鳥居は記憶していた。東京に二人で遊びに来たとき、上野でそれなりの金を渡してやったことがある。

「平気平気。もう住んじゃいねぇから。堅気の男とっつかまえて、今頃ぁ関西じゃねぇかな」

「そうかい」

ビールから始まり、やがて鳥居は熱燗《あつかん》、下田は四合ビンを入れて焼酎にシフトした。料理は特に変わった物があるわけではなかったが、どれも下拵《したごしら》えに手抜きのない誠実さがうかがわれた。美味《うま》かった。

「夫婦仲ぁ、どうだ」

「悪ぃとか悪くねぇとかの前に、安也子ぁ出来た女でね。俺ぁ、掌の上ですよ。上州は空っ風とかかあ天下。悪くねぇ。俺のお袋ぁ、強くなかったしね」

下田は焼酎を舐めるように呑んだ。

「それにあれだ、子供ぁ、可愛いっすね。おっちゃんが、愛美ちゃんだっけ。生まれたときぁ、あのクソ親父がこんなんなるかいって思ったけどね。今ならわからぁ。子供ぁ、可つけたんだな」

「ああ。聞いたことはあるな。この姫が通ると花も頭《こうべ》を垂れるとかよ。じゃあ、嫁さんが愛いや」

「名前、なんてったかな」

「咲耶《さくや》。木花咲耶姫《このはなのさくやひめ》、おっちゃんならわかるかな。俺ぁ知らなかったけど」

各地に祀られているのだろうが、富士宮の浅間神社に鎮座する神として鳥居は知る。

「ああ。まあ、そんな絶世の美女になんざならなくてもよ。そもそも親ぁ、こんな顔でこんな商売だ。せめて後ろ指指されねぇで生きてってくれたらってね、思うんだなぁ」

じゃあ辞めろ、とは鳥居には言えなかった。ぐい飲みの酒とともに言葉も呑み込む。極道の世界に本職として足を踏み入れるとき引き止めるどころか、スジとして下田の背中を押したのは鳥居だった。

「だからってわけじゃねぇけど、おっちゃん。俺、墓買ったんだわ」

「なんだ?」

「いつどうなるかわかんねぇ商売っすからね。色々迷惑掛けねぇようにって、なんかこの頃考えるんすよ」

「なに言ってやがる。まだ四十手前じゃねぇか」

「それでもね。咲耶を膝ん乗っけて晩酌すんのが今ぁ一番の楽しみでね。わかっちゃいねぇかもしんねぇけど、こう、ちびちびやりながらいろんな話すんですよ。おっちゃんの話なんかもね」

「おいおい」

「もちろん、たいした話じゃねぇっすよ。でも、自分の二十年三十年を話してっと、なんかあっという間だったなぁなんてね、思っちまって。膝の上で暖《あった》けぇ咲耶も、あっという間に大人んなんのかなぁとかね。じゃあ、俺もその分、すぐに爺《じじ》いだなぁなんて、その前に、爺いんなるまで生きてられんのかなぁなんてもね、考えちまって。そしたら」

墓買ってました、前橋の先のね、と墓の場所まで説明して下田は笑った。

「まあ、悪ぃことじゃねぇけどな」

「でしょう。俺も、少しぁ頭使うようになったんすよ。これでも人の親だからね」

下田は大きく息をついた。ガタイはでかいが、酒は昔からさほど強くない。

思えば、すでに適量は超えているようだった。

「そろそろ本題と行きましょうか。――うちの親元の、〈カフェ〉絡みっすか」

鳥居は酒を口に運びながらうなずいた。声を潜め、固有名詞をぼかしながらも一連を話す。人物とどのスジかによるが、特にマル暴関係では、曖昧な話はスジ自身を危険に晒す可能性がある。人は駒ではないのだと、それがJ分室の基本だった。

長島が撃たれて入院中と言ったときだけ下田の眉がわずかに動いたが、それだけだった。

顔色ひとつ変えず、下田は鳥居の話を最後まで聞いた。聞いて、それで納得だと首筋を叩いた。

「おっちゃんから電話もらったとき、そうじゃねぇかなって思いましたよ。うちん中でも、会長の引退と後継を巡ってごたごたしてて、今その辺が火種でね」

言って下田は焼酎のグラスを空けた。

最有力はフロント企業をまとめて任されてる本部長、息子の英一だが、経済ヤクザの域を出ないらしい。

「実際に動く連中、俺らも含めてね、どうも見下すようなところがあんですよ。坊ちゃんだからまあ、しょうがないっちゃしょうがないんですけどね」

会長はこれからを考え、英一に海外留学などさせたくらいだから当然、自分ではこっちを押す。だが、もともと武闘派の多い辰門会には、それをよしとしない者も多い。直系最大手の新和会《しんわかい》が直系連合を作り、叩き上げの理事長、川瀬勝規《かわせかつのり》を押している。

ここまでを下田はひと息にしゃべった。その間に、鳥居は下田の酒を作ってやった。

すいませんとグラスを受け、下田は話を続けた。

「単に人物だけ比べりゃぁ、川瀬理事長なんすよ。けど、簡単じゃぁねぇんだなぁ」

会長の大嶺は一代で辰門会を裏社会に不動のものとした立志伝中の人物とは誰もが認めるところだ。その睨みは格別で、直系連合側は川瀬で押し切るだけの決め手に欠け、話し合いは千日手《せんにちて》の様相を呈し始めていたという。

そんな折りの一ヶ月と少し前、会長の押す倅《せがれ》の英一が、〈カフェ〉の客だったことが判明したという。事件そのものは当初、下田にしても新聞沙汰としてニュースで知るくらいだった。いきなり柏崎に飛んで帰った英一が、会長の前で両手を突き平謝りに謝ったようだ。正確には、〈カフェ〉の客だったことをではない。警視庁の公安部長にそのことを知られているらしいということをだ。

「そうかい。一ヶ月と少し前な」

時期は符合する。ちょうど事件に片がつき、純也が長島を巻き込んだ頃だ。

「俺ぁ、あとで知ったんですがね」

会長は激怒したようだが、取り返しがつくわけもなかった。

「おっちゃんとこの部長。しかも調べりゃその長島ってなぁ、もっと上まで行こうかって男らしいじゃないっすか。そんな奴に尻尾《しっぽ》つかまれてるってなぁ、たしかにまずいんすけど、もっとまずいなぁ、北が絡んでるってことです」

酔眼ではありながら、下田の目は一瞬さすがの光を放った。

「ほう。そこまで知ってんのかい」

「へっへっ。それくらいの情報はすぐ取れなきゃあってなぁ、俺も本部長に賛成なんすけどね。世の中に乗り遅れたらこの商売も駄目っすよ」

「なら、お前ぇは会長・本部長派かい」

「どっちかってぇとね。俺ぁ会長に拾われた人間だしね」

鳥居の胸がわずかにうずいた。拾われたのは下田だが、辰門会の系列に拾わせたのは鳥居だった。

「そうだな。なんであれ、義理は忘れちゃなんねえ。これぁ、どこの社会でも一緒だからな」

そうっすよねと、下田は膝を打った。

「有難さんです。で、柏崎ってぇか、北陸を根城にしてるうちの会にゃあ、北ぁ他んとこが思う以上にまずいんすよ。もともとうちぁその昔、会長が北や共産党と結託したとこを蹴散らしてのし上がった会なんす。一時ぁ、マジに正義の味方みてぇに拍手喝采を浴びたもんだって古参の連中は言いますわ。もっとも、ヒーローなんてんじゃなく、鞍馬天狗だのハリマオだのって、言い方ぁ古いですがね。俺達ぁ土地で悪さしねえ。だから土地神様に守られてんだってなあ、会長の口癖っす。だから、北ぁまずいんすよ。跡目争いどころか、下手打ちゃあ破門までいっちまいます」

本人はたしかに頭だけでそんな度胸はないと断言するが、幹事長や顧問、いわゆる会長と弟の関係にある連中が、もしかしたら動くかもしれないと下田は言った。一度その幹事長や顧問、派閥の会で、酔って会長が愚痴ったらしい。下田が〈カフェ〉のことを知ったのも、その会の末席を汚していたからだという。

「すぐに調べます。俺ぁこういう感じなんでね。自分で言うのもなんだが、結構どっち側にも好かれてましてね」

「悪ぃな」

「止めてくださいよ。へっへっ。おっちゃんのも義理だ。恩だ。自分で忘れちゃなんねえって言ったばかりじゃねぇっすか。やだねぇ。齢っすか」

「馬鹿言ってんじゃねえや。――それでも、悪ぃな」

鳥居は頭を下げた。勿体ねえよと下田は慌てた。

「なにも、そっちだけの話じゃねえ。その、そっちの部長なんてぇ、組織そのものみてぇなとこに喧嘩《けんか》売って、ばれたらこっちぁ、会そのものが潰れちまいやす。危ねぇ危ねぇ」

下田はでかい身体を小さく縮めた。

五

下田と鳥居の出会いは、昭和天皇崩御の昭和六十四年まで遡《さかのぼ》る。

昭和最後の年は、薄闇の中を辿るように始まった年だった。リクルート事件で呆れるほどの逮捕者が相次いだのもこの年だ。

女子高生コンクリート詰め殺人事件、宮﨑勤の東京・埼玉連続幼女誘拐殺人事件と八月になっても安定しない世相がようやく好転し始めるのは、九月に入ってからだった。国内では横浜ベイブリッジが開通し、幕張メッセで東京モーターショーが開幕する。世界へ目を転じれば十月、ハンガリーが社会主義を放棄して共和国となり、ドイツでは十一月ベルリンの壁が崩壊し、ブルガリアやチェコスロバキアでも民主化が始まった。十二月三日にはジョージ・ブッシュとミハイル・ゴルバチョフのマルタ会談があり、東西冷戦は完全に終わりを告げた。

下田と鳥居の出会いは、そんな十二月のことだった。当時、国際捜査課に所属していた鳥居は、激動の世界情勢に翻弄されて逆に茫漠とした年の瀬を送っていた。

国際捜査課はやがて外事特別捜査隊、公安第三課へと移行する部署だ。増加する外国人犯罪の捜査撲滅を表向きには目的とするが、それまでの活動内容は実際、対ソ連、対共産主義諸外国で占められていた。ほかにはなにもなかった。それがすべてだった。

警察庁・警視庁上層部からの方針も出ない中、三十歳で警部補になったばかりの鳥居にできることは、表向きの目的に順じ、外国人犯罪を抑止するため歌舞伎町や大久保をうろつくことだけだった。

「なんだ。お前ぇ」

鳥居が下田を初めて目にしたのは、小雪のちらつく夜の歌舞伎町だった。大久保へと通じるラブホテル街の一角、バッティングセンターの裏辺りだったか。やけに寒い夜だった。クリスマスまで後三日、そんなことを覚えている。

漏電の音も喧《やかま》しくネオンが明滅する場末に近いラブホテルの脇で、少年はゴミ置き場のポリバケツの間にうずくまっていた。喧嘩かなにかの後だということはすぐにわかった。スカジャンの竜が破れて下を向いていた。

「うっへぇな。あっち、けよ」

口中も切れているのだろう。言葉は聞き取りづらかったが、声は驚くほど若いものだった。

「あっち行けったってお前ぇよ」

鳥居はコートの裾を撥《は》ね、少年の前にしゃがみ込んだ。どう見ても十代だった。なりはでかいが、鳥居を睨む目は捨てられた子犬のようだった。

「立てよ、おい」

「うっへぇっつってんじゃゃねぇかっ」

差し伸べる手を邪険に振り払うが、構わず鳥居はスカジャンの襟首をつかんで引き上げた。

「なにすんだよ。ザケんじゃねえぞ、コラッ」

「いいから来い」

「離せよ。離せってんだよ。んの野郎！」

喚くが、こういう手合いに鳥居は慣れている。四《し》の五《ご》の言わせず、かましたほうの勝ちなのだ。

そのまま引き摺るようにして一番近場の、見知ったラブホテルに連れ込んだ。歌舞伎町裏の中では、わりあい建物も新しく洒落《しゃれ》たホテルだった。警察手帳を見せれば公務だとは暗黙の了解だ。フロントの従業員はなにも言わず鍵を出した。

「て、手前ぇ、サツかよ」

「だったらどうした」

まずエレベータの中で一発目をかます。丸いベッドに花柄のランプが灯る部屋にぶち込んで二発目のかましだ。さすがに少年はそれで大人しくなった。部屋中をよく動く目で見回していた。こういう場所は初めてに違いなかった。十代、とは当たりをつけたが、聞けば少年はまだ十五歳だった。ろくに学校へは行っていないらしいが、世間的には中学三年生だ。

風呂を指示し、その間にフロントに電話して軽食を届けさせた。出来合いのカップスープとレンジで温めただけのふやけたホットドッグを二セット。それだけだが、時代的にそんなケータリングもホテルの売りのひとつだった。

「食えよ」

観念したようで少年、下田一隆は素直に従い、カップスープに口をつけた。熱さでか傷でか、顔をしかめたが下田は最後までスープを飲んだ。

「もう一杯も飲めよ。で、飲みながら食いながらでいい。お前ぇ、なんであんなとこで寝てたんだ」

そこからはほぼ、下田の身の上話だった。二十歳の板金工とスナックのホステスの間に生まれた一人っ子。親父は四年前に愛人を作って行方をくらまし、母親は一旦辞めた夜の街にふたたび働きに出るが、悪いのにつかまって現在、シャブ中に向けて一本道。生活費などは、当然入れられるわけもない。

「ふぅん。なるほどな」

それ以上を鳥居は言葉にしないが、よく聞く話、よくある話だ。だからグレた、とは話の筋道として至極真っ当な流れだった。

偉そうな評論家などに言わせればよく、環境ではない、同じような環境でもそうならない人間はいる、弱いからだなどと言う。冗談ではないと鳥居は思う。たしかに立派にやっている者もいるだろう。だがその何十何百倍、グレる奴の方が遥かに多いのだ。

「まだ質問の答えんなってねぇな。俺ぁ、なんであんなとこで寝てたんだって聞いたはずだが」

「ああ」

ふてくされた顔で、

「お袋の、シャブ中をよ」

下田はホットドッグを口に押し込んだ。なんとかしなけりゃぁと、当たりをつけて新宿を彷徨《さまよ》った結果らしい。下田は暴走族ではない。時代的に言う半グレの走りのようなことをやっていたようだ。仲間から仲間へ話をつなぎ、近隣の中学校でワルのネットワークを組み、その辺の中学生から何気なく情報を集める。

まだまだイケイケの時代だった。その尻尾の頃だ。不動産屋の親父の裏金、横流し。医者や弁護士の性癖。有閑マダムの不倫、ギャンブル。子供というのは親が思う以上に親をよく見ている。そういうものを集めて、揺すってたかる。それなりの金にはなったようだ。

「ほう。やるじゃねぇか」

鳥居は本当に感心した。

「別に。食ってくためだし、その分だけだ」

始めたのも集めた情報を仲間に割り振るのも、すべて下田が取り仕切っていたらしい。回収の矢面《やおもて》にも自ら立つという。頭も度胸も下田には備わっているようだった。下田を慕ってネットワークは五十人を超え、予備軍まで数えれば倍はいるらしい。

「それで、調子こいたってわけだ」

仲間と新宿を探り、ついに母親にシャブを売る連中を突き止める。それだけでも大したものだ。餓鬼のすることという油断も相手にあったのだろうが、捜査第四課の連中に爪の垢《あか》でも飲ませてやりたい。

だが、話はそれ以上ヒーロー譚《たん》にはならなかった。

「佐野ってぇ野郎でよ。そのままぶちのめしゃあよかったんだけどな。仲間が聞いちまったんだ。そしたら、長野会だってよ。モノホンだった」

新宿歌舞伎町界隈《かいわい》はさまざまな組織がしのぎを削って暗闘暗躍を繰り返す場所だ。長野会は北関東一円を縄張りとする一鉄組《いってつぐみ》の系列だった。なんでもやるところ、と鳥居は認識していた。下田らは知らなかった。なんと言ってもまだ中学生だ。意気込んで仲間と佐野を取り囲んだまではよかったが、仲間が全員尻込みした。揉め事を聞きつけてやって来た長野会の連中を見て、下田の仲間は蜘蛛《くも》の子を散らした。下田だけが残った。それがあの裏通りだった。

「お前ぇ、運がいいな」

後で思えば、暴対法前の時代だった。ヤクザがヤクザとしてなんでも出来た時代だ。いざこざなどいくらでもあった。だから、中坊との揉め事などそれくらいで済んだ。暴対法後だったら、間違いなく下田は東京湾に沈んでいた。

「けっ。運なんか、いいわけねえじゃねえか」

下田は膝を抱えた。膝を抱えて、おそらく自分の非力と母の身体を思って泣いた。

「いや。お前ぇは運がいいよ。俺と出会ったからな。することのねぇ、暇な俺とな」

　鳥居は据え付けの電話を外線に回した。

——おう。

　相手はすぐに出た。

「長野のシャブ、潰そうかと思ってな」

——おや。そっちに異動かい。

　電話の相手は長野会と同じく、歌舞伎町を狙う田之上《たのうえ》組の田之上だった。鳥居のスジだ。北陸の暴力団辰門会が歌舞伎町に食指を伸ばし、七、八年前に送り込まれた四十過ぎの男が田之上だった。

　ほかに遅れた分、田之上は相当出来る。対ソ連、対共産主義諸外国を狙う鳥居にとって、新潟の情報が取れるスジを取り込めたのは幸運でもあったが、遅れた分を取り返す目的がある田之上とは、おそらくバーターだった。

「異動じゃねぇが、まあ、暇潰しだな」

——それでもこっちには有り難《がて》ぇやな。

「だからって、シャブに手ぇ出すなよ」

——要らねぇよ。そこまで頭ぁ、悪くねぇや。

「たかが一鉄の出先だ。ルート全部で行く。こっちは俺と犬、駆け出しの猿でな。だからよ、情報を集めて寄越せ」

——おやおや。暇潰しだってぇわりに、本気だねぇ。

「暇潰しも本気でやらなきゃ、根っこが残らあ」

田之上はしばらく黙り、いいだろうと言った。

——その代わりっちゃあなんだが。

「わかってる。手入れだな」

手入れがあると、違法なクラブやパブが一瞬なくなる。その場所を田之上が居抜きで借りるのだ。地味だが、それで営業を始めた店は歌舞伎町だけで十軒を超える。

——いや。今回はそうじゃねえ。

「そうじゃねえ？」

——トカレフだ。

「……トカレフ。銃か」

ソ連や東ドイツの崩壊で、制式拳銃が溢れるほど闇に流れ始めたらしい。実際にはＡＫ47などもそうだが、日本に自動小銃は遠い。

——どうやら、いずれ至道会《しどうかい》が全部を取り仕切ろうって流れんなってるみてえでな。

「至道会。関西か」

兵庫を本拠地として、至道会はいずれ全国を狙おうかという一大勢力だった。

――うちの親父さんにしてみりゃ、そりゃ面白くねえわな。

「なるほどな」

出処《でどころ》とコンタクトが取りてぇ、と田之上は低く言った。辰門会でも扱うつもりなのだろう。だが、至道会が一手に握り、強力な武器と莫大な資金を得るよりは公安、いや、警察にとっても都合はいい。

「乗った。こっちもそこは本職だ。一年二年とな、時間は掛かるだろうが、調べようじゃねぇか」

――なら長野んこたぁ、一ヶ月で元の元、海を越えて作ってるとこまで調べてやらあ。工場のオバちゃんの時給までな。

交渉は成立した。電話を切り、鳥居は下田に向き直った。じっと見ていた。

「じきにシャブぁ買えなくなる。一時的だろうがな」

「……俺も、手伝う」

「冗談じゃねえ。トーシロに手ぇ出せる幕なんかねえよ」

下田は黙って唇を嚙んだ。

「お前ぇには、そんなことより大事なことがあらぁ」

鳥居は膝を寄せた。

「母ちゃんにはな、間違いなく禁断症状が出る。出たら戦うのはお前ぇだ。武器はよ、お前ぇと母ちゃんの絆だ」

「──はい」

項垂《うなだ》れる下田の頭に手を置き、撫で回した。

「頑張れよ」

強く、弱く。下田は動かなかった。

「その代わりといっちゃあなんだが、してもらいてぇことがある」

下田は勢いよく顔を上げた。真っ赤な目で鳥居を見上げる。

「なんすか。俺、なんでもやります」

「中学、もう少しじゃねえか。ちゃんと行け。ちゃんと出ろ」

鳥居は笑った。

「桜の咲く頃までにゃあ、長野はぶっ潰してやるよ」

下田も、弱々しくだが笑った。これも交渉成立だった。

結果として、鳥居も下田も約束を守り、下田の母は不慮の交通事故で亡くなるまでの十三年を生きた。

中学を出た下田と次に鳥居が出会ったのは、三ヶ月後だった。

「お袋、禁断症状から抜けました」

下田は十センチ以上、背が伸びていた。真新しいスカジャンの竜が堂々として見えた。

「なんだお前ぇ。もう襟首つかんで引き摺れねぇな」

「へっへっ。鳥居さん。俺、今なにやってっか知ってますか」

「なんだよ」

竹藤組、と下田は笑った。

「な！　手前ぇ」

竹藤組は関西の至道会が上野に置く二次団体だった。

「おっとっと」

詰め寄ろうとする鳥居から下田は笑って飛び離れた。

「お礼のつもりなんだけどな」

下田のひと言は、鳥居の足を縫い止めた。

「鳥居さん。ラブホの電話で言ってたじゃねぇか。トカレフ調べんだろ。中学ぁ出たけど出ただけで、ほかにすることもねぇしな。手伝うつもりでよ、今ぁパシリやってんだ」

なにも言えなかった。頭の回転も、度胸もいい。信用も出来る。思えばスジには申し分のない男だった。しかも今、狙いのど真ん中にすでにいた。

「――危ねぇんだぜ。馬鹿野郎が」

「望むところだぁ」

この関係が二年続いた。二年掛けて田之上との約束を果たし、ついでに鳥居は組も潰した。どちらかと言えばついでの方に全精力を傾けた。下田を解放してやらなければならなかった。暴対法成立が追い風だった。

いいか悪いかは別として、下田はもう一端《いっぱし》のヤクザだった。鳥居さんという呼び名も、いつからだったか、おっちゃんに代わっていた。叔父貴と呼ぶのだけはとりあえず勘弁してもらった経緯がある。

「おっちゃんよ。へへっ、気に入った。ヤクザだ。俺ぁ、ヤクザぁやる。どう転んだって、俺ぁこっちの世界でしか生きられねぇ」

たしかにそうだった。そんな関係を、もう二年と少し続けていた。

「だったら、でけぇとこでよ、半端すんな」

「おぅよ」

そうして下田を顔で押し込んだのが、辰門会だった。田之上組だ。

――あんたが勧めるんだから使えるんだろうよ。俺の次のスジかい。だとしても文句はねぇよ。そういうパイプぁ、これからもっと必要にならぁな。

田之上は快諾してくれた。田之上組は至道会のトカレフ潰しで辰門会直系に格上げとなっていた。下田は晴れて、辰門会直系の田之上に盃《さかずき》を受けた。

「堅気ん手ぇだすなとは言わねぇ。堅気にも悪ぃのは腐るほどいる。俠客《きょうかく》ってわかるか」

いくばくかの祝儀を鳥居も下田に包んだ。

「なんだそりゃ」

「とにかくよ、弱きを助け強きを挫《くじ》くってな。世の中の正義だけが正義じゃねぇって腹を括《くく》ることだな」

「そんなことだったら任せとけ」

「シャブやヘロインに手ぇ出しやがったら承知しねぇぞ。貸しも借りもねえ。勝手に刑務所行きやがれ」

「当たり前ぇだ。その代わり、こっちもおっちゃんがなんか言ってきてもよ、聞けることと聞けねぇことがあるってよ、ちゃんとわかっといてくれよな」

「好きにしろ。そんな関係が、こっちも気兼ねなくていいぜ」

それが下田一隆という俠で、鳥居とはそんな関係だった。

六

鳥居から下田の長い話を聞いた後、日が暮れる頃になってようやく、エレナから純也の携帯に連絡があった。

「昨日ハゴ馳走様」

「イエイエ。待ッテタヨ」

「ソウ。期待サレルノハ、何事デアッテモ悪イ気分ジャナイワ」

「焦ラサレルホウハ、タマッタモノジャナイケドネ」

「本当ニ？」

電話の向こうでエレナは笑った。

「焦レル純也ノ顔モ見テミタイワ。キット素敵デショウネ」

「勘弁シテクレ」

「ジャア勘弁シテ本題ニ入リマショウ。純也ハ、今ドコニ？　分室カシラ？」

「ソウダケド」

「本国カラ資料ガ届イタワ。携帯ノアドレスニ送ッテモ大丈夫カシラ？」

さすがにＳＥＫの警視監だ。勝手には送ってこない。心得ている。

「大丈夫ダヨ」

「二分以内ニ送ルワ」

「有難ウ。ヨロシク」

「ネエ、純也」

「ナニ」

「ＫＯＢＩＸノレストラン。マタ行キタイワ。前田支配人ニモ会イタイシ」

「ＯＫ。今月中ニハ予定ヲツケル」

「今度ハ私ガ車ヲ出スワ。王子様ヲオ迎エニ上ガリマショウ」

「アア。ソレハ有リ難イ」

　ふと思うことがあり、純也は聞いた。

「車ハ、ナニニ乗ッテルノ」

「ボルボダケド。ボルボV40」

　ドイツの女性だ。妥当な線ではある、が――。

「因ミニ、色ハ」

「パッションヨ。ドウシテ」

「イヤ。イイ趣味ダト思ウ」

　それで通話を終え、純也は窓辺に寄った。夕陽の赤が鮮やかだった。

「やっぱり、死は人と人を分かつものじゃないね。絆があればなおさらだ」

　パッションレッドのボルボV40は〈カフェ・天敬会事件〉の犠牲になった純也の恋人、木内夕佳の愛車だった。C4によって爆破され、最後は無残な姿を晒した車。

「折々で思い出は蘇《よみがえ》る。君は今、天国で笑えているかい」

　愁《うれ》いを遮るように、エレナからのメールはすぐに来た。

「さすがにドイツの人だ。正確にして勤勉だね」

　純也はコーヒーポットから淹れたての一杯をカップに注ぎ、定位置のキャスタチェアに足を組んだ。

　添付にはＰＤＦファイルが五枚入っていた。三枚はゲーリングの略歴で、二枚は画像だった。

　一九七三年、ホイエルスベルダ生まれ。ゲーリングは旧東ドイツの人間だった。一九九三年には陸軍に入隊し、純也の読み通り二〇〇三年からはＫＳＫに所属していた。ざっと目を通しただけだが、ポイントはそんな感じだ。詳細は自宅に戻ってからデータをＰＣに移して吟味する。

　ゲーリングは三十八歳までと決められている、ＫＳＫの任期を満了した後は軍隊に残らなかったらしい。略歴の締めには、フォトグラファーとあった。

「へえ。写真家ね。意外だな」

　コーヒーをひと口飲む。窓の外に夕陽はもうなかった。桜田通りの街灯に明かりが入った。

　履歴の次は上半身と全身の画像だった。ベレー帽を被ったジャケット姿だ。ベレー帽も肩章のパイピングも略歴を補完して、色は緑だった。緑は陸軍、歩兵の色だ。顔つきは若かった。おそらく入隊当時のものだろう。少し巻いた金髪、ゲルマンの高い鷲鼻《わしばな》、頬骨、青い目。年月を今にイメージしながら、押さえるべき特徴はそのくらいだった。

　何気なく二枚を何度かスクロールしながら眺め、全身の画像で純也は画面を強く押さえた。目が鋭く光る。

「ちょっと待った」

違和感があった。もう一度、画面をスクロールする。意識を集中すれば違和感の原因はすぐにわかった。

十八歳のゲーリングはジャケットの上からでもわかるほど、胸板の厚そうないい身体つきをしていた。なんらかのスポーツで鍛えていたようだった。バスケットかバレーかと純也は想像した。そう思って間違いないほど、全身画像のゲーリングは身長がありそうだった。

百九十はあるか。比べるものもないからはっきりとはしないが、百八十以下ということはありえない。

それが違和感だった。

観閲式狙撃犯の目撃者報告に、小柄な作業員だったという証言が複数あったはずだ。百八十は誰がどう見ても、日本においては小柄ではない。

「捩《ねじ》れてるね。――ふっふっ。なにかがどこかで、ずれている」

純也は呟き、ひとり笑った。

――分室長。楽しそうですね。

鳥居がこの場にいたらそう言っただろう。

敵を見定めると楽しげなのは、純也の癖のようなものだった。

「明日は、東京ばな奈だな」

意味は知らず呟き、純也はコーヒーを飲み干した。

間ノ章

私はシュポ・アドラー・ゲーリング。一九七三年、旧東ドイツの地方都市ホイエルスベルダに生まれた。家はわりあい、裕福だったと思う。というよりホイエルスベルダは、当時街自体に貧困層があまり目立たなかった。後で思えばだが、旧東ドイツにしては珍しい都市だったかもしれない。

ベルリンから列車に揺られて三時間のホイエルスベルダは計画経済だった当時、コンビナートで働く者達のベッドタウンとして発展した。次々に団地が建設され、最盛時に人口は七万人を超えた。巨大な総合病院や動物園、遊園地も整備された。

父はその総合病院の医師であり、母は病院の構造計算を請け負った設計士だった。なにもなければおそらく、私も医師か設計士になったことだろう。たしかに漠然とそういう夢を描いていたことは覚えている。

ギムナジウムのグレード8で学び、クラブスポーツはバレーボールに熱中していたときだった。学業は常にトップクラスであり、当時すでに百七十五センチを超えていた身体は敏捷性《びんしょうせい》も備え、バレーではセッターとしてオリンピックも手の届くところにあった。

ただすべては、ベルリンの壁が崩壊して一変した。

その日、初冬の夢を誰もが喜んだ。裕福だと思っていた者はより豊かな暮らしを夢想し、貧困に喘《あえ》ぐ者は人並みの生活を確信した。

しかし、それはすぐに崩れた。押し寄せる西ドイツの経済力は東ドイツを圧倒した。裕福だと思っていた者は資産を食い尽くされ、貧困に喘ぐ者は変わらない生活に絶望するしかなかった。私の家にも、西ドイツの波は確実に押し寄せた。

企業競争に負け、急激に規模を縮小してゆくコンビナートの工場はリストラに次ぐリストラの嵐だった。職を失った人々は新たな仕事を求め、旧西ドイツのミュンヘンやフランクフルトに旅立った。その傾向は特に若者に顕著だった。ホイエルスベルダの人口は瞬く間に半分にまで減少した。団地は丸ごと、廃墟《はいきょ》と化すところもあった。遊園地や動物園は当然のように閉鎖され、父が勤務する総合病院も患者が、特に若い患者が減り、やがて〈巨大な棺桶《かんおけ》〉と揶揄《やゆ》されるようになった。患者より医師や看護師の方が廊下に多い日もあった。

主には、父の意思であったかもしれない。優秀な設計士である母には、現状動いている仕事の他に、旧東ドイツの首都ベルリンからの依頼がいくつもあった。東西統合を受け、ベルリンでは都市の再整備が計画されている区画が多く、その共同設計者に呼ばれたからだ。

「大丈夫。ママはどこに行ってもやれるし、きっとパパの職場もすぐに見つかるわ」

母の一言は父を後押しし、二歳下の妹も含め、私の家族はハンブルクに移住した。一九九〇年だった。

結果的に、この移住は私の家庭の寿命を至極短いものにした。

学校は上手く転入できたが、父の病院はまったくダメだった。人種差別、という言葉と旧東ドイツ時代は無縁だった。父は寛大な人だと思っていた。そうでないと知ったのはハンブルクに移住してからだ。国際的に協調する旧西ドイツ地域には、私にしてからが戸惑うほどに多種多様な人種が住んでいた。父は実は、人種差別的な人間だったようだ。

東ドイツのように閉鎖的で外国人との交流が少ない地域で生まれ育った人間は、外国人や異文化を隣人に受け入れるのに寛容ではなく、高じて敵対心が生まれやすいとは、この年ネオナチを名乗る若者が外国人を襲撃した事件の報道で聞いた気がする。父も若ければ、そうなっていたかもしれない。得られた職場の環境に馴染めなかった父は、酒に逃げた。

母の場合はさらに駄目だった。ハンブルクで設計事務所を立ち上げた母の元に、依頼は一件もなかった。いや、最初はあった。前途に光の道が見えるほどだった。旧東ドイツでの実績は統合後も通用した。その大半を断ったのは母自身だった。いや、正しくは断らざるを得なかった。

母は優秀な設計士だった。正確には高層建築物の構造計算を任せて間違いのない、優秀な基礎設計士だった。ハンブルクでは、いや、旧西ドイツでは、いや、西側諸国ではすでに、構造計算や基礎設計だけでなく、施工詳細図に到るまで、ＰＣのＣＡＤソフトを駆使する時代になっていた。母はＣＡＤだけでなく、ＰＣそのものに疎かった。依頼の大半はＣＡＤを当たり前のように前提にしていたのだろう。断らざるを得なかったのは納期が、母にとって見れば圧倒的に、ほぼ不可能なほど短かったからだ。請けられた仕事は、個人住宅が何軒かに留まった。それでも納期に間に合わせるため、母は必死になって仕事をした。ただ、収入は母の努力に追いつかなかった。母は設計事務所を閉鎖し、知り合った別の設計士の事務所で働き始めた。雇用はその設計士の間違いなく好意だったろうが、ＰＣを上手く受け入れられない母の仕事は、掃除婦だった。

母にも父にも往年の輝きはなく、見るのは人生の落日だった。六月生まれの妹は十六歳の誕生日に、祝ってもくれない両親に罵詈雑言《ばりぞうごん》を浴びせ、家を出て行った。ネオナチのニュースが頻繁だった頃、

「ねえ、今映ったのアロイスじゃない？　ううん。きっとそうよ。ほら、また映ったわ。私、ホイエルスベルダの頃、彼と付き合ってたのよ」

と、熱に浮かされたように話すのを聞いたことがある。その後、妹はネオナチに深い関心を寄せるようになった。

「お兄ちゃんも、こんなところにいたら腐るだけ。考えたほうがいいわよ」

出て行く妹に私はなにも答えなかった。なんの餞別《せんべつ》もくれてやれなかった。

それでも十月に入ったとある日、私は妹の忠告だけは守った。その日は私の誕生日だった。私はドイツ連邦共和国基本法に定められた兵役に従って連邦陸軍に入隊し、そのままギムナジウムにも、ハンブルクの家にも帰ることはなかった。

陸軍は私にとって正解だったかもしれない。ドイツ連邦軍は世に空軍は並、海軍は弱小、だが陸軍は西側諸国の中でアメリカに次ぐと言われる。訓練は過酷を極めたが、どういうことはなかった。雪中訓練も密林行軍も、ハンブルクの我が家ほど私を凍えさせることも迷わせることもなかった。二十四歳で銀のマークスマンバッジを付与された私は、極めて優秀な軍人だった。

そうして、二〇〇一年、アフガニスタン紛争に投入されたとき、私は先任上等兵だった。パンツァーファウスト3で、RPG―7V2を擁する相手国の擲弾兵と堂々とやりあったものだ。戦闘は厳しいものだったが、私は負けなかった。必ず生きて帰る私を、隊の仲間は常に拍手喝采で迎えてくれた。おそらく私の人生で、一番生きていることを実感した頃だった。生きることに充実していた。

写真に興味を持ち出したのはこの頃からだ。戦争の悲惨さを記録しようなどという社会通念の正義感は毛頭なかった。思えば、私が輝きに満ちて生きた場所の風景を長く焼き付けたいと考えたからに違いない。輝きを失った我が家に、額にでも入れて飾れば、陽光のごとく父母に降り注ぐかもしれないと、不遜な考えを持たなかったといえば嘘になる。

戦地から戻った私は二〇〇二年、ＮＡＴＯ階級符号のＯＲ—5、下士官である三等軍曹に昇格した。

ソビエト連邦の崩壊に伴うドイツ連邦軍再編で、一九九六年には陸軍にＫＳＫが編成されていた。これが私の次の目標だった。ＫＳＫの選抜基準は、三十歳までの将校、二十八歳までの下士官及び三十二歳までの特殊技術教育を有する下士官だった。私は二十九歳の下士官だったが、マークスマンの銀バッジを備えていた。翌年、私は晴れてＫＳＫに入団を許された。当時の団長はラインハルト・ギュンツェル陸軍准将だった。訓練も任務も通常軍を遥かに凌ぐ過酷さだったが、私はやり遂げた。九年間を死ぬことなく勤め上げた。

ＫＳＫにおける下士官は、三十八歳が定年だった。軍に残ることを勧められ、ＯＲ—9上級准尉を打診されたが私はこれを断った。趣味の写真は準プロの域にまで洗練され、何枚か戦地で撮った写真は、ドイツ最大の発行部数を誇るビルト紙がかなりの額で引き取ってくれた。

これからはやりたいことだけをやろうと決めた私は、ドイツ連邦陸軍を除隊した。それが、約二年前のことだ。恩給は結構な額になった。それだけの貢献をした自負はあるが、向こう十年は食うに困らない額だった。

除隊して以降の生活は充実していた。アクシデントがないではなかったが、平穏無事なだけでは飽きも来る。余生とはいえぬまだ先の長い人生に多少の刺激は必要だろう。そういうことがあるから人生は面白い、と当初は思った。高をくっていたわけだが、アクシデントが続き、どうしたものかと考えていた矢先に、私は幸運にも機会を得た。そんな折りだった。

今、私は極東の日本にいる。私が生まれ育った旧東ドイツと同じように閉鎖的で外国人との交流が少ない島国にもかかわらず、その旧東ドイツを飲み込んだ西ドイツを超える経済的繁栄を西側で誇る日本に、私はハンブルクの頃から少なからぬ興味を覚えていた。

成田国際空港は近代的で清潔で、東京は驚くほど機能的な都市で、富士山は溜息が出るほどに美しかった。そのすべてを、私はそのときの私の感情とともにカメラに収めている。アクシデントも機会もあり、だから人生は面白い。

私は今、日本を堪能している。

さて、次の日本は私になにを見せてくれるのか。

次の瞬間、次の一日を楽しみにしながら私は今、名古屋にいる。

第六章　補選

一

この夜、エレナは赤坂のドイツ料理店で、主席公使をはじめとする数人に囲まれるようにして夕食を摂っていた。

主席公使を主催とする、エレナの着任記念と称したパーティだったが、出席者には女性は居らず、大使ファミリーもいなかった。ドイツ大使館公認ではなく、ようはプライベートパーティだった。

男達からエレナに向けられる賞賛と美辞麗句は酔いとともにボルテージを上げ、浴びせられる誘いの言葉には眩暈《めまい》がしそうだった。

（どこにいっても変わらないのね）

ドイツ本国も男社会だった。そういう中を必死になって泳いできた。その結果として今があるのは間違いないが、改めて思う。

（やっぱり嫌い。大っ嫌い）

デザートが運ばれる頃には、眩暈が吐き気にまで悪化しそうだった。男達は主席公使を筆頭に、デザートなどそっちのけでまだ呑んでいた。

そんなエレナを最悪の状態から救ったのは、掛かってきた一本の電話だった。見知らぬ番号だったが、エレナは前回同様満足げにうなずいた。

エレナは光と振動の携帯を手に、花の笑みを浮かべて席を立った。

「本国の所属部隊から緊急の連絡ですわ。申し訳ありませんが、これで失礼します。とても楽しい時間でした」

なにがどうなったかもわからず、赤ら顔と酔眼を向ける男達を尻目に、エレナは悠然とクロークに向かった。コートとバッグを受け取るまでに着信は切れていたが、慌てはしない。五分の猶予は与えられていた。

（ふふっ。不思議。五分だけの魔法だけど、私があの人を待たせている。胸の奥が、さっきまでの変なディナーが、リセットされる）

料理店を出たのは午後七時半だった。赤坂はＴＢＳ周辺を芯に人出も多く、狭い道ばかりにもかかわらずタクシー等の車が多い。必然的に人は路肩に追いやられることになる。不規則にして猥雑《わいざつ》な雑踏は、不思議な活気に満ちてエレナは嫌いではなかった。昼夜の逆転はあるが肌で感じる雰囲気は、エレナの田舎の朝市に似ていた。

ツインタワーを目印に六本木通りを目指しながら、エレナは履歴からリダイアルを押した。着信が切れてから、おそらく四分から五分の間だった。相手はツーコールで出た。

「言ッタコト、覚エテイタヨウダナ」

「ヤー。コノ前トハ、マタ違ウ番号カラデスノネ」

「用心ニ越シタコトハナイノデネ」

挨拶もなく名乗りもしない。それでもエレナにはわかっている。理由は前回同様だ。電話の主は、小日向和臣だった。

「今、大丈夫カナ」

「エエ。通常ノ会話デシタラ」

「フッフッ」

「ドウサレマシタ?」

「イヤ。ドウニモ、常ニ主導権ハソチラダト思ッテネ。私ニトッテ、滅多ニアルコトデハナイ」

「公人ノ前ニ、ヤハリ父親、トイウコトデショウカ」

「見ル者聞ク者ニヨッテハ、ソウ見エルカモ知レナイト思ッタノモ、今笑ッタ理由ノヒトツデハアル」

「複雑デスノネ。——ソレデ、ゴ用件ハ」

「例ノ約束ノ件ダ。明日カラ当面ハ忙シイノダガ」

「知ッテイマス。名古屋、鹿児島、大阪デシタカシラ」

「ソウ。結果ハ見エテイルカラポーズデシカナイガ、アクションハ起コサナケレバナラナイ。ソノ後ナラシバラク、全体ガ少シ緩ムダロウ。モチロン、狙撃ノ件ガ決着シテイルノガ前提ノ話ニハナルガ」

「解決シマスノ？」

「期待シテイル」

「フフッ。タダノ期待ダケデ動カレルオ立場トモ思エマセンケド」

「逆ダナ」

「逆？」

「言霊《ことだま》ト言ッテモイイ。言霊、知ッテイルカネ」

「イイエ」

「日本ニ古クカラアル発想ダ。簡単ニ言エバ、口ニシタ言葉ニハソノ人間ノ魂ガ宿ル。宿ッテ、関ワル人間ヲ本人モ含メテ縛ル。ソンナトコロカ」

「興味深イデスワ」

「興味ガアルナラ調ベテミレバイイ。必要ナラ適任者ヲ紹介スル」

「有難ウゴザイマス。正式ニ着任シテ、全体ガ落チ着キマシタラ」

「長クナッタガ、ソンナ考エモ期待トイウ言葉ニハ逆ニ入ッテイル。私ノヒト言ヒト言ハ、常ニ国民ヲ背負ッテイル。国民ノ総意ダ。ダカラ、私ノ言葉ハ重イノダ。個人ノ確信ナド、私ノ口デハ変換サレ、言葉トシテハ期待程度ニ収マル。フッフッ。公人トシテ染ミ付イタ性《さが》、癖ノヨウナモノダナ」

「デハ、言葉ヲ換エマスワ。解決ノ確率ハドノクライダトオ考エデスノ」

「百パーセント。私ハ、我ガ国ノ警察ヲ信頼シテイル」

「マア。デハ、ソノ中ニゴ子息モ」

しばしの間は、エレナにもわかる隙だった。一国の総理とも思われない。小日向純也のことになると、この総理は心を磐石《ばんじゃく》の基底からわずかに浮かす。

「アレハ警官デハナイ。司法警察官ノ風上ニモ置ケン人間ダ」

「アラ。ドウシテデスノ」

「ソレハ――――。イヤ、BPOLノ提案ガ先ダ。君達ガアイツノ、ナニヲモッテ受ケ入レヨウトイウノカガナ」

「ワカリマシタ。ソレデ？」

ツインタワーの明かりが近かった。補選の投開票から遅くても一週間以内、と和臣は言った。

「君ノ予約、デハナイガ、今ノウチニ言ッテオコウト思ッタ。明日カラハ忙シイガ、直前ニナルトカエッテ空隙ガ出来ルモノデネ。今ハソンナ時間ナノダ。次ニ電話シタトキ、君ニ先約ガ入ッテイルト、今度コソ年末マデ身体ハ空カナイダロウ」

「了解シマシタ。ドコニ招待シテ頂ケルノカ、楽シミニオ待チシマスワ」

「アア。パリノ名店ニモ負ケナイフレンチヲ約束シヨウ。食後ノコーヒーハイタダケナイガ、川辺ノ風情ハ一興ダ」

どこかで聞いたような台詞《せりふ》だが、特にエレナは口にしなかった。

「デハ」

「アア」

切った携帯を、エレナは楽しげに胸に抱えた。

「ふふっ。お父様、ご子息。私も人気者ね」

六本木通りを渡れば、裏通りは一段照明を落とす感じだった。星々の瞬きが夜空に見えた。

不快なディナーに感じた眩暈や吐き気は、和臣との通話を終える頃には、気分ごとエレナの中から完全に払拭《ふっしょく》されていた。

小日向総理が名古屋に入る日、十月十八日は、これ以上望めないほどの秋晴れの一日となった。翌日から二日間続く名古屋まつりも、同様の秋晴れの中での開催になると天気予報は伝えた。

二

午後五時を回って、猿丸は名古屋駅東側の笹島交差点辺りにいた。名駅通と太閤通が交わる大きな交差点だ。大祭前日ということもあるのだろうが、雑踏の感じは渋谷のスクランブルに相当した。そんな中、総理の応援演説が一時間後に迫っていた。

和知は引き止めたが、猿丸は朝イチに守山の駐屯地を引き払った。自衛隊の朝イチは早い。起床ラッパは午前六時だった。

「いいじゃないですか。ここにいれば」

和知は口を尖らせた。猿丸はこっそり出て行こうとしたが、つかまった感じだ。この男はいつ寝ているのだろうというのが、ジャージ姿で立ちはだかる和知に対した猿丸の率直な感想だった。

「でもよ」

「ここにいた方が、ゲーリングを見つけたときも情報は早いですよ」

「けどよ」

「写真見せてもらいましたけど、ようはドイツ人でしょ。現役の陸自隊員が五十人以上も出張ってんです。任せてください」

「だけどよ」

「あ、もしかしてここに飽きましたぁ？」

「その通りだよっ」

なおもなにか言いたげな和知に、GPSだけは入れることを約束して猿丸は振り切った。

その後、地理の確認も含め、駐屯地から名古屋駅前までのおよそ十キロをぶらつけば、途中で栄を通る。朝八時の繁華街に賑《にぎ》わうものはゴミとカラスだけだったが、ああ娑婆《しゃば》はいいなと知らず呟き、愕然《がくぜん》として猿丸は激しく首を振った。

「いけねえ、いけねえ。ってぇか、危ねぇ危ねぇ」

飛び立つカラスを見上げながら思う。

起床ラッパ以前に起き出す矢崎に起こされ起床ラッパを聴き、しばし若人と一緒に身体を鍛えて朝食、また身体を鍛えて昼食。午後からは誘いに来る若人自衛官を断って報告メールを打ち、史料館で和知に付き合ってから夕食。その後、逃げられずに若人に付き合って身体を鍛え、就寝ラッパ前に寝る矢崎に付き合わされて天幕に入り、就寝ラッパで起こされてしばらく矢崎の軽い鼾を聞く――。

煙草が駄目だとも酒が駄目だとも言われなかった。だがそれ以上に、陸自の健康毒は猿丸にとって相当強烈だった。知らず、駅前に向かう猿丸の足取りはひとりにもかかわらず行進のようになっていた。

守山駐屯地に向かったときと違い、帰りの足は動かし方も含めて早いものになった。行きの半分ほどで猿丸は駅前に到着した。通勤通学の人の流れを見やり、ああ金曜日だったかと体内時計を普段の猿丸にリセットしようとするが、すぐには上手くいかなかった。

「なんてぇか」

スモーキングエリアで煙草を吸った。エリアに他に人がいるということに違和感があった。駐屯地ではいつ行ってもひとりだった。

「あそこぁ、凄《すげ》ぇな」

そんな駐屯地の和知から、陸自隊員が出たという連絡が入ったのは、午前十時過ぎだった。前夜、和知が集めてきた数十人の隊員に簡単な説明はした。純也からゲーリングの資料を受け取り、和知に回して一時間後のことだった。

純也からの資料には、写真は二十二年前のものだと付記があったが、さほど問題にはしなかった。政令指定都市名古屋の雑踏でも、身長百八十を超える金髪の外人など数えるほどしかいないだろう。そういった意味では、日本はその閉鎖性に守られている。

隊員は何日かを一緒に過ごし気心の知れた連中ばかりだったが、誰も猿丸を公安とは知らない。矢崎師団長の意を受けた者、と認識はそれくらいだ。左手小指の欠損に目を留めても、最初から表情ひとつ動かす者はいなかった。

捜索対象の説明は直立不動の一同を前にして、まるで申し送りのようになった。特に多くを話す気はなかったが、資料には元ＫＳＫとあった。それだけは秘匿すべきでないと猿丸は判断した。ドイツ陸軍ＫＳＫは、国外における対テロ特殊工作を任務とする。破壊工作、救出活動の主なステージは正真正銘の戦場だ。休日の自衛隊員が身体能力に任せてうっかり近寄れば、命を落とす危険さえあるのだ。和知に言えば、

「あ。それいい情報だなあ。どんどん言いましょう。がっつり言いましょう。上手く乗っけちゃえば、僕も余計なバーターにしないですむし」

よくはわからないが大いに推奨した。だから、説明の一番最初にこのことを申し送った。

「えっ。ＫＳＫっすか。おっしゃ！」

いいか悪いかは別にして、休日を奪われ姿勢だけはいいが憮然としていた隊員らは、聞いた途端に目を輝かせた。俄然やる気になったようだ。ただし、ゲーリングの目的や細部は誤魔化《ごまか》した。というか、誤魔化すもなにも、勝手に盛り上がって騒がしく、おそらく最後まで聞いている者は皆無だった。

「おいおい。あんまり気張んなよ。もう除隊して民間人だしよ。カメラマン、パパラッチってぇのか？　それが総理を狙ってるってだけだ」

「でもＫＳＫっしょ。おっしゃあ！」

そんな陸自隊員に猿丸を加えた五十人を超える人員が名古屋駅前に散らばるが、まだゲーリング発見の一報はなかった。

猿丸は和知に連絡を入れた。

「駅前が狙えるビルも探させてくれ」

「そんなことなら三時間前に、即動から二十人動員してまぁす」

「――ああ、そうかよ」

切れる男だ。本当なら褒めるか礼を言うところだろう。有り難いには有り難いが、どうにも和知の切れ方が猿丸には馴染めなかった。

三

やがて五時半を回った。小日向総理の演説が始まる時刻が近づき、交差点が人で埋まり始めた。

金曜の夕方ということもある。が、さすがにここ三十年の中では一番カリスマ性に富み、人気が高いと言われる総理だ。長期政権も納得の人だかりが、次第に交差点を埋めて留《とど》まり、視線を一点に向けて動かなかった。

候補者の演説が始まり、十五分ほどで交差点に喚声と拍手が沸き起こった。小日向和臣総理の登場だった。

「ちっ。よりにもよって、面倒臭ぇ時間選んでくれちゃって」

時間的には薄暮の頃で、人物の見分けは困難だった。逢魔ヶ刻《おうまがとき》というやつだ。ただでさえ、駅前の演説などはソフトターゲットだ。警備と首相側は相当揉めたに違いない。聞かなくてもわかる。最後は警備が折れたということだろう。金曜夕刻のターミナルで目立とうとするなら、猿丸もこのくらいの時間を選ぶ。

「狙い通りだろうがよ。全体、人が多過ぎだぜ」

文句は自然に口を衝いて出るが、動き続けるしかなかった。一メートル移動するのも困難な群衆で猿丸は足掻《あが》き、人混みを掻き分け続けた。

「畜生。どこだい。その前にホントにいるのか、いねぇのか」

三十分ほどが過ぎ、総理単独の演説は終わった。その間、ゲーリングらしい男はおろか、外国人自体、数えるほどしか見つけられなかった。引き続き総理は、演説車の上で候補者と並んでディスカッションを始めた。

「セリさん。見つけましたぁ」

和知から連絡が入ったのは、この直後だった。

「なにっ。どこだ」

渾名での呼び掛けは気になったがこの際置く。

「セリさんから四百メートルくらい離れたビルの屋上でぇす」

即動から出た三人組が発見したという。

「迂闊《うかつ》に触るなと念押ししといてくれ」

「無理でぇす。休日に走り出した隊員は僕でも止められませぇん。で、ホイホイっと。

――今位置データ送信完了でぇす。あ、うちから五人もすでに向かってまぁす」

「わかった。頼まねぇよっ」

マイペースな和知との通話を切り、データを確認して猿丸は走り出した。

「どいてくれ。ご免な。ご免よ。どいてくれ、頼むっ」

発見場所は木挽町《こびきちょう》通向こうの錦の一角だった。笹島交差点付近の混雑を抜ければ、猿丸を遮るアクシデントはなにもなかった。

五分掛かっただろうか。だが――。

目的地は裏通りの雑居ビルだった。入口付近の路地に、睨み合う一団があった。剣呑《けんのん》な雰囲気で向き合うのは、筋肉質なTシャツの若い三人と、明らかに男らより一回り大きい、カメラとショルダーバッグを肩に掛けた金髪の外国人だった。

一瞬の躊躇が猿丸にはあった。だが一瞬だ。行確対象に触れることは厳禁だが、そんなことを言っている場合ではなかった。

なにより、続く鹿児島も大阪も実際に動くのは陸自の隊員だ。猿丸の顔が知られることより、陸自の名が出るほうがまずいと、一瞬の躊躇は決断と重なった。

「待った待った」

「ああ、横内さん」

横内は今回猿丸が使っている偽名だ。近寄れば、外国人は純也から送られてきた二十二年前の特徴をあきらかに備え、思っていた以上に現役の軍人感に満ち溢れていた。外国人は、シュポ・アドラー・ゲーリングに間違いなかった。

ビルの入口から、よろめくようにして陸自の一人が出てきた。鼻血を出していた。

「よ、横内さん。あっという間にふたり、のされちまいました。KSK、強《つえ》えっす」

ゲーリングから冷風のような気配が漂い流れた。

「KSK、ドウシテソレヲ知ッテイル。誰ダ」

KSKという言葉に、ゲーリングは英語で反応した。猿丸の全身を見定め、垂らした左手に目を留める。

「聞イタコト。ジャパニーズ・マフィア。ヤクザ。イヤ、誰ガ誰デアロウト私ハ動ジナイガ」

猿丸もかつて、外事特別捜査隊から外事第三課に身を置いた公安マンだ。英語ならある程度の会話も出来た。

「スイマセンガ、探シ物デス。バッグノ中ヲ、見セテハモラエマセンカ」

ちょうど、和知が言っていた即動の五人も大通りから路地に駆け込んできた。

ゲーリングはおもむろにショルダーバッグを開き、中を外に向け、晒すように見せた。カメラの機材しか入ってはいなかった。肩から下ろし、カメラをのせ、着ていたジャケットを左右に開く。どう見ても丸腰というやつだった。

「私ハ、写真ヲ撮ロウトシテイタダケ。ナンノ問題ガアル」

九対一の状況でも、ゲーリングに怯《ひる》む気配はまったくなかった。

「ソレトモ、本当ハ私個人ニ、ナニカ用カ。金カ。金ナラクレテヤッテモイイガ、カメラヲ奪ウツモリナラ、徹底的ニ抵抗スルゾ」

英語を解さなければリズムでしかないが、猿丸にはわかった。ゲーリングの言葉は、寒気がするほどに低い凍土の律動だった。ときとして矢崎に感じるものに似て、遥かに超えるものだ。

「なあ、こいつ屋上でなにしてた」

猿丸は鼻血の隊員に目を向けた。

「な、なにって。え、駅前方向にカメラ構えてましたが」

三人で囲むように近づいたら、いきなり殴られたと隊員は続けた。

「そうかい」

お手上げだった。証拠もなにもない。実際、交番の警官が今駆けつけて来たとしても、非は全面的に猿丸達の側にあるだろう。

この場は退くしかなかった。猿丸は両手を軽く挙げた。

「失礼。ウチノ者ガ、ゴ迷惑ヲ掛ケタヨウデ。ナンデモアリマセン。コッチコソオ金、払イマショウカ？」

しばらく猿丸を睨み、ゲーリングはふんと鼻を鳴らした。ショルダーバッグとカメラを手に、隊員の間を分けて大通りに向かう。

ゲーリングが路地を出たところで、猿丸は財布から一万円札をすべて抜き、隊員らに差し出した。

「悪かったな。みんなもう、ここでいいぜ。栄で羽伸ばしてくれや」

対象を見つけた以上、もう陸自は必要なかった。ここからは公安の仕事だ。

――はっ。有難うございます。

鼻血の男までがきびきびとした虚礼を行った。

猿丸が師団長の関わりとはみなが知る。猿丸の言葉は、師団長の命令に等しいのだろう。

異を唱える者は、誰もいなかった。

四

八人を残して猿丸はゲーリングを追った。走る必要はなかった。知ってか知らずか、ゲーリングは悠然としたものだった。辺りを眺めながらゆっくりとした足取りだが、特に周囲を気にする様子は見られなかった。ときに足を止めたりもするが、動作から察するにそれは、写真家としての性のようなものだったろう。

広小路通を渡り、中区役所を過ぎて道を折れる。とにかく、人通りの多い方から少ない方へと向かってくれることは猿丸にとって有り難かった。ＫＳＫがどれほど過酷な訓練を積むのかは知らない。が、猿丸にも叩き上げてきた公安的技術がある。地の利もあり、適度に人が往来する中を追尾して、外国人に後れを取ることなど有り得なかった。

松坂屋の近くまで来て、さらにゲーリングは道を折れた。すでに辺りは完璧に夜だった。

五十メートルほど先に、都内では聞かない名前のビジネスホテルがあった。地上七階建てで、構えからするにワンフロア二十室はないだろう。二間半間ほどの袖看板が、一部蛍光灯が切れ掛かって瞬いていた。

ゲーリングは、後ろを一度も振り返ることなく、そのビジネスホテルに入っていった。足取りに迷いがなかったことから、すでにチェックインを済ませていると猿丸は踏んだ。

昨日のうちか、今日になってから来たのかはこの際余談だ。

足早に近づき、猿丸はガラス越しにロビーをうかがった。案の定、ゲーリングは鍵を受け取りエレベータに向かうところだった。何気なく人待ちを装って中に入る。エレベータはフロントの真正面にあった。ゲーリングを乗せたエレベータが止まったのは六階だった。時間を確認すれば、午後七時を大きく回っていた。

（ふん。まあ、今日はここまでだな）

猿丸だけでなく、ゲーリングもだ。今から向かったところで、名古屋駅前に小日向総理の姿はない。和知に見せてもらったスケジュールに拠れば、すでにホテルに入っているはずだった。

フロアガイドを確認し、裏口から出る。ゴミ収集車一台で道幅一杯の路地が左右に延びていた。正面は雑居ビルの連なりだった。繁華街というには寂しいが、明かりの入った飲食店や、パブ・スナックの名前もあった。人通りは右手、突き抜ければ松坂屋やパルコがあるほうに多かった。

「へっへっ。飯と一杯くらい、バチは当たんねぇだろう」

知らず揉み手で、猿丸は路地の左に足を踏み出した。

そのときだった。

猿丸の背後でいきなり気配が湧いた。まったくわからなかった。太い腕が首筋に絡みつき、おそらく二の腕で仰《の》け反るように顎を絞り上げられた。スーツを着た男だと、認識できたのはそのくらいだ。

現状を理解する暇も余裕もなかった。抵抗しようにも顎を上げられた体勢は踵《かかと》で踏ん張るのが精一杯で、力はどこにも入らなかった。

「うっごぁ」

絞られては口が開かなかった。声は唸りにしかならない。

せめて五秒、そのままであったなら反撃の糸口くらいはつかめただろうが、敵の動きに遅滞はなかった。力を入れられない状態を保持させられるように、バランスを崩したまま引き摺られた。

雑居ビルの明かりが瞬間的に通り過ぎ、世界が反転した。右肩と背中に強い衝撃があり、息が詰まった。投げ飛ばされたようだ。アスファルトを転がり、止まったところで身体に抵抗と雑な音を聞いた。行き止まりで、おそらく工事用のフェンスだろう。袋小路だと直感する。

「げっ。がぁ」

肋骨は軋むが、肺は痛み以上に酸素を希求した。ダメージは思った以上に大きいようだ。立てなかった。

顔だけ向ければ、通りに向かう薄明かりの中に三人の男が立っていた。顔はわからない。

姿からして、影だった。

「なぜ、あの男を追っていた」

聞いたことのあるような声がした。いや、実際に聞いたことがあるわけもない。だが、それだけでわかった。猿丸と同じような雰囲気をまとい、同じような臭いがする男達ということだ。

答えは自《おの》ずと明白だった。

「答えろ。なぜあの男を追っていた。あの男は何者だ」

聞いたのは最前と同じ男だった。三人の真ん中からこちらに出てくる。一番身体がでかかった。リーダーだろうと当たりをつける。後詰めのようにもうひとりが続き、残るひとりはその場に留まり、背を返して路地口を向いた。

「ど、同業者ならたいがい、わかりそうなもんだがな。こ、答えろだって？」

猿丸は背中のフェンスに寄り掛かりながら震えた。痛みからでも恐怖からでもない。笑いだった。

「へっへっ。へっへっへっ」

三人の気配がかすかに揺れた。

「あんたらなら、素直にはいそうですかって答えんのかい。ええ、オズさんよ」

「わかっているなら、答えたほうが得策だと思うがな。猿丸警部補」

オズ二人の足は止まらなかった。

猿丸は素早く辺りを確認した。両側は雑居ビル。どちらも裏に非常階段はあるが、窓は左側のビルのみ。袋小路の幅は三メートルあるかないか。ポリのゴミバケツが三つ。自転車が二台。スクータが一台。

（けっ。絶体絶命だぜ、クソがぁっ）

内心では毒づくが、恐れはなかった。一度味わった、死の恐怖に勝るものなどない。万全ではなかったが、腹の底に力を溜めた。絶体絶命への対処はひとつ。折れず負けない心、それのみだ。

先頭の男が猿丸まで、二メートルに近づいた。

「せっ！」

猿丸は出来るだけ身を低くし、渾身《こんしん》の力で男に突っ掛けた。足を取り双手《もろて》刈《が》りの要領でそのまま押す。

「ぐわっ」

でかい分もろいはずだという猿丸の狙いは図に当たった。男は背中からアスファルトに激突した。頭を庇《かば》ったのはさすがだが、すぐには起き上がれないだろう。前転で勢いをつけつつ右手に拳《こぶし》を握る。反動で立ち、二番目の顔面に叩き込むつもりだった。

腕さえ、伸びれば——。

運不運で言えば不運だが、先手を取られた不利がここで猿丸を襲った。右肩に痛みが走り、拳は走らなかった。二人目の男はスウェイバックで避けた。いや、たとえ万全でも拳は届かなかったかもしれない。それほど、充分に鍛えられた身のこなしだった。軽いステップで足場を決め、男は左手になにかを握った。そのまま手首を振ると金属音がした。猿丸にも聞き慣れた音だった。打たれる前から痛みについても、嫌というほど知っていた。

「がぁっ！」

右腕を特殊警棒で打たれ、猿丸は身体を丸めて倒れこんだ。動けなかった。右腕は、折れたかもしれない。

「馬鹿が」

吐き捨てる二番目の男の声は、先頭の男よりさらに冷徹だった。

「芝野、立て」

猿丸の背後で、はっと短い答えが聞こえた。リーダーはこの二番目の男だったようだ。

特殊警棒を収めると、男は真っ直ぐ猿丸に近づいてきた。

「答えんのなら警部補。場所を移して話を聞こうか。くっくっ。オズの尋問は骨の髄に染みるぞ。この場で答えたほうがどんなに楽だったかと後悔するくらいに、いや、そんな後悔すら出来ないくらいに」

不眠、殴打、自白剤。質問内容の軽重など問題ではない。軽いなら軽いで、軽いとわかるまでなんでもする。それが公安だ。立場が逆だったら猿丸も同じことを考える。行動に移すかどうかに差は出るだろうが、このリーダーは、目にかすかな愉悦さえ見えた。

「て、手前ぇ」

せめて睨み付けることが、今の猿丸の精一杯だった。

と――。

猿丸の前に、なぜか手提げ袋が落ちてきた。見上げる前に、翼を広げた影が音もなくリーダーの後ろに舞い降りる。咄嗟《とっさ》にリーダーが振り向けたのは鍛錬の賜物だったろう。

しかし――。

無造作にして素早い攻撃を顔面に受け、リーダーは声もなく前のめりに倒れた。影が声を発する暇も与えなかったというほうが正しいか。異変に気付き、袋小路に駆け込んでくるもうひとりも、旋風のごとき影の回転に巻き込まれて身体をくの字に折った。

大鴉《おおがらす》、犬鷲、いや、化鳥《けちょう》。

猿丸の目にはそうとしか映らなかった。影は留まることなく、振り返って猿丸の頭上を越えた。羽のようなものがコートの広がりだとようやく理解する。猿丸は思わず声を上げた。

「ぶ、分室長」

化鳥は、純也だった。

呼び掛けに答えず、純也は大柄なオズ、芝野と対峙《たいじ》した。凶暴な気が芝野から放散されるが純也は怯まず、もう猿丸も気にはしなかった。ハンデをもらった格闘教練でさえ、猿丸は純也に一度も勝った例《ためし》がない。本気の純也に対するにはミサイルが必要だとは、分室員三人の共通認識だった。

静かに、冷ややかに。純也は闇の中、惨《むご》く、軽やかだった。

突っ掛けてくる芝野の拳を体《たい》を開いてかわすと、純也は反転して腕を取り男の懐に飛び込んだ。どこにも負荷のない、流体のような動きだった。止まることなく芝野の胸に左肘を打ち込めば、人体の必然としてのめるように顎先が前に出てくる。

純也は右の拳を夜空に突き上げた――。

すべては、あっという間の出来事だった。軽く手を叩き、地面に倒れる三人を確認して後、うつ伏せのひとりに純也は近づいた。リーダーの男だった。その右肩に膝を落とし、腕を取る。空気に更なる緊張感が漲《みなぎ》った。

「やったらやり返されると、覚えておいたほうがいい」

純也の言葉に、鈍く嫌な音が重なった。リーダーが声を上げなかったのはさすがにオズだ。が、大気を走るか細い気配は悲鳴も同然だった。蠕動《ぜんどう》のような震えを帯びるリーダーの腕が、本来ではないほうに曲がっていた。

「職務遂行上のことだからこれだけで済ませるが、全員の顔は覚えた。今晩中に所属と氏名は明らかにさせてもらうよ。氏家理事官に報告するか、なかったことにするかは任せるけど、報告するなら伝えて欲しい」

純也はリーダーの頭髪をつかんで捩《ね》じ上げた。普段見慣れたはにかんだような笑顔が、このときばかりは猿丸にも背筋が痺れるような感じがした。

「邪魔をするなというあなたに、こちらも同じことを言いますよ。オズこそ僕達の邪魔をしないでほしい、とね」

手を離せば、右腕を庇いながら力なくリーダーが立ち上がる。表路地の細光を受けるリーダーの顔は、朧《おぼろ》げながらにも蒼白に見えた。

純也に近づかないように回り込み、リーダーは芝野を爪先で蹴った。覚醒の確認もしないまま、今度は表路地に向かい、同様にしてもう一人を蹴る。起き上がる二人も、なにが起きたのかはうっそりと立つ純也の姿を見て把握したのだろう。

走り寄ってふたりでリーダーを支え、揃って三人は無言で袋小路から立ち去った。


「さて」

このひと声で袋小路の空気が一変する。純也は猿丸に向き直って膝を突いた。

「大丈夫かい」

「ええ。なんとか」

右腕は熱を持って絶え間ない痛みを訴えるが、かえってそれが気付薬だった。純也は猿丸の腕に触った。猿丸は奥歯を嚙むだけにとどめた。それで耐えた。

「あれ。折れてはいないようだね。となると、さっきの人にはちょっと悪いことをしたかな」

首を傾《かし》げるが、まったく悪びれないところがなお怖くもある。

「そ、それにしても分室長。なんでここに」

「いやあ、今のところ、特に向こうですることがなくなってね」

犬塚の方は調べた全員に疑うべきところがなく、おそらくすべて白だという。鳥居はスジの情報を待って群馬で待機中らしいが、まだ本ボシかどうかはわからないらしい。

「だから、とりあえず分室はシノさんに任せて出てきた。まだ一割二割、こっちの人の可能性もある。それに、陸自まで大いに動かしてセリさん任せは情けないだろう。僕は、分室長だからね」

言葉ではそう説明するが、有事には責任を取るつもりで出てきてくれたようだ。父にして総理大臣に向ける言葉は冷たいが、部下には倍増しで温かい。

「でも、運がよかったよ。年二回の晩餐会以外、あまりあの人と顔を合わせたくはないのでね。遠巻きにしていたらセリさんと、その後ろに剣呑な奴らをたまたま見かけた。出るタイミングはまあ、ヒーローのお約束と思って欲しい」

運がと言うが、純也に限ってたまたまなどありえない。猿丸達も鍛えられてはいるが、純也の身に備わった察知能力は桁違いだ。鍛えられ方が違う。モチベーションは、命なのだ。

「ヒーローって、いや、ヒーローにしても少し遅くありませんでしたかね」

「ごめん。オズって言質《げんち》も取りたかったし、なにより」

純也は上、非常階段の方を見ずに指差した。

「三階の中は何軒か営業してててね。気付かれないように扉を壊すのに手間取った」

「……あ、壊したんすね」

「そう」

純也は辺りを見回した。右手すぐのところに、手提げ部分が切れた紙袋があった。

「あちゃあ。やっぱり飛んだのはまずかったかな」

引き寄せると中身をゴソゴソやり、純也は左手を猿丸の鼻先に突き出した。

「食べるかい？」

形の崩れたなにかだった。甘い匂いがした。

「へ？」

「東京ばな奈」

なにをどう答えていいかわからなかった。

「師団長にお土産をと思ってね。これ好きだったはずだから。美味しいよ」

「いや。美味いのはわかりますけど」

「要らない？　もったいないんだけど」

場とタイミングに、猿丸は戸惑いの方が勝って固まった。

「あ、そう」

じゃあと、純也は崩れた東京ばな奈を頬張った。猿丸はただ唖然《あぜん》として、純也が食べ終わるのを待った。

「明日、こっちの人は鹿児島だったね」

「え。あ、そうっすけど」

「セリさんはここまででいいよ」

指先のクリームを舐めながら純也は言った。

「どっちにしてもその身体じゃあ、鹿児島に行っても使い物にならないだろうし」

「なっ。ちょっと待ってください。じゃあ、せっかくの黒豚は？　芋焼酎は？　ここでのストイックさの敵討《かたきう》ちは」

「なんだい、それ。全然わからない」

純也は笑いながら携帯を取り出した。どこかに掛ける。

「ああ。シノさん。今大丈夫かい」

電話の相手は犬塚だった。まずは猿丸の武勇伝を伝達する。多少、盛ってくれた。

「なんにしても、オズもゲーリングのことを知った。すぐに経歴も知るだろう。僕らが追っていたことも裏付けにして、今晩中から徹底的にマークするよ、きっと。数に物を言わされると、もう僕らの出番は、ゲーリングに関しては終わったようなものだけど。――あ、陸自は引き続き使うよ。このままも癪《しゃく》だからね。シノさんには悪いけど、ちょっと憎まれ役になってもらおうか。鹿児島では陸自を差配して、大いにオズを混乱させてもらいたい。和知君にはこっちからメールでもしておく。もちろんオズの名は知らせないで、そうだね、ひとまず公安外事ってことにしようか。それで急だけど、明日の午後イチには鹿児島に。大丈夫かい？　そう。なら細かいことはメールで。じゃあ」

話はまとまったようだ。アスファルトに座ったまま、猿丸はそんな会話を聞いた。通話を終えると、純也はどこかにメールを打った。終えると、いつもの笑みを猿丸に向けた。

「今日は泊まって、明日東京に帰るよ」

純也は携帯を仕舞い、紙袋の東京ばな奈に手を伸ばして仕分けを始めた。

「へっ。泊まるっても、今日の宿なんか考えてなかったんで」

「ん？　ああ、それは大丈夫。今メールで、もう一泊頼んでおいたから」

もう一泊という言葉が猿丸の中で木霊《こだま》した。嫌な予感しかしなかった。

「ぶ、分室長。メールって」

「ああ、和知君だよ」

言う傍から、和知の返事のようなメールの着信音がした。確認してうなずき、純也は崩れた東京ばな奈をふたつ、コートのポケットに入れた。

「セリさん、もう一泊出来るよう駐屯地の了承をもらった。今すぐ迎えがくるってさ」

「ぶ、分室長。あんまりっすよ」

「そんなこと言っても、治療は必要だよ。こういう場合は、陸自を頼るに限る。――ということで、はい」

純也は取っ手の切れた紙袋を猿丸の前に置いた。

「――なんすか」

「師団長に持ってってって。箱の角がちょっと潰れてるのと、中身の数が足りないのはご愛嬌ってことで誤魔化してくれると助かる」

「え、一緒に行かないんすか。じゃあ分室長は」

「僕は宿を取ってある。お、本当に早いな」

どやどやとした足音が近づいてきた。

「じゃ」

コートの裾をひるがえし、純也は袋小路を出て行った。

「なんとまあ、よ」

見送って猿丸は脱力した。忽然《こつぜん》と現れて竜巻を起こし、飄々《ひょうひょう》と去る。まさしく強い風、いや嵐だった。

「砂漠の嵐、砂嵐か。でもよ」

ゆっくりとゆっくりと立ち上がり、猿丸は表路地、純也が去った方向に向けて頭を下げた。

「助かりました。有難さんでした」

陸自の隊員が袋小路に駆け込んできたのは、その直後だった。

五

十月十九日。小日向総理が無事鹿児島に飛び立った。これは、見事に脹《は》れ上がった腕を三角巾で吊り、集合の駅前に姿を現した猿丸からの情報だった。和知はこの日も、総理が飛び立つまで隊員を動員してくれていたようだ。写真の外国人も空港へ、とはおまけのようについてきた話だ。

秋空に立ち上るような熱気に包まれた名古屋まつりを尻目に、純也は猿丸と二人、のぞみ東京行きに乗り込んだ。グリーン車の車内は土曜日にもかかわらず、比較的空席が目立った。名古屋まつりのお陰だろう。上りから結構な人数が名古屋で降りた。

「腕、どうだった」

座席に落ち着いてから、純也は隣の猿丸に声を掛けた。

「どうっても。折れてはいないが、朝になって脹れ上がってたらヒビは覚悟だなってね。師団長が直々に診《み》てくれました。その通りみてぇですけど、これ、重くってたまんないっすよ」

がっちりと固定された腕は、たしかに座席に座ると窮屈そうだった。

「ギブスの代わりにって、鉄の丸棒っすからね。若いのが人力で曲げてくれまして」

「へぇ」

純也は思わず吹き出した。自衛隊らしいといえば偏見かもしれないが、矢崎陸将の部下らしいというのは、妥当な判断だろう。

「とりあえず、東京に戻ったらきちんと診てもらえって念を押されました」

「そう。でも、今日は土曜だよね。どこに行っても午前診療が多いだろうなぁ。――じゃあ、無理も言えて道理も引っ込むから、警察病院で見てもらおうか。入院もいいね。部長の隣に部屋をもらおうか」

軽口を言えば、猿丸は真顔で冗談じゃねえと激しく首を振り、腕に響くのか、いててと顔をしかめた。

「い、いいっす。品川のS大付属で見てもらいます」

「え。ああ、女医さんがいるとこ。そういえば整形外科だったね」

「え！」

目を丸くしていきなり純也の方に首を捻《ひね》り、また猿丸は顔をしかめた。

「な、なんで分室長が知ってんすか」

「自分で言ってたよ。酔ったとき」

「……申し訳ありません。公安失格っすね」

「どうかな。いいんじゃない？　まったく関係ない話しかしてなかったし」

「それって、どんなすか」

「色っぽい系だけど。自分で自分の話、聞きたいかい」

「いや。いいっす」

車内では軽くぼかして今までのまとめをするだけで、特に深い話はしなかった。

「じゃ、俺ぁここで」

猿丸は品川で新幹線を降りた。純也を乗せたのぞみが東京駅に到着したのは、十二時少し前だった。そのままカイシャに向かおうとすると携帯が振動した。エレナからだった。

「資料ハドウダッタ？　オ役ニ立ッタカシラ」

「アア、充分ダヨ。充分以上ニシテ、問題提起モシテクレタ」

「ソウ。ドンナ問題ヲ？」

「ソレハ、企業秘密」

「フフッ。ソウ言ウト思ッタワ」

　遠くに発車のチャイムがあり、ちょうど真上辺りから駅のアナウンスが流れた。

「アラ。ドコカニオ出掛ケカシラ」

「イイヤ。帰ッテ来タトコロ。ソレデ、今日ハ？」

「コノ前言ッタデショ。デートノオ誘イヨ。私ハ、言ッタコトハ守ルノ。イエ、言ッタコトハ実現スル。言霊、デスワ」

「ヘエ。ソンナ言葉モ知ッテルンダ」

「エエ。トアル方ニ教エテ頂キマシタノ。ソレデ、イカガ？」

「アア。光栄ダネ。デ、イツカナ」

「イツナライイカシラ。本当ハ明日ッテ言イタイトコロダケド、天気予報ハ今晩カラ明後日マデ雨マークダッタシ、モトモト明日ハ日曜日ダシ。ナンニシテモ、ドライブニハ向カナイワ」

「ソレッテ暗ニ、平日ニシヨウッテ言ッテル？」

「駄目カシラ」

「イイヤ。問題ナシ」

「ヨカッタ。ジャア――」

火曜、二十二日とエレナは指定してきた。純也に否はなかった。その日一日のデザインも瞬間的に浮かんだ。

「国立《くにたち》ダッタワネ。迎エニ行クワ。何時ニスル？」

朝七時半と純也が即答すれば、電話の向こうでエレナが小さく驚いた。

「早イノネ。マルデ出勤時間」

「ハハッ。ソウダネ。デモ日本デハ、遊ボウト思ッタラ努力ガ必要デネ。身軽ナ格好デ来テ欲シイ」

「ドコニ行クツモリナノカシラ」

「ソレコソ、最重要機密サ」

「フフッ。ソウ言ウト思ッタワ。楽シミニシテオクワ」

じゃあ火曜七時半と確認し、エレナは電話を切った。

その間に、純也の携帯には着信メールがあった。

〈現着。配備の人員、確定。作業開始〉

犬塚からだった。

今のところ、過去と現在において問題はない。

「まあ、ここまでは順調、かな」

純也は呟き、地下鉄の駅へ向かった。

六

十月二十日。鳥居は四日間、高崎のビジネスホテルで息を潜め、下田からの連絡を待っていた。この日は日曜日だったが特にすることはなく、とりわけ目立つ行動もとりたくなかった。だからといってつらくも感じない。作業中は常にそんな感じだ。それが鳥居のスタイルだった。

純也からは朝、現状の連絡をもらった。オズの急襲で腕にヒビが入った猿丸は自宅で焦れているらしいが、鹿児島へ入った犬塚はさんざんオズを翻弄したらしい。

ゲーリングを確認するのも、名古屋より鹿児島の方が簡単だったようだ。都市としての鹿児島のスケールメリットも、移動が空港からと絞れていたことも意味合いとしてはある。が、なにより小日向総理だけでなく、いやそちらを捨ててでもゲーリングという男の周りに、公安的動きを見せる者達を広く求めればよかったというのが大きかった。これは純也の指示によるものだ。

ゲーリングは名古屋同様、カメラバッグを肩に堂々と写真家として行動していたようだ。その周りに不純物のような男達を探すのは、わかっていれば犬塚なら造作もないだろう。

公安的手法の公安的手法返し。手の内はわかっているのだ。それでもどちらか判別のつかなかった者には、どんどん陸自の隊員をヤクザの因縁紛いに突っ掛けたらしい。見てみたかったと、純也の説明の途中だったが鳥居は笑った。

昔は散々純也に翻弄され、自分でも身に染みていた。公安課員として、行確からの離脱は惨めなものなのだ。だからこそ、相手が猿丸に怪我まで負わせたオズなら、J分室の主任として気分は悪くない。

「シノさんはオズの連中の秘撮もしたってさ。データ送りますかって聞かれたけど、それはシノさんの成果だからね。自分の運用に生かせばいいと言っといた」

「いいんじゃねぇですか。それで正解でしょう」

ゲーリングは桜島の撮影に熱心で、遊説中の駅前に姿は見せたらしいが、見せただけで福岡に向かったらしい。オズもついて行ったとは、その後ろから全体を行確する犬塚の報告だった。この日、二十日には朝イチで堺に入ったという。

全体的には訝しいが、行動の一つ一つをとってみれば特に怪しむべきところはない。ゲーリングはいまだ、ただの観光客だった。

「野郎の目的ぁ一体、なんなんでしょうかね。妙にもほどがあるってもんでしょう」

「そうなんだ。身長のこともあってね」

「身長?」

「いや、いい。これは余談で、予断だ。——で、メイさん。そっちはどうだい」

「まだです。早《はえ》に越したこたぁないですがね。なんたって相手ぁ」

と、言い掛けたところで鳥居の携帯に、別の着信を知らせる電子音が聞こえた。見れば、下田からだった。

「切ります」

と一方的に告げて鳥居は純也との通話を切り上げた。キャリアにしては天然記念物ほどに珍しいが、純也はそんなことで目くじらを立てる上司ではない。

「よう」

意識を切り替え、努めて軽く出たが、下田からの返事はすぐにはなかった。

「おっちゃん。待たせたかな」

いつもより真摯《しんし》な響きに鳥居の顔が引き締まる。

「どうした。なんかあったのか」

次の答えまでは、さらに間があった。間を終わらせたのは、下田の溜息だった。

「大ありの大当たり、ビンゴだよ。おっちゃん」

「——そうかい。それで暗いんかい」

「明るくは、な。まあ、いかねぇやな」

「それで」

「ここじゃぁ言えねぇ。義理を折って畳んで、義と理に分けて説き伏せたってなもんだ。叔父貴ぁ、真正面から聞いてくれた。すまなかったってな、最後ぁ頭まで下げさせちまった。そんな話、ここじゃぁ言えねぇ。電話なんかじゃ言えねぇ」

下田の声は、少し震えを帯びているようだった。

「そうか」

恩と義理の両天秤《てんびん》。強引に傾けさせるのは得策ではない。公安としてではなく、これは人としての情の話だ。無理をさせれば、心は破れる。

「明日、午後イチ。また俺がそっちに行くよ」

そうして下田が指定したのは、ＢＡＯＯ高崎の場内運動公園だった。

翌日、駅前で昼食を摂った鳥居はＢＡＯＯ高崎に向かった。どんよりとして、今にも小雨が降ってきそうな薄い空模様だった。気温も十月にしてはうそ寒い。

ＢＡＯＯ高崎は二〇〇四年に廃止された、旧高崎競馬場のことだ。現在はメインスタンドがＢＡＯＯ（地方競馬共同場外発売所）になり、本馬場は運動公園として開放されている。施設はほとんどがそのまま残っているが、来年の六月には群馬県コンベンション施設整備計画が着工することが発表されていた。

少し早い到着だったが、鳥居はそのまま場内に入った。全体が見渡せる位置を物色する。ちょうどいい場所にベンチがあった。向こう正面、というやつだ。そこで鳥居は下田を待つことにした。コートの前を合わせ、見るともなく辺りを眺める。

草野球のスペースに人はいたが、見る限り試合の人数には足りていないようだった。他には子供を遊ばせている親子連れが数組。雨が降りそうな寒空の、月曜の午後などそんなものかもしれないが、本馬場の広さからすれば印象は閑散としていた。

下田は一時ちょうどにやってきた。入ってきたのはメインスタンドに向かって左手、駐車場側の入場口からだった。くわえ煙草で俯《うつむ》き加減だったが、鳥居を見つけると右手を上げた。まだ百メートルは離れていたが人はまばらだ。向こう正面辺りにいるのは鳥居だけだった。

上げた右手をゆるく振り、空いた左手でくわえ煙草を取り、下田は紫煙を吐いた。

――よう。おっちゃん。待ったかい。

そんなことを言った気はしたが、下田がそれ以上近寄ってくることはなかった。

紫煙を吐きながら手を振る下田の胸に、死の花が咲いたのは、その直後だった。

銃声はかすかにも聞こえなかった。

「なっ」

思わず立ち上がった鳥居を待つこともなく、そのままの姿勢で下田は仰向けに倒れていった。

「しもっ！」

鳥居は駆け寄ろうとした。

だが――。

口を衝いて出掛かる声も、走ろうと踏み出した足も、情だ。情の迸《ほとばし》りだ。職務の真反対だ。目立つ行動は許されない。

せめて下田に応えて上げようとしていた右手に強く拳を握り、鳥居はすべての感情を非情で押さえ込んだ。

（離脱だ離脱っ。畜生が！）

その後、鳥居がすべきことはコートのポケットに拳を隠し、一刻も早くその場を立ち去ることだった。

口を真一文字に引き結び、鳥居は足を振り出した。ゆっくりと、目立たないように。

やがて鳥居の背に、おそらく子供を遊ばせていた若い母親の悲鳴が聞こえた。鳥居はペースを変えず、ただ足を動かした。

どこをどう歩いたのかはわからない。ホテルの部屋に戻り、コートも脱がず、鳥居はベッドに腰を下ろしてうなだれた。動かなかった。座ったが最後、動こうとする気力さえが、もう湧かなかった。

やがて陽が暮れても、鳥居はそのままだった。時間の流れはまるで感じなかった。下田の残像が上げたままの手を、いつまで経っても振らなかった。

どれほどの時間が過ぎたか。フロアの廊下が騒がしかった。若いカップルのようだった。酔っているのか、辺りお構いなしの嬌声を上げる。普段なら迷惑なだけの話だが、このときばかりは助かった。人の笑い声に、心が動いた。

ようやく鳥居は携帯を手に取った。闇の中だった。いつの間にか夜になっていた。携帯の明かりが眩しかった。

「やあ、メイさん」

変わらない純也の声が、染みた。

「なんかニュースで高崎のことをやってたけど。あれってメイさんの」

そうですと、自分でも驚くほど声はしわがれていた。

「スジですわ。殺《や》られました。私の責任です。迂闊でした」

「そう。とにかく、メイさんが無事でよかった」

なにも聞かない、責めない。純也の優しさが有り難かった。

「ですがね。――いや、なにも」

「駄目だよ、メイさん」

純也がおそらく、首を振った。

「心を閉じちゃいけない。それは公安だろうと誰だろうと関係のないこと。閉じたら漆黒に迷うだけだ。少しでいい。光を見よう。天照《あまてらす》がいい例だ。天の岩戸も隙があったから音が聞こえた。日輪が戻った。みんな、同じだよ」

心の岩を、純也の声が割る。

「そうですかね。——いや、そうですね。そうでなきゃあね」

鳥居は部屋のライトをつけた。窓ガラスに、やけに縮こまった自分が映った。水滴が流れていた。外は雨のようだった。

背を伸ばし息を吸った。それで世界は変わった。

「あいつぁ、下田ぁ、ガキの頃から知ってましてね。へへっ。歌舞伎町の暗闇で、まるで捨て猫みてぇでした」

胸につかえていたものが、胆《はら》に落ちた気分だ。昔を語り、今を語る。純也は静かに聴いてくれた。少しずつ、自分の中に自分が戻る。戻れば、自分がどうしたいのか、どうしようとしていたのかが鮮明だった。

「分室長。公安としちゃあ失格かも知れねえ。分室長にも迷惑掛けるかも知れねえ。結果もどうなるかはわからねえ。でも、私ぁ、このままには——」

「メイさん」

純也の毅然とした声が鳥居の言葉を遮った。

「いつも言ってるだろ。好きにやったらいい。そのために僕がいる」

「――有難うございます」

「とにかく、部長には病院で働いてもらおうか。この事件は、警視庁公安部の案件として引き取っておく。じゃあメイさん」

「はい」

「気をつけて」

それで純也との通話は切れた。

第七章　表相

一

関東地方は二日間の雨だったが、火曜日は朝から爽やかな秋晴れだった。

朝食を摂り身支度を整え、純也は自室で報告メールのチェックをしていた。時刻は朝の七時十分だった。今日の分はまだない。見るのは昨日までの分だった。

帰京してからも猿丸のメールはぼやきに終始した。腕の回復は順調のようだったが、することがない、つまらない、これなら守山の方がまだましだったとは、贅沢《ぜいたく》な悩みというやつだ。そうだね、ましだねと言葉通りになにも考えず返す。

犬塚の方は順調にして、やはりゲーリングは姿を現すだけでなにもしないらしい。すでに純也の頭の中では、長島と和臣の比率は九対一に傾いている。不確定要素はゲーリングの位置付けだけだ。犬塚を引き上げさせないのはその一割の危惧と、まだしばらくオズの目を和臣とゲーリングに据え付けるためだった。

犬塚はさすがにうまく立ち回ってくれていた。自衛隊員も和知になにをつかまれているのかは知らないが、よく動いてくれるようだった。

昨夜の電話以降、鳥居からの連絡はなかった。

諸々に思考の枝葉を伸ばしていると、部屋の一隅でインターホンが鳴った。モニタは居間と、二階は純也の部屋に取り付けられていた。時計を見る。七時二十五分だった。

「おっと」

エレナで間違いない。インターホンに出ようとすると通話中だった。

「えっ」

――はぁい。あらぁ。グモーニン。

階下から祖母、芦名春子の余所行《よそゆ》きな声がした。

「うわっ」

今日のことは話さざるを得ない理由があって前夜、春子には教えてあった。インターホンの前で手ぐすね引いて、興味津々に待っていたに違いない。迂闊だったが、思えばそういう祖母だ。

純也は慌ててHWのショルダーに手荷物をまとめ、白いヨットパーカと併せ持って階下に走った。居間に春子の姿はなかった。玄関の外から陽気な声が聞こえた。

――マア。コンナニオ綺麗ナ方ダトハ思ワナカッタワ。

春子も英語とトルコ語は出来る。純也は泳ぐようにして急いだ。

「婆ちゃん。余計なことは言わないように」

玄関の外では声だけでなく、家で着ることなどない余所行きに着替えた春子と、低いパンプスに軽そうな麻のパンツスーツを身にまとったエレナが談笑していた。

「アラ、余計ナコトッテナンデショウ。――ネエ、エレナ」

「フフッ。ソウデスワネ」

早くも女二人、結託し始めているようだった。

「ジャ、行コウカ」

間に割って入り、エレナの側に回って純也は急《せ》かした。

「あら、もう行くの。お茶の一杯でも」

「時間時間。遅くなると大変なんだって。婆ちゃんもわかってるだろ」

「それはそうだろうけど」

春子はいかにも名残《なごり》惜しそうだったが、最後はエレナに笑顔を向けた。

「ジャア、エレナ。マタネ。今度ハ、コノ家ニユックリ来テネ」

「エエ。ソウサセテモライマスワ」

二人の会話を背中に聞きながら純也は門を出た。ガレージの前に、見慣れた車が止まっていた。

パッションレッドの、ボルボV40。

「――やあ。久し振り」

思わず口を衝いて出た。赤いボルボは、木内夕佳の愛車だった。

「ドウシタノ」

後ろからエレナが来て車のロックを外した。

「イヤ。ナンデモナイ」

「明ルイオ婆様ネ」

「実際ニハソレダケジャ済マナイケドネ。サ、行コウカ」

純也は助手席に乗り込んだ。エレナが運転席に座り、エンジンをかける。よく聞いた音、馴染んだ振動が伝わってきた。ＢＭＷより少し軽く、少し強い。

「ソレデ、ドコへ向カエバイイノカシラ」

「首都高。湾岸線デ葛西」

ショルダーバッグから、純也は二枚のチケットを取り出した。

「マア」

エレナの顔に喜色が湧いた。純也が手にするチケットは、東京ディズニーランドのオープンパスポートだった。そのままで入場出来る。

特に女性は、いくつになってもこういうのが好きなようだ。だから名古屋から帰った夜、春子に頭を下げて譲り受けた。件《くだん》の、純也の自宅に盗聴器を仕掛けたオズ二人組が置いていったチケットだ。

——私が純ちゃんと行こうと思ってたのに。どういうこと。ねえ、どういうこと。

聞かれるとは思ったが、春子は思うより執拗だった。降参してエレナのことを話した。ドイツからのお客さんだと。嘘はない。

ふぅんと意味ありげな顔はしたが、春子はチケットを差し出してくれた。

——貸しよ。次は、三人で行けるといいわね。

そうだねとしか答えようはなかった。夕佳に関しては、薄々存在は気付いていただろうが、会わせたことはない。

思えば、まだ年頃の女性を家に連れて行ったこともない。

サイドブレーキをはずし、エレナがボルボを発進させた。

見えなくなるまで、春子は手を振っていた。

ディズニーランドは比較的空いていた。一年に何回とない、エアポケットのような一日だったかもしれない。

それでもアトラクションを制覇することは出来なかったし、ミッキーには会えたがミニーには会えなかった。

エレナは大いに楽しんだようだ。

「私、初メテナノ」

TDLがということではない。パリのDLPにも行ったことはないという。

ワゴンのポップコーンバケットも斜め掛けにし、スモークターキーレッグも頬張った。エレナは終始上機嫌だった。夕方四時に、引き上げようと純也が言い出すまで休むこともなかった。

間違いなくこの一日、エレナは少女に戻っていた。

少女のエレナは若やいで華やいで、いつも以上に魅力的だった。しっとり澄ましているより、活発に動き回るほうが輝くようだ。

エレナの本性も、きっとそっちなのだろう。

「純也、有難ウ。トテモ楽シカッタワ」

ボルボのエンジンを始動させても、エレナは遠くから聞こえてくるテーマソングを機嫌よく口ずさんだ。

余韻は溢れるほどに、まだエレナの中にあるようだった。

「ディズニーランドニ来ラレルナンテ思ッテモイナカッタ。ソンナ目的デ来日シタワケジヤナイカラ」

「ソウ。ナラ、ドンナ目的ダイ」

エレナはボルボをスタートさせた。

「ソウネ。ココトハ、恥ズカシクナルクライ正反対、カナ。目的ハモットモット、思イッキリ殺伐トシタコト」

西陽がフロントグラスの真正面から入った。エレナはサングラスを掛けた。

「ダッテ、駐在武官ナンテソンナモノデショ。無骨デ、現実的デ」

帰りの道は、上も下も混んでいた。純也は余裕は見たつもりだったが、そのせいでディナーの予約に少し遅れた。

KOBIXミュージアムに到着したのは、五時半を回った頃だった。前田支配人は、ポーターのようにエントランスで待っていてくれた。

「悪いね。遅れた」

前田は、ただ微笑みで許容してくれた。

予約したのは前回と同じ、隅田川に面したテラスだ。いつも通りというか、他に客はいない。静かなテラスだった。川の流れが、かすかに聞こえた。

この日のディナーは、予約の段階でアルコールを抜きにした。コース料理はそのことを踏まえて設定してくれたようだった。比較的薄味で、会話が弾むように盛り付けに趣向が凝らしてあった。ヌーベル・キュイジーヌの手法だ。

　エレナはここでも喜んでくれた。アルコールはなかったが、透き通るような白い肌は残照を受け、頬にバラ色のチークを刷《は》いたようだった。

　料理が進み、やがて隅田川は夕景から夜景へと移り変わる。

「ココハ何度来テモ素敵ネ」

　デザートの頃、黒い川面に目を向けてエレナが呟いた。

「堤防ヲ打ツ水音モ、遠クカラ聞コエル車ノエンジン音モ、全体ガ、私ノ町ヲ流レルラインニ似テイル。母ナルラインニ」

　エレナの呟きは続いた。純也に聞かせるというよりは独白に近かった。

「私ガ生マレ育ッタノハライン川沿イノ、ルートヴィヒスハーフェントイウ町ナノ。結構大キナ町ヨ。対岸ノマンハイムヤ、州都ノマインツヤ、モチロン東京トハ比ベ物ニナラナイケド」

　ルートヴィヒスハーフェンはドイツ南西部に位置するラインラント・プファルツ州の都市だ。人口は約十六万人で、世界最大の総合化学メーカーであるBASFの本社がある。

「私ノ母モBASFデ働イテタワ。世界的企業ノ本社ガアルノハ、チョット鼻ガ高カッタカナ。デモ、嫌イデモアッタ。ソレシカナインデスモノ」

　前田がワゴンを運んできて、デザートをサーブした。

エレナは和菓子をアレンジした、三色のカステラを美味しいと言った。いつものコーヒーにごゆっくりとひと言を添えて、前田はテラスから去った。

「ドウシテ警官ニ?」

デザートを口に運びながら純也は聞いた。

「父ガ警官ダッタノ。地方警察ノ機動隊。野心家ダッタワネ。BASFジャナクテ警官ヲ選ンダクライダカラ。デモ、アマリ上ニハ行ケナカッタ。ソノ分ヲ期待サレタミタイ。優秀ナ女性警官ハコレカラ重用サレル。望ミ通リニ昇進出来ル。父ニ乗セラレタワ。私モソノ気ニナッタ。モットモ、マインツニ出ラレルゾッテ、ソッチノ方ニ惹《ひ》カレタカナ。私ノ町ハ、本当ニBASFトラインシカナインデスモノ。フフッ。コレデモ子供ノ頃ハ、ナンデモ選ベルクライニ優秀ダッタノヨ」

「今デモ優秀ジャナイカ。ソノ若サデ警視監ダロ。僕ニハ無理ダ」

「有難ウ」

エレナの微笑みは、少し寂しげに見えた。

「デモ、ドウナノカシラ。父ハ望ミ通リニ昇進出来ルッテ言ッテタケド、私ノキャリアハ多分ココデ終ワリ。コレマデダッテ、タマタマ事件ニ恵マレテ功績ガ積ミ上ガッタダケ。私トイウ人間ノ能力ガ認メラレタワケジャナイ」

「ソウナノカイ?」

「ソウヨ。残念ダケド」

エレナはカステラを口にし、また美味しいと言った。

「コレ以上ノ昇進ハ、ソレコソ国家ヲ脅カスホドノ事件ニ関ワリ、解決ニ導ク主役ジャナイト有リ得ナイ。デモソレッテ、ナイノト同ジコトダト思ワナイ？　ダカラ私ハ国ノ外ニ出タ。日本ニ来タノヨ」

コーヒーを飲み、頬杖をついてエレナは燃えるような目を純也に向けた。

「日本ハ私ニ、ナニヲ与エテクレルノカシラ」

「安ラギ、ジャ駄目カイ？」

「ソノトキハイイケド、ズットジャツマラナイワ。私ノ町、ルートヴィヒスハーフェント同ジ。ソレジャ駄目ヨ」

エレナは肩をすくめた。

「マッタク駄目ダワ」

「ハハッ。ナンダイ。呑ンデモイナイノニ、酔ッテルミタイダネ」

「酔ッタ？　ソウ、ソウネ。酔ッタミタイ。ミッキートディナート、貴方ニ」

「嬉シイネ。デモ、ソウイウ話ハ酔ッテナイトキニ聞キタイカナ」

「アラ、私ハ――。フフッ。ソウネ。異国酔イ。時差ボケミタイナモノカシラ」

「ソウダネ。日本モ僕モ、モット慣レテカラ判断シテ欲シイ。幻滅スルダケカモシレナイケド。ア、アト、TDLノ鼠《ねずみ》モネ」

エレナは笑った。声にして笑った。

マナーからすれば範を外れるかもしれないが、純也はエレナが笑うに任せた。

笑い声が隅田川の流れに漂う。

儚《はかな》く寂しげだと、純也の耳にはそうとしか聞こえなかった。

二

二日後の十月二十四日だった。

午前十一時過ぎに鳥居は高崎のホテルを出た。十分と掛からないJR高崎駅に向かい、上越線に乗る。

誰と話すこともなく終始無言なのは当然だが、それ以上に鳥居の顔は人を寄せ付けないほどに厳しかった。

前日が下田の還骨法要と、一般への繰上げ初七日だった。そしてこの日、組関係が集まっての別れの会がひっそりと前橋で行われることは、本庁組対のスジから聞いて知っていた。

上越線に乗り、鳥居が降りたのは群馬総社の駅だ。時刻は午後十二時を回っていた。利根川に沿うようにおよそ二キロを歩き、上毛大橋《じょうもうおおはし》を渡れば目的地はすぐそこだった。土地嵩《かさ》を増し、高台に造成された広い霊園墓地だ。

高崎の居酒屋で下田は説明してくれた。

――へっへっ。利根川が綺麗でね。その向こうに国定《くにさだ》村の忠治で有名な上州赤城の山がどぉんとね。いいとこっすよ。見学行ったときにもう即決っすよ。ああ、こっから、咲耶の行く末が眺められたらなぁなんて。へへっ。思ったらもう泣けてました。

〈上毛陽だまり霊園〉と、山門脇の野立て看板に金文字が読めた。

橋の上からでも、外周の物々しさは見て取れた。駐車場に入り切らない、いや、入ろうとしない車がこれ見よがしに、川沿いの道路にずらりと並んでいた。

白と黒のコントラスト。故人を送るには色だけ見れば相応しいが、並んでいるのはパトカーから覆面までの警察車両だ。加えて車両数以上の警官が、まるで道を塞《ふさ》ぐ障害物のようだった。

辰門会の大嶺滋をはじめとする、主だった連中がみな集まるとなれば、群馬県警があからさまな警戒をするのは最初からわかりきったことではあった。

「あんたは？」

山門に近づけば柄の悪い、おそらく県警の組対課員が行く手をさえぎるように鳥居の前に立った。三十代半ばくらいの大兵《たいひょう》だった。鳥居も端《はた》から見ればたいがい柄が悪い。男は同業とは思わず、会合の出席者と考えたようだ。

「あんたはって聞いてんだが」

鳥居は黙って睨み上げた。

「聞こえねえのかい。どこの誰だって聞いてんだよ。ええ?」

男は声を荒らげたが、鳥居は気にも留めなかった。誰が誰であれ、近づく者を恫喝を以って追い返そうとしているだけなのだ。鳥居が上司でも、この手の猪突猛進型にはそんな指示を出す。

「白谷《しろたに》ってぇのはいるかい」

鳥居はひとりの男の名前を口にした。

「なんだ? 白谷? ハジメさんがどうしたってぇ」

肩を怒《いか》らせ、上から覆いかぶさるように顔を寄せてくる。

「お、おい。猪瀬《いのせ》」

様子を見ていた年嵩の私服がひとり、猪瀬と呼ばれた大兵の声を聞きつけてか走ってきた。猪瀬の脇に来ると、男は鳥居に向かって小さく一礼した。本庁組対のスジに聞いた、それが白谷に違いなかった。白谷は猪瀬に耳打ちした。途端、猪瀬の眉間に皺が寄った。

「東京って。ハジメさん、そりゃあ」

猪瀬に続けさせれば文句の羅列だったろう。まあまあと言葉は柔らかく笑顔だが、白谷の笑わない目は猪瀬に輪を掛けて鋭くきつかった。それ以上を猪瀬は言わなかった。

こちらを促す白谷に軽く手を上げ、鳥居は山門に向かった。内容はわからなくとも猪瀬と白谷の二人が通した以上、鳥居を遮る警官は誰もいなかった。

「おっとっと。どちらさん？」

霊園に入ると、今度は辰門会の若い衆が寄って来た。外も中も柄の悪さは大差ないが、中にはもう、仲間と呼べるスジはいない。

「どけよ」

「なんだ。手前ぇ」

鳥居は一番前に出ているチンピラの肩を押した。

「どけよ。警視庁だよ」

別れの会はすでに全員が焼香を終え、落としの席に入っているようだった。鳥居が名乗れば何人かが慌てて会場に走った。

鳥居は骨壺《こつつぼ》が安置された堂の真正面に立った。中には入らなかった。観音開きの扉は開け放たれ、整えられた祭壇の中央に綾錦の包みが見えた。

チンピラ連中が、取り囲むようにして鳥居を睨んだ。

「お前ぇら、なんでもいいが、正面だけぁ空けちゃくんねえか」

靴を脱ぎ、石畳を外して玉砂利の上に膝をそろえ、鳥居は小さな包みを見据えた。ゆっくりと、ゆっくりと頭を垂れる。しばらく動かなかった。

やがて、右方に足音があった。警視庁を名乗った以上、予測はしていた。鳥居はそちらに向き直り、威儀を正した。

喪服の女性が、幼い女の子の手を引いて小走りにやってきた。下田の妻子、安也子と咲耶だろう。その後ろからいかつい連中も大挙してついてくる。何人かは、鳥居が一方的に知る顔もあった。

「どいてくださいな」

凛《りん》と張るような声だった。ヤクザ者らは道を空けた。鳥居の前に立つ安也子は、すっきりとした美人だった。切れ長の目は見ようによっては少々きついが、卵型の輪郭と右目の下の泣き黒子《ぼくろ》が全体の印象を和ませていた。

その背中に隠れるようにして、編んだ髪の先に赤いリボンをつけた女の子がいた。顔を半分だけ出してこちらを見ていた。目の形が下田に似ていた。その下に、母と同じような泣き黒子があった。

「鳥居さん、ですか」

鳥居はうなずいた。玉砂利の上に両手を置く。

「この度は。……この度は」

喉の奥がひりつくようで、次がどうしても出なかった。拳の中に握りこんだ砂利が擦れて音を発した。

「ねえ、おじちゃん。どうしたの？」

赤いリボンをつけたお下げ髪が、母の背中から出てきて小首をかしげた。

愛らしい子供だった。

その子から、下田を奪った。

一瞬にして心は地割れを起こし、思いの血を噴いた。よほど顔が怖かったのだろう。咲耶は半泣きで安也子の背に隠れた。

「すまねえ！　すまねえっ」

鳥居は地べたに思いっきり頭を擦りつけた。

「あいつを、死なせちまった。死なせちまった、俺がっ」

鳥居のひと言で周囲の全員が色めき立った。

――なんだとっ。

――やろうっ。

――手前ぇが兄貴をかよ。

下田の妻はなにも言わなかった。鳥居はしばらく、降る罵声に甘んじた。下田の弔いに出来ることは、それしかなかった。

やがて誰かが玉砂利を踏み、鳥居の近くに出てきた。罵声が止んだ。

「警視庁の、鳥居といったかい」

低いが、人の胆を揺するような声がした。

「その年頃の警視庁っちゃあ、組対も捜一も捜二も大抵は覚えてる。けどよ、お前ぇは知らねえ。所属はどこだな」

鳥居はゆっくりと立ち、顔を上げた。

陽に焼けた禿頭、白く長い眉、削げた頬、唇を上下に縫って走る刃物傷。

杖を突いた大嶺滋が、値踏むような目を鳥居に向けていた。もう八十を超えているはずだが、矍鑠《かくしゃく》としてさすがの威圧感だった。

鳥居は目を細め、黙って大嶺を見返した。

「ふん。そういうとこか。そこにあいつぁ、絡んでたってか」

「どう思おうと勝手にしてくれ。ただよ、下田ぁ、あんたのためになんねえことは金輪際しねえってよ。そういう男だ。それだけぁ、わかってやってくれよ」

「警視庁に言われねぇでも、そんなことくれぇわかってらぁ」

大嶺は杖の先で砂利を突いた。

「手前ぇ。俺を誰だと思ってんだ」

「――そうだな」

大嶺は〈任俠〉を現代に伝える男だった。だからこそ下田を辰門会に入れた。これは、半分は本音だった。

　鳥居は下田の妻に向き直った。懐から香典を出し、頭を下げた。

「どうか、受け取ってやってください」

　下田の妻は無言で受けた。受けてそのまま鳥居に差し返した。

　こういうのが、一番つらいものだ。鳥居は動けなかった。けれど、

「勘違いしないで下さいな」

　下田の妻の声は優しく、鳥居を揺さぶった。

「膝も裾も、汚れてしまっています。どうぞこれでお召し替えを」

「いや。そいつぁ」

　鳥居は一歩引きながら顔を上げた。

　下田の妻は、朗らかな顔で笑っていた。顔型と泣き黒子が、笑顔を太陽にした。

「これでも上州女のはしくれ、一家を構えた者の女房ですから。お悔やみ頂いた方に無作法をしては、私があの人に叱られます」

　受けないわけにはいかなかった。鳥居は返された香典を震える手に受け、ふたたび頭を下げた。

（下田よぉ。出来た女房だな。出来た女房だ。お嬢ちゃんも、きっと立派に育てるな。立派だ。大丈夫だ）

奥歯を噛み、心を堪《こら》え、鳥居は靴を履いて顔を上げた。

大嶺滋が鳥居を見据えていた。主だった者達が見ていた。チンピラどもが今もまだ睨んでいた。構うものではなかった。

鳥居は十羽一絡げに、居並ぶヤクザ者をぐるりと見渡した。

「なあ、よお。誰だかしらねえがよぉ、聞いとけや」

鳥居は空に声を伸ばした。公安として失格かもしれない話、純也に迷惑を掛けるかもしれない話、つまりは情の語り。

相手は、行く雲で充分だった。

「あいつぁよ、義理を折って畳んで、義と理に分けて説いたって言ってたぜ。最後ぁ頭まで下げさせちまったってな。それで逃げるつもりはねえ。俺だって、いずれあの世で何度でも詫びようぜ。だがよ、覚えとけよ。あいつを死なせちまったのは、いや、あいつを殺したのはなぁ」

利根川の向こうに赤城山が見えた。

「俺と、誰だか知らねぇ、あんただぜぇ」

誰もなにも言わず、鳥居を見ていた。

重い沈黙を掻き分け、鳥居は山門に向かった。

「鳥居の、おじちゃん」

小さな声が、一瞬鳥居を引き止めた。

「バイバイ」

答えることも、振り返ることもしなかった。出来なかった。

鳥居は玉砂利を踏みしめて先に進んだ。

「へっへっ。おう。バイバイ。――バイバイ、な」

山門から出たところで、誰にも聞こえない声で鳥居は答えた。

利根川の向こうに赤城山が、どうしようもなく滲んでいた。

三

この夕、高崎のホテルに戻った鳥居は純也に連絡を入れた。

「できること、やんなきゃなんねえことは全部済ませました」

「そう」

「明日、帰ります」

「わかった。気をつけて」

それから鳥居は、下田が案内してくれた居酒屋に一人で行った。精進落としのつもりだった。

大将も女将も、人柄の優しい者達だった。ニュースやらで下田が死んだことは知っていたようだ。彼らの知らない下田の東京の頃を話せば、鳥居の知らない群馬での話を聞かせてくれた。

眠れぬ何日かが続いていた。大して酒量を過ごしたわけではなかったが、したたかに酔った。

ふらつく足取りでホテルに戻り、何日か振りにベッドに入れば睡魔はすぐにやってきた。安眠などとは程遠いが、思ったより深い眠りのようだった。

だから、すぐには気づかなかった。泥の中から浮かび上がるようにして鳥居が目覚めたのは、ベッドサイドの時計を見れば翌朝の五時半だった。

まだ外は暗かった。

携帯のか細い点滅が、不在着信のあったことを教えた。

手を伸ばして確認すれば、午前四時三十四分の電話だった。知らない番号からだったが、短い伝言があった。

〈えれぇ啖呵切ってくれたな。――けどよ、堪《こた》えたわ。何時でもいい。電話くれや。お前ぇから電話が来なきゃ終われねえ、精進落としの最中だ〉

眠気は一気に消し飛んだ。

電話は呂律《ろれつ》が怪しかったが、下田の〈叔父貴〉からのものに間違いなかった。

二十五日の朝は、雲ひとつない快晴だった。気分がいいから表に出ましょうと春子に誘われ、純也はテラスに出た。

気持ちのいい風を全身に受け、純也は春子が用意してくれる朝食をデッキチェアで待った。

昼に名古屋で、和臣の最後の応援演説がある日だった。最後の最後まで一割とはいえ気は抜けない。だから、犬塚の帰郷は早くて三時以降になるはずだった。

「それにしても、ゲーリングはやはりどこからどう見てもただの観光客ですね。総理の遊説日程に合わせて移動してますから、無関係ということもまた有り得ないんでしょうけど、直接的な関係はこの期《ご》に及んでもまだ皆無です」

これは前夜、報告がてら犬塚から掛かってきた電話だった。

緊急は電話で通常はメールだが、通常をも下回る薄い内容はまた電話になる。面白いものだ。

「徒労も職務のうちとはわかっているつもりですが、行確対象が徹頭徹尾、楽しそうな観光客だと、どうしても不安になりますね。まるでこっちも観光客みたいです。ずいぶん回りましたよ。桜島は初めてだったんで、思わず私も写真撮ったりして」

「そう。本当に桜島だけかな」

冗談のつもりだったが、すいません、名古屋城もと、犬塚は真面目に答えた。

「まあ、そうしてられるのも、同じ国家公務員が大挙して手伝ってくれるからですが」

「ああ。陸自ね」

陸自の休暇隊員たちはここまで、名古屋も鹿児島も大阪もよくやってくれているようだ。

矢崎の人徳というものか。犬塚がオズをかわしつつ、ゲーリングの身辺に集中できたのは
ひとえに、陸自の力によると本人からはその都度報告が上がった。

「でも、和知君は使えるね。頼んでよかった。本当によくやってくれている」

「たしかに切れ者ですね。やけに楽しそうなのは気になりますが。そんな変わり者の切れ
者に集められるほうはまあ、堪ったものじゃないでしょうけど」

「あ、やっぱり強引なのかい。どんな風だった？」

「セリからはなにも聞いてませんか」

「ん？　いや、特には。バタついてたし」

「なら、もしかしたら手始めの名古屋は、お膝元だからってのがいい方に働いてましたか
ね。大阪と鹿児島は毎度毎度、どうやって掻き集めたかと首を傾げたくなりました。どち
らかと言えば、滑稽すら通り越して悲惨でしたね」

「へえ」

「大阪ではデート中だったっていう隊員同士が走って来たり。いや、どっちも隊員ってのはいいんです。隊公認らしかったんで。ただ、走ってくる目がどっちもあまりに真剣だったんで、後で和知君に聞くと、二人とも相手に内緒で民間人と二股掛けてて、五分以内集合、三十秒遅延で隊内一斉メール、とか。それだけじゃないんです。同じような内容で走って来た、隊公認のカップルが他に三組あったりしまして」

「……なんとまあ」

「鹿児島では、小隊長が汗だくになって走ってきましたね。和知君は間違えて頼んじゃったと言ってましたが、どう考えても声は笑ってました。故意なんでしょうね。探る気はなかったんですが、野次馬根性で小隊長の弱みを聞いたら、このときだけは和知君の声が冷えて、機密とだけ言われました。――あの、まだ聞きますか」

「いや。もういい」

なるほど、メールにもしなかったわけだと、妙に納得した通話だった。

「お待たせ」

春子がワゴンに朝食を載せてテラスに出てきた。

「おっ。美味そ――」

定型文のような褒め言葉を口にしようとして、純也は止めた。

この日は雲ひとつない快晴だった。気持ちがいいからテラスに出た。爽やかな風を全身に浴びた。そんな中に、朝食として春子が運んできたのは納豆に焼き海苔《のり》、卵焼き、そして白米と味噌汁だった。

「作ってもらってる身だから、まあ」

「なにか言いましたか」

「いや、特に偉そうに言えないし言いたくもないけど。――ほら、婆ちゃん。海苔が飛んでったよ」

「え。あらあら」

鳥居から電話が掛かってきたのは、春子が庭で海苔を追いかけている間だった。七時少し前だ。

「やあ。おはよう。こんな早くに掛けてくるってことは、進展があったのかな」

「お早うございます。あ、もしかして起こしちまいましたか」

確実な成果は間違いないだろう。声はいつもの、鳥居洋輔警部のものだった。

「はっはっ。そんな肯っ張りに生きてるつもりはないよ。ちゃんと朝食中だ。テラスのデッキチェアで爽やかな風を受けながら、味噌汁飲んでる」

「はあ。そりゃあ」

「結構、味も素っ気もないもんだね」

テーブルの向こうに海苔とともに戻ってきた春子が頰を膨らます。逃げる態《てい》を装って純也は席を立った。

「で、狙いには辿り着けたのかい」

「はい。なんで、これから戻ります。この後すぐにチェックアウトして駅に走りゃぁ、七時半頃のに乗れると思うんで、八時半にはカイシャに着きます」

「そんなに慌てなくていいよ。ときにメイさん、朝食は食べたかい」

「えっ。いえ」

「朝食は大事だよ。なんでもいいけど、立ったままならうどんか蕎麦。カウンターに座るなら和食。テーブル、特にテラスなんかに出るようなら洋食、パンケーキなんかがいい。と、僕は思うけどね」

「……なんてぇか。よっぽど、今の朝食がイヤなんですね」

　背後で春子がまた、あらあらと騒ぐ声が聞こえた。

「そうだね。なんたって、今また海苔が飛んでったみたいだから」

「ははあ。海苔が」

「セリさんには僕から連絡しとく。しっかり朝食摂って、九時から九時半でいいよ。今日こっちは天気がいい。場所も外にしよう。僕は定時に分室に入るから、そうだな、この前打ち合わせした日比谷公園の、庭球場近くのベンチだったら、どっちからもちょうどいいかな」

「わかりました。じゃあお言葉に甘えて、九時から九時半で」

通話を終えて振り返る。

庭の反対側で春子が空を見上げていた。

どうやら海苔は塀を越え、隣の食卓に向かったようだった。

四

九時少し前、純也は分室に顔を出した猿丸とふたりで日比谷公園に向かった。

「いい天気っすね」

猿丸の声は、内容とは裏腹に少し暗く聞こえた。目の下にだいぶ濃いクマも出来ている。

――こんな格好じゃあ、路上で潰れるわけにもいかねえし、その前に呑みにも出られねえ。グラス持つのも金払うのも全部この左手じゃあ、面倒臭ぇし第一、警戒して誰も寄って来ねえ。

これは月曜、右腕をギブスで固めて肩から吊った猿丸が、分室に出てきて溜息交じりに放った嘆きだ。

飲んで潰れて路上で眠る。それが、家で眠っては悪夢に叫び声を上げて飛び起きることの多い猿丸にとって、唯一安眠を得る方法だった。明日にはギブスが取れるというが、自覚もあってそれまで六本木は自重しているのだろう。

だから眠りが浅い、眠れない。

目の下のクマは、聞かなくともそういうわけだとは自明の理だった。

「明日だね」

「そうっすね。本当に取れりゃいいんすけど」

「それでもいきなり深酒はどうかな」

「へへっ。まあ」

猿丸は答えを濁した。

「けっ。花に寄る蜂までが羨ましいや」

件《くだん》の熊蜂がいまだ花にたかる花壇を過ぎれば、庭球場はすぐそこだった。

ベンチに座って待つこと五分。鳥居はビニル袋を提げてやってきた。立ち上がって純也と猿丸は迎えた。

「お待たせしましたかね」

言いながら、ビニル袋から取り出した缶を鳥居は純也に差し出した。ホットブラックだった。次いで猿丸にも差し出すが、猿丸は憮然とした顔で受け取らない。

「なんだよ。ほれ」

「メイさん。老眼そこまで進んだんすか。このでっけえ邪魔な物も見えねえんじゃゃ」

猿丸は勢いよくギブスの腕を上げた。回復は順調のようだ。猿丸は不安を口にしたが、明日間違いなくギブスは取れるだろう。

「阿呆。見えてるに決まってんだろ」

「じゃわかってんじゃないすか。そんな物もらったって、開けられねえんですよ」

「ちっ。面倒臭ぇ野郎だ」

鳥居は缶コーヒーのプルタブを開けた。

「なんなら飲ませてやろうか」

「冗談じゃねえ。ご免こうむります」

コーヒーを奪うようにして取り、猿丸はずずっと音を立てて飲んだ。

純也はひと口飲んでベンチに座った。鳥居も猿丸も打ち合わせの態勢に動く。

思い思いの場所にだが、役割分担ははっきりしている。隣に鳥居が座り、鳥居の後ろ、ベンチの背に寄り掛かるようにして猿丸が立つ。犬塚がいれば、当然なにも言わなくとも純也の正面に立つだろう。

阿吽の呼吸にして、こういうところがJ分室の強みであり、鳥居達三人の優秀さを物語る部分だった。

「じゃ、聞こうか」

「へい」

鳥居は緑茶のキャップを開け、朝方の内容を語り始めた。

――俺ぁ、波花組《なみはなぐみ》の水井《みずい》ってんだ。知ってるかい。

電話口で男はそう名乗ったらしい。

――水井。水井英毅《ひでき》、組長。

――へっへっ。警視庁の人間に名前ぇ売れてるってのも、いいやら悪ぃやら。

明らかに酔った声で水井は笑った。

波花組は鶴岡を本拠にする武闘派の組だ。辰門会では当初、イケイケの前衛として暴れる鉄砲玉のような扱いだったが、一九九一年開業の庄内空港を巡っては、誘致から建設まで裏で関わり、以降辰門会の序列ではナンバーフォーに収まっている。組長の水井はたしか、そろそろ六十に手が届く齢廻りのはずだった。

――ずいぶん酔ってますね。

――ああ。こんくれぇがちょうどいいや。こんくれぇ酔わなきゃ話せねぇ、無様《ぶざま》な話だからよ。

それから二十分、水井は一方的にしゃべったという。

「なにやらまとまりのねえ、まぁ半分以上は自慢話だったんで端折《はしょ》ります」

鳥居は自分の緑茶をひと口飲んだ。

――くれぐれも表に出ねぇだろうな。いや、俺のことじゃねえ。ムショなんざ、夢にも見

て懐かしいと思っちまう身だ。屁《へ》でもねえ。ただよ、パクんなら別件にしろ。この一件が
出んなら、下田の野郎にゃあ悪ぃが、俺ぁ金輪際しゃべらねえ。
　繰り返し念を押して、水井はようやく鳥居の案件について口を開いた。
——俺だよ。たしかにこの件に金を払ったなぁ、俺だ。なんとかしねえとって、口とコン
ピュータの上手《うめ》ぇ、若《わけ》ぇのに乗せられちまってな。公安部長ともう一人。誰に乗せられた
かなんてなぁ勘弁してくれ。これぁ下田が殺られた件とは関係ねえ。なんにしても調子こ
いて乗っかったなぁ俺だ。
　これも繰り返し、最後に水井は蛇頭《じゃとう》と呟いた。
「蛇頭ね。なるほど」
　純也はうなずいた。日本では一般的に不法入国、密航のプロとして捉えられがちだが、
ようはチャイニーズ・マフィアだ。本国を含め世界での認識は、凶悪犯罪集団で一致して
いた。
——一番近《ちけ》ぇとこだし、俺ぁ他に知らねえからよ。
　前金で一千万、後金が二千万。水井の話は、前金を釜山《プサン》でブローカに渡したというとこ
ろで終わりだった。これも言葉通りだろう。蛇頭は役割が驚くほどに細分化されている。
自分が一連の流れの、どの位置に存在しているのかすら把握していない者が多いと聞く。
　付記するなら、水井は最後に契約についても口にしたらしい。

「ひとり送る、と言われたそうで。それが一千万。これぁ成否にかかわらずで、派遣料みてぇなもんのようです。その代わり一流のが送られるって話ですが、蛇頭は昔ながらの中国や香港のマフィアと違って今風てぇか、あっさりしてるようで。上手くいかねぇでも面子に拘ることもなく、後金欲しさにムキんなって尻尾つかまれることもねぇ。ま、上手く立ち回る連中だってことです。だから付き合ってる。これぁ最後に水井が口を滑らせた、余禄みたいなもんですが」

「そう」

純也は空いた缶をゴミ箱に投げた。距離はあったが綺麗な放物線を描き、空き缶は見事にゴミ箱に納まった。

「なら、その送られたっていうひとりを押さえればいいってことだ」

「分室長」

猿丸がベンチの後ろから身体をねじってこちらを向く。顔も声もひどく真剣なものだった。

「狙いが部長ともうひとりってなぁ、これで分室長もターゲットってことがはっきりしましたね」

「そうだね。もっとも、ＣＣメールを送ったときから想定されたことだけどね」

「命まで想定内に持ってかれちゃあ、辛いっすよ」

目に光が強い。公安として、ではおそらくない。純也は理解している。鳥居もおそらく、詳細までは知らずとも理解しているから口を挟まない。

純也に危険があれば身を挺して立ちはだかる。それが猿丸という男の行動原理だ。

「ご免ご免。セリさん、覚悟、ならいいかな。公安としての」

猿丸は黙って純也を見詰めた。翳《かげ》りのない、いい目だった。

純也は秋晴れの空に顔を上げた。猿丸の目と同じような、輝く空が広がっていた。

「これで、観閲式で部長を狙った狙撃犯は蛇頭からのヒットマンの公算が高くなった。もちろん百パーセントじゃないが、少なくとも朝霞の目撃情報では、狙撃犯は小柄な作業員とあった。ゲーリングは体格からして合わない」

「……あっ」

「おっと」

どちらがどちらでもいい。ただ、記憶からの吸い出しはほぼ同時だった。

純也は二人にいつもの笑みを見せた。視線を足元に落とす。思考をまとめるためだった。

「なら、あのゲーリングは何者だろう。フェイクか。それに――いや、これはいい。なんにしても、ダニエルはシュポ・アドラー・ゲーリングが小日向にまつわる某かを狙うヒットマンだと言った。これも間違いない」

「分室長。蛇頭の方は間違いないとして、分室長が電話で受けたってぇ海外の旦那の話は、本当に間違いないいんすかね」

猿丸は缶コーヒーを飲み干した。

「ダニエルの言葉だからね」

「それが根拠って、弱くないっすか」

「言葉っていうより、ダニエルが生きている。それがなによりの根拠だね。膨大な情報からの正しいピックアップ、的確にして素早いアクション。それが出来なければ生きられない世界に身を置き、今も生きている」

「遠すぎてわかりませんが、てぇことは、たまたま同じ時期に小日向がらみの暗殺に、二人のヒットマンが海を渡ってきたってことっすか？　そっちの現実味がどうでしょう。なんなんすかね」

「そうだね。そこなんだ。蛇頭のヒットマンは間違いなく部長と僕を狙ってる。ならゲーリングは。思わせぶりな挙動だが、いまだ一度もヒットマンらしい動きは見せていない。見せる前に押さえ込んだとすればそれに越したことはないが。加えて――いや、これは思い過ごしかも知れない」

「まだまだはっきりしないっすね。海外の旦那に聞いてみちゃどうっすか」

「おい、セリ」

鳥居が諫《いさ》める。

「俺らがそこを当てにしちゃぁ、無能を晒すだけだろうが」

「けど、メイさん」

「まぁまぁ、ふたりとも。その話は時間の無駄だよ」

視線が集まる。純也は顔を上げ、大仰に肩を竦めた。

「聞いても答えはないだろうね。無条件に教えるなんてことは、戦場に生きた時代から一度もなかった。ヒントはくれるけどね。それで出来なきゃ、ただ悲しい顔をするだけだった」

純也がダニエル・ガロアと共に過ごしたのは、九歳から十一歳に掛けての時期だとは全員が知る。

「厳しいっすね。ま、そんな世界か。俺にゃあ想像しかできねぇっすけど」

猿丸も純也に倣《なら》って空き缶を投げた。左手だ。上手くいかなかった。ゴミ箱の縁に引っ掛かり、空き缶はさらに遠くに跳ねていった。地面で甲高い音が連続する。

「いけねえ。げっ。蜂の方じゃねえか」

拾いに行こうとする猿丸に鳥居が、これも捨てとけと自分のペットボトルを差し出した。

「セリ、大丈夫だよ。熊ん蜂ぁ、シノも滅多に刺さねぇって言ってたじゃねえか」

「ったって熊ん蜂って聞くとね。どうにもびびっちまって。メイさんの熊ん蜂と違って、俺ぁこっちの熊ん蜂に子供の頃、何度も追っかけられたことがあんですよ」

「かぁ、面倒臭ぇしややこしい。ゴミ捨てるだけだろうが。とっとと行ってきやがれ」

じゃあ行ってきますと、恐る恐るといった足取りで猿丸は花壇に向かった。

その背を眺め、眺めているうちに純也の目が次第に真剣な光を帯びる。

「偶然、必然。重合か。重層、レイヤ。いや、重奏、ハーモニ。ふぅん」

純也は携帯を取り出し、なにかを調べ始めた。時間は掛からなかった。すぐに終わった。

「なるほど。Carpenter Beesか」

呟き、やがてゆっくり立ち上がった。立ち上がって蒼天に向け、ひとりはにかんだような笑みを見せる。

「やってくれるじゃないか」

泣き笑いの行き着く果て。それが純也のいつもの微笑。

鳥居は立ち上がった純也を下から見上げたが、なにも言わなかった。それどころかゴミ捨てから走って戻る猿丸を手で制す。純也がなにかに行き当たったと知るからだろう。猿丸も一瞥で理解したか、その場に立ち止まって動かない。

おもむろに、純也は携帯を取り出して番号を押した。出るか出ないか、その前に繋がるかどうかも普通なら怪しいものだったが、繋がるはずだと純也は確信していた。今か今かと首を長くして待っているだろうとも。

案の定、電話は繋がった。だからすぐに切った。これを繰り返すと、三度目に相手は出なかった。切ると、すぐに純也の携帯が振動した。

「ヤア、ダニエル。仕掛ケテクレタネ。ヤットワカッタヨ。名前ダカドウカハ知ラナイガ、〈シュポ〉ハヒトリジャナイ。コレハ、貴方ノゲームダネ」

ダニエルという言葉を聞いたからか、鳥居の喉が音を発した。

『ハッハッ。正解ダヨ、Jボーイ。イイネ。私ナリニ、日本ラシイ様々ナファクタヲ入レテ予想シタ期限ニハ間ニ合ッタ。コッチニイレバ、モット研ギ澄マサレテスピーディダッタト思ウガ、ナイ物強請リハヤメヨウ。及第点ダ。合格ダヨ。——ソウ、私ハ世界中ニルートヲ持ツ。マダマダ世界ヲ動カスニハ薄イシ足リナイガネ。蛇頭ハ割合、私トシテハ深クマデ知リ得タルートダト思ッテイル。私ガ最初ニツカンダ〈シュポ〉トハ、蛇頭ニ属スルヒットマンノ異名ダ。〈シュポ〉ハドコニデモ派遣サレル男デネ。〈シュポ〉ト初メニ呼ンダノハ、パオロ・ボルセリーノノ暗殺ヲ依頼シタ、コーザ・ノストラジャナカッタカナ。コノ時カラ〈シュポ〉ノ異名ハ定着シタ。蛇頭モ本人モ、誇ラシクコードネームノヨウニ思ッテイルトコロガ笑エルガ。Jボーイ、〈シュポ〉ハ英語ノ〈スーパー〉ノコトダケド、本人ガ〈スーパー〉ナワケデハナイヨ。腕ハイイガネ。彼ハフードマートノ裏手ニ捨テラレテイタノヲ、蛇頭ガ拾ッテスナイパーニ育テタ男ダソウダ。名ナドナク、聞ケバ必ズ、彼ハコウ言ッタラシイ。〈シュポ・マケ〉。コレハ、スーパーマーケットノコトダヨ。韓国デスーパーマーケットト言エバ、LGスーパーマーケットカナ。〈シュポ〉ト、〈シューパ〉。ドッチノ発音ニスルカデ、ハングルハ〈シュポ〉ヲ選択シタト、コレハ最近知ッタ知識ダ。〈シュポ・マケ〉、特ニ〈シュポ〉ノ呼ビ名ハコーザ・ノストラノ連中ダケデナク、主ニヨーロッパデ受ケタ。〈シュポ〉ニハ、ドイツ語ノ警官ノ意味モアル。スナイパーデ警官ハジョークトシテ面白イトネ。以来、裏ノ世界デ彼ハ、〈シュポ〉デ通ッテイル。先月、ソノ彼ヲ蛇頭ガ日本ニ送ルト、シカモターゲットハ警視庁ノ公安部長ト、部下ノ小日向純也ダト知ッテネ。フッフッ。ソレデチョット悪戯心ガ起コッテシマッタ。〈シュポ〉ノ周リニ、同ジヨウナ〈シュポ〉ヲ配シタラJボーイ、君ハドウ反応シ、ドウ対処スルダロウカトネ。考エタラ止マラナカッタ。ナカナカ洒落テルダロ。エッ。ソウ、嘘ハツイテイナイヨ。私ガJボーイ、君ニ教エタ〈シュポ〉ハ、コノ蛇頭ノ〈シュポ〉ノコトダ。シュポ・蛇頭《シャアトウ》・昌洸男《チャンクアンナム》。今モ資料ヲ見ナガラ言ッテイル。実際、漢字表記ノ発音ニハ馴染メナイシ難シイ。ソレニ、〈シュポ〉ヨリ下ハ、本人ガ勝手ニソウ名乗ッテイルダケダカラネ』

五

——分室長。無事、小日向総理は官邸に戻ったようです。

と、背後に雑音交じりの犬塚から報告があったのは、午後四時のことだった。

純也は分室に残っていたが、鳥居と猿丸は早々と退庁させた。特に鳥居は、高崎に出張したまま、まだ家に帰っていなかったから午前中で分室から追い出した。

「愛美ちゃんに、早くお父さんを返してあげないとね」

鳥居が異を唱えることはなかった。群馬出張では、鳥居につらい思いをさせたと純也は思っている。おそらく、下田の子供に自分の子を重ねることもあっただろう。同じ女の子だと聞く。ほかの二人のスジであったらと考えなくもないが、鳥居のスジだからこその関係でも結果でもあったと思えば、同情も慰めも本来からすれば無用だろう。純也は口をつぐんだ。

土産はと聞けば、鳥居は分室に小さな高崎だるまを置いた。家には水沢うどんとぐんまちゃんクッキーだという。

「……愛美ちゃん、うどん好きなのかい」

「いえ、あんまり」

「だから、ぐんまちゃんのクッキーかい？　十泊十一日の出張でクッキーひとつ。分室に小さなだるまひとつだけなのはいいとしてだ」

「まあ、朝方だったんで、駅の土産物屋の一軒しか開いてなくて」

鳥居は胡麻塩《ごましお》頭を掻いた。そのくらいで解放した。もう今頃は、臭い汚いと言われながらも、あるいは、どうしてクッキーだけなのと聞かれながらも、小学校から帰ってきた娘を追い掛け回していることだろう。

猿丸を帰したことに深い意味はない。腕の使えない寝不足男など、いてもただ邪魔だからだ。ごねたが取り合わなかった。明日ギブスが取れるまで、猿丸の存在すら頭の中から排除する。

その分、犬塚と鳥居には明日の朝から、猿丸にはギブスが取れた午後から、大いに働いてもらわなければならない。

犬塚が電話をかけてきた午後四時は明日からの段取りと、事件をどう動かすかの長考に入っている時間だった。

積み上げるプランは詰め将棋の棋譜のようなものだ。事件の表相は、すでに純也の手の内にあった。

「シノさん、ご苦労様。ところでずいぶん後ろが騒がしいけど、今どこに」

――横浜駅です。

「横浜？　ＪＲのかい」

そうです、相鉄も一緒ですがと犬塚は答えた。

――ゲーリングが新横浜からこっちに回ってきたもので。なんか不思議ですね。ここまで首相につかず離れず付きまとってた奴が、こうもあっさり離れると、それはそれで違和感を感じます。

「そう。まあ、そうだね」

――それで横浜まで来ましたが、どうしますか。このまま行確を続けますか。

「ゲーリングは？」

――駅前のビジネスで今チェックインの手続き中です。離れていますが、大柄な外国人なんで目視できます。

「オズの連中はどうかな」

――三人、私とゲーリングの間にいます。そのうちの一人はもう顔馴染みなくらいの男です。もっとも、私にとってはですが。最初の名古屋にもいたんじゃないでしょうか。今回の班長で間違いないと思います。カイシャで見たことはありませんから、警察庁《サッチョウ》でしょうね。今回の三都市では必ず、各県警から集めたオズの中心にいました。データ送りますか。

「いや。そんな小者は要らない。前に言った通り、必要に応じてシノさんが運用に利用すればいい」

――了解です。で、残りの二人は東海地方のオズですね。名古屋から一緒です。これから、神奈川かうちのカイシャからの引継ぎが来たら、お役ご免で二人はこの場から散るんでしょう。今見た感じでも、ちょっと集中が切れ掛かっているように見受けられます。どういう基準でオズに選ばれたのか知りませんが、まだ若いというか、未熟ですね。

犬塚達三人に比べれば、たいがいの公安課員はみな未熟だ。

「ということは、とにかく向こうもまだ追ってることは追ってるんだね」

――それは間違いないでしょう。ゲーリングを手放したら、向こうは手持ちの札がありませんから。あ、ほかにあるとすればうちですね。Ｊ分室。

「はっはっ。恐い恐い。うん。じゃあ、矛先が分室に向かないよう、もう少しこっちもゲーリングを追おうか」

――わかりました。では、私はこれから。

「待った。シノさんじゃないよ」

――えっ。では。

「陸自に任せよう。保土ヶ谷の駐屯地は目と鼻の先だ。和知君なら三十分も与えれば、その駅前に二、三十人は揃えるだろう」

――ええと、それはまあ。そうですね。やるでしょうね。

「今度は、何人何組が全力で走ってくるのかな。秋の大運動会だね」

――分室長、思いっきり楽しんでませんか。和知君並みに。

「そんなことはないよ。彼に比べたら、控えめだと思うけどなぁ」

――連絡しておきます。

受話口から犬塚の溜息が聞こえた。落胆でも慨嘆でもあるまい。保土ヶ谷の隊員への同情だろう。

「それはそうと、陸自への申し送りと新しいオズ課員の確認。時間はどのくらい掛かるだろう」

――そうですね。保土ヶ谷から来るほうは、生死に関わる奴もいるでしょうから、三十分で間違いないでしょう。

「なんかシノさん。棘《とげ》がない?」

――ありません。気のせいです。

「あ、そう」

――問題はオズの方ですね。今から三十分以内に集まるようなら、写真やらのデータ取得にプラス三十分。それ以降は、陽の傾きがちょっと逆方向なので、私の動きに猶予をもらって一時間。三都市とも集合までに一時間を超えたことはありませんから、最長で二時間でしょうか。今が四時十三分ですから六時、そのくらいには確実に終えます。

「六時ね。ＯＫ。じゃあ、そこまで終わったら、シノさんは今日までの業務から離脱だ。

そのまま帰っていいよ。久し振りに奥さんと啓太《けいた》君と、家でゆっくりするといい」

——有難うございます。まあ、啓太は受験生なんで、家に帰っても、静かにしててやることしか出来ませんが。

「分けてあげた分室のコーヒー。まだあるかい」

——えっ。はい。

「それを一杯。シノさんの手と心で淹れてあげればいい。些細なことで繋がり、些細なことで切れる。親子だからこそ、だよ」

——そうですかね。いや、そうですね。淹れてやりますか。有難うございます。

「詳細はメールで、そうだね。前回使ってた携帯に送るけど、明日からは別にやって欲しいことがあるんだ。ゲーリングのことは放っておいていいと思ってるわけじゃないけど、優先順位でこっちが先になる。なんたって、J分室は慢性的に手が足りないからね」

——わかりました。

「ああ。離脱した後も気をつけて。見てるってことは見られてるってことと表裏だ。オズは冗談じゃなく、図に乗せたら恐いよ」

——肝に銘じます。

「じゃあ——。ああそうだ。ちなみに、観光ばっかりだったたって言ってたけど、行確中だったから土産なんてないよね」

純也の問いに、意外にもありますよと犬塚は答えた。

——今日は演説も最終日だからでしょうか。ゲーリングも名古屋駅の土産物屋に入ったんで、ついでに。

「なるほど。なにを買ったんだい？」

——時間はあまりなかったんで。家には味噌煮込みうどんで、分室には外郎《ういろう》を買って。

「ああ。わかったわかった。もういいよ」

——はあ。外郎はお嫌いですか。

「いや。食べられるだけまだいいね。じゃあ、明日」

純也は電話を切り、腕を組んだ。たしか以前、南の島で土産と聞いたとき、犬塚はマカダミアナッツと答えた。純也も最初はそう思ったことを思い出す。

「なかなか、土産って難敵だね」

それでも長考のいい頭休めになったと、コーヒーを飲みながら純也はひとり笑った。

第八章　犯人

一

午前八時半だった。土曜日の朝にもかかわらず、この日、中野にある東京警察病院の十階特別室には来客があった。

ノックに続いて、病室に顔を差し入れたのは小泉一博警部補だった。公用車の運転手としての日常業務は、長島が入院している限り開店休業だ。ときおり警備と交代で病室の張り番をしていた。このときはちょうど、小泉の番だった。

「部長。よろしいですか」

「なんだ」

早い病院の朝食も終わり、長島は本を読んでいた。

そもそも、昔から長島の朝は早い。公安部長になってからは朝はさらに早く目覚めた。

この朝も陽の光に目覚めた。読んでいたのは北欧神話だ。信仰ということを抜きにすれば、神の話は割と好みだった。

「面会希望で、庶務の警部が」

「庶務?」

小泉の後ろ、廊下の方から分室だよ、間違えんなと濁声《だみごえ》があった。

「あ、失礼しました。庶務分室だそうです。小日向理事官のところの」

「わかった。通せ」

読み掛けの本を閉じれば、小泉に代わり、のそりと入ってきたのは中年の男だった。

「ええと。お早うさんでございます」

身長こそ長島と大して変わらないが、固太りにしてよく陽に焼けていた。四角張った顔、太い眉毛、白髪の混じり始めた角刈り頭。印象はどこぞの親方だ。

「朝から申し訳ありません。私は――」

「わかっている。たしか鳥居、洋輔警部。主任だったな」

「おっ。こいつぁ、恐縮です」

鳥居は胡麻塩頭を掻いた。

「私ぁ、直接部長とお会いしたこたぁないと思いますが」

「J分室を知る人間には君も、犬塚健二、猿丸俊彦両警部補もセットだ」

「ほほう。なんだか私らぁ、分室長の付録みてぇなものですな」

「そうだな。だが、最近は付録目当てに商品を買う者もいる。よく出来た付録は、それだけで価値があるというものだ」

「褒められてんでしょうか」

「少なくとも貶《おとし》めてはいない」

「有難うございます、でいいんですかね。この場合」

「いいと思って言っている。それに部長たる者、全公安職員のことを覚えるべきだと辛口に提言してくれたのは、主任のところの分室長だ」

「ああ。そりゃどうも、すみません。たしかに、うちの分室長なら言いそうですわ」

「それで、朝駆けの用件は」

「あっと。それです。分室長からの報告とお願いがありまして」

鳥居は長島の近くに寄って来た。耳打ちでもするのかと思えば、ジャケットの内側から折り畳んだ紙片を出した。

長島は受け取り、広げて目を通した。手書きの、走り書きに近い文字が並んでいた。小日向の文字は報告書の添削で見たことがある。それではなかった。この鳥居という警部のものだろう。

「読みづらいな」

「すいません」

案の定だ。鳥居は頭を下げた。

朝霞での狙撃の一件に目鼻がついた。ついては、月曜の退院の時間を確定して欲しい。出来れば午後で。

要約でもなんでもなく、本当にそれしか書かれてはいなかった。

「これが報告か」

「いえ。報告とお願いです」

「これだけではなにもわからんが」

「ええと。お、そうそう。分室長からの伝言もありまして」

鳥居は手を打ち、わざとらしい咳払いをした。

「部長は些事には拘らない。部下を信じて任せてくれる人だ、ってなもんですが、いかがでしょう」

いかがと聞きながら、鳥居の顔が緩んでいた。小日向が実際にそんなことを言ったのかどうかも疑わしいが、ひとつだけたしかなことがあった。

「食わせ者の部下もまた、食えない男だということか」

「おや。また褒められましたかね」

苦笑するしかなかった。さすがに元公安外事だ。小日向はいい部下を獲得している。

「わかった。なら――」

長島は指を三本立てた。三時ということだ。鳥居はうなずいた。

「了解しました」

「で、小日向本人は顔も出さず、なにをしている」

「働いてます」

「どこで」

長島の問いに、鳥居は男臭く笑って天井を指差した。

「天井？　いや、屋上か」

長島の病室は最上階だ。それで上を示すのなら、行き先は屋上しか有り得ない。

「そこでなにをしている」

なにと口にしながらも推測はできた。オペレーションの確立はキャリアにとって、特に公安部長になってからは不断の業務だ。

「さて。まあ、私らには出来ないことをしてるってことで。深くは聞かないで下さい。私らには出来ないことが確実な以上、出来るってことの確証も当然、聞かれたって説明なんざまったく無理ってなもんでして」

「私達には出来ないこと、か」

本当に小日向には出来るのか。自分が想像した通りだとすれば限りなく人を、いや、長島の命をダシに使う。

「はい。で、私にゃあ出来ないことを、本当にやっちまうんだろうなって分室長を上に頂いてますんで、出来ない私はせめて、足手まといにもお荷物にもならねぇよう、これから駆けずり回らなきゃなりません」

軽いが重く、表層を撫でるようだが深層に届く言葉だった。

信頼と覚悟を口にするなら、なるほどこのくらいがかえって響く。

「ほう。その齢で駆けずり回るのか。大変だな。たしか、主任はもう五十は超えていたと思うが」

五十四ですがと、鳥居は肩をすくめた。

「こればっかりぁ、弱小分室の弱みです。本来なら私の役じゃねぇんですが、二人しかいねぇ部下のひとりが腕にヒビやってましてね。そのギブスが今日取れるってんで、午前中はいないんですわ」

「半日の代役か。言葉ほど簡単ではなさそうだが」

「そりゃそうです。ただ、可能性のパーセンテージは極限まで高めておかないとねって、分室長には事もなげに言われちまいました。可能と不可能の境界ってのは、分室長に言わせると曖昧なんだそうですわ。必然と偶然も同様で、これを全部坩堝《るつぼ》で混ぜると、結果はどうにでも変化する、とか」

「――難しいな」

「でしょう。なんで私なんざ、言われた通りに駆け回るだけです。けど部長、そんなんなんで、私の命の順位は高いんですわ」

「命、か？」

「分室長が一、猿丸が二。これについちゃいつものことなんですが、猿丸から異論はありましたがね。職務も天秤に乗せて、噛んで含めてようやく黙りました。で、犬塚が三、私が四。これが、危険に突っ込んで行く命の順番です」

さらりと告げるが、内容は到底、口調通りの軽いものではない。が――。

「なるほど。それがJ分室か。それが今回、ここに来た一番の目的だな」

「おっとっと。ご明察、痛み入ります」

鳥居は額をひとつ叩いた。持って回って、知らずのうちに懐に飛び込む。それがこの男の手法なのだろう。見事なものだと、長島は胸中で感嘆を漏らした。

「わかった。それでいいと伝えてくれ」

長島が答えると、鳥居は無言で表情を一変させた。厳しくも芯の通った、警察官の顔だった。商談成立ならもう手管を使う必要はないと、そんなところか。鳥居の顔は部長を前にして礼節を忘れない、部下のそれだった。

鳥居は静かに長島のベッドから三歩離れ、そのまま上体を真っ直ぐに折った。歯切れのよい、見事な敬礼だった。思わず長島は釣り込まれた。

背を返し出て行こうとする鳥居を、

「主任」

長島は呼び止めた。

すべきことを終えたはずの鳥居は、怪訝な顔で振り返った。

「職務はいいが、死ぬなよ」

鳥居はまた胡麻塩頭を掻き、へへっと笑った。

「そのつもりですよ。そうしねぇと――いやいや、せっかく言わねぇで済ませたのに。部長、上手いですね」

鳥居が出て、扉が音もなく閉まる。

長島はしばし、優秀な公安課員が出て行った扉を見詰め、やがて読み掛けの本に目を戻した。

二

補選は結局、大方の予想通り、民政党推薦の候補者がそろって当選した。今後を占う大一番と、大見出しで国民を煽《あお》った割に野党は大した選挙戦略も打てなかった。野党勝利を予想した政治評論家はひとりもおらず、三選挙区で一議席獲得できるかが実質的な争点だった。

勝ちは動かなかったが、与党民政党側から言えば、名古屋を野党から奪い返したのは大きかった。さすがに小日向総裁が三回も応援演説をした効果だ、現内閣に翳りは一切見えないと、マスコミはこぞってプラスの報道をした。

メディアは知る由《よし》もないが、結局小日向総理暗殺、あるいは暗殺未遂という事態は起こらなかった。

無駄が警備警護の本分とはいえ、通常警備のほかに動員された警察庁以下の都府県警警察組織、純也が勝手に動かした陸自休暇隊員の総計は、おそらく五千人ではきかなかった。祭りにもならない先のわかった補欠選挙の裏で、たったひとりのために実は祭り以上に大わらわにして、汗を掻きまくった者達がいたとは、人が知れば馬鹿らしさに笑うだろうか、この国を憂い、嘆くだろうか。

いずれにしても、テロの危険を孕んでいた補選はあっさりと終わった。そして一夜明けた十月二十八日は、警視庁公安部長、長島の退院日だった。

回復は順調だったようで、昼前の回診によって退院が正式に担当医師から許可された。そもそも土日を挟むということで、許可が月曜にズレるとは前週のうちから予告されていたことだった。新たな負傷でも負わない限り、この日の退院が延びる可能性は万に一つもなかった。

午後二時半。病院着からおよそ二十日振りに糊《のり》の利いたスーツに着替えた長島は、陽のよく当たる病室を後にした。一階に降りて書類一式を会計に回し、ロビーでベンチシートに腰を下ろす。二時半ともなればロビーにはほかに、精算を待つ患者はひとりもいなかった。

長島の姿を認めた小泉警部補が寄り、荷物を受け取って先に公用車に運んだ。

外部には伏せてあるが、長島の怪我は当然内部では公傷扱いだった。しかも倒れたのは公務の水曜日だ。公用車が病院に回されるのは当然といえば当然、怪しいところのない自然な流れだった。逆に言えば、一度撃たれたにもかかわらず護衛が一人というのは気になるところだったが、警察庁・警視庁ともにまだ、長島が撃たれたのは不運、の見解から揺らぎすら見せていなかった。狙撃犯のターゲットは小日向総理大臣、この一本に絞り切っている。

絞るに値する外国人が総理の周りを不自然にうろつき、今も国内にいるという情報はすでに周知だろう。しかも徹底しているに違いない。オズの連中は間違いなく、シュポ・アドラー・ゲーリングについて氏家裏理事官に報告を上げている。

だから、ということなのだろう。

日本はまだまだ危機管理に甘い。机上の空論の比重は、誰の机でなされた空論かによって動かしがたい現実すら凌駕する。このときは、もし総理大臣が撃たれたとしたらという、空論というより責任論によって、おそらく撃たれた人間が長島だという現実は、不運、間違い、狙撃犯の未熟という言葉で黙殺される。そもそも、〈一度失敗したら、二度目はないだろう、少なくとも、すぐにはない。失敗したら逃げるはずだ。なぜなら、日本の警察は優秀だと世界中が知っているから〉

一瞬の危険や不安は、日々の平穏に仕舞い込む。仕舞い込むだけの切れ目のない平穏が、たしかに日本の日常にはあった。

ラジオもＴＶもネットも無慈悲に、無機質に、情報を垂れ流す。

――よその国は、大変らしいですよ。

――よその国は、なにか危ないことになってますよ。

――世界の現状は、凄《すさ》まじいですよ。

〈比べて、なんと日本の安全なことか〉

チョイスされ切り刻まれた情報など、幻想を補完する安易なパテでしかないが、これはドキュメントだけに留まらない。音楽は愛を語り、生きる希望を説き、ドラマはそれなりに納得のいく結末を必ず迎え、物によってはヒーロー、ヒロインが登場して理由ごとねじ伏せる。現実を超える現実は、明日起こりうる現実ではない。こと日本において、遠い国の出来事は異世界、異次元の出来事と同義だ。すべてフィクションであり、SF、ファンタジーに近い。

「下ラナイ国ダ。綺麗ダケド、下ラナイ。面白イケド、ツマラナイ」

今、そんな日本とは明らかに相容れない男がハングルで呟いた。

油で固めた黒髪、拉《ひしゃ》げたような鼻、薄く色の悪い唇に、茄子《なす》型の色の濃いサングラスをした男だった。黒革のジャケットとチノパンに細い身体を包んでいる。

男が相容れないのは、背格好や服装のことではない。男は百六十センチあるかないかの身体で、とあるビルの屋上に寝そべっていた。伏射の姿勢だった。手摺りの内側にバイポッドを開き、ストックを肩に当てて構えるのはH&K G3だ。

男はシュポ、昌洸男だった。

「デモ、飯ダケハ美味イ。大久保ノ韓国料理ハ、明洞《ミョンドン》ニ負ケナイナ」

東京警察病院から直線で約八百メートル離れた、私立高校の屋上だ。全天候型のトラックを中心に体育館や武道場、理化学棟などが並ぶ中で、シュポが選んだのは一番高い校舎棟だった。すぐ近くと五十メートルほど奥の二カ所に、衛星放送用のパラボラアンテナを載せた階段口のペントハウスがあるだけで、ほかにはなにもない屋上だ。

平日の学校だが、近くには物音ひとつなかった。敷地外の道を通る車のエンジン音が鮮明に聞こえ、逆に煩《うるさ》いほどだ。

この日、学校が創立記念日で休みだということは事前に調べがついていた。それでも部活があったりはするが、十月の下旬はすでに三年生が引退しており、二年生はこの学校の通例として、創立記念日は修学旅行の最中だった。

一年生だけの部活はあったが、すべてが午前中で終了していた。教師が生徒を急き立てるように帰らせ、当の教師もその三十分後には全員が退校したことは確認済みだった。みな、そんなに早く帰りたいのだろうか。わからないからシュポはそのまま受け入れた。学校などというものとは、無縁の生き方をしてきた。物心ついてからこの方、人に教わったのはスナイパーとスポッターの技術と、最低限の英語だけだった。

教師と入れ替わるように侵入したシュポは、真っ直ぐ校舎棟の屋上に上がった。気にしなければならない防犯カメラは三台しかなかった。テクノロジーだけは最先端だが、本当に日本はぬるい国だ。リスクマネジメントは十年以上、欧米に遅れていると思う。ただ、だからといって文句はない。そのお陰で自分の仕事がやりやすいのだから。

シュポが狙撃にこの学校の屋上を選んだのは、長島が入院してすぐの休日だった。日本では体育の日というらしい。下見で現地に立ってシュポは満足した。サンプラザと中野体育館の間に病院のエントランスが狙える絶好の場所だったからだ。距離も八百メートル程度ならスコープの倍率も十六程度で、シュポなら頭もいける。楽な距離だった。

高崎に野暮用が出来たので、以来この現地に足を運ぶのは二回目だったが、問題はなにもないように思われた。実際、高崎で狙った七百メートルの方が、天候の崩れもあって難しかった。だが、シュポはそれさえ失敗しなかった。

長島の退院がこの日の三時、と教えてきたのは、シュポが釜山を出航する前に接触してきたどこかの組織の男だった。朝霞の自衛隊の件も、高所作業車からなにからなにまでそちらの手配に拠った。

男の都合など知ったことではなかったが、日本に渡った後で銃を、それもH&K G3を調達するという話は、渡りに船にして特に有り難かった。H&K G3はドイツの名銃だ。いつも銃の持込みに一番神経を使う。手ぶらで入国出来て、しかもH&K G3を使えるというのは、なんともいい気分だった。

だから、話に乗ってやった。

――一度、ターゲットヲ狙ッテミテクレナイカナ。外レテモイイ。狙ッテサエクレレバ私達トシテモ、色々ト流レガヨクナル。イヤ、君ノ腕ヲ侮ッテイルワケデハナイ。ヒットスルナラ、ソレハソレデナオイイ。

男はシュポが属する蛇頭の遥か上の方で繋がっているらしかった。シュポが知る程度のレベルの連中は誰も、男のことも属する組織のことも知らなかったが、シュポ自身そんなことはどうでもよかった。

人との関係に興味などなかった。明日に向かって生きていないからだ。明日は今日を生き延びて初めて考えられる、新しい今日でしかない。そんな一日をつなげて生きてきた。

扱ったことはなかったが実際、G3はやはり名銃だった。三度の試射は思い通り、制止物に近い老婆の腕をぶち抜き、動きのある物体としての警官の心臓、走り回る男の眉間を正確にぶち抜いた。癖はあったが、大きく修正しなければならないほどの狂いは皆無だった。

朝霞でもシュポは自信を持って、千百メートルでやり遂げた。よく揺れる作業車には閉口したが、ターゲットが死ななかったのはシュポの落ち度ではない。どこで手に入れたものか、ターゲットは最新のボディアーマーを身につけていたという。

「三度目ハ、ナイ」

ここで、二度目で終わるからだ。シュポはターゲットスコープに集中しつつ言った。

長島が病室を離れてから、十五分が過ぎていた。午後になって次第に西陽が強くなり始めていたが、大した問題ではない。リューポルド最新の6―24スコープのレティクルには、色収差もほとんどなく東京警察病院のエントランスが鮮明だった。

ホウと息を吐き、シュポは全身を弛緩させた。駐車場の公用車に動きがあった。

狙撃に力は要らない。かえって邪魔だ。必要なのは極限のコンセントレーションと、羽毛に触れて動かさないほどの繊細なタッチだ。

小泉という警部補が運転席から降りて出迎えの位置に立つ。もうすぐだった。

長島の登場も、退場も。

シュポはトリガに指を置いた。

そのときだった。

「ソコマデダ」

遠くから明洞の雑踏に聞く韓国の若者のような、綺麗なハングルが聞こえた。一瞬だけ、シュポは自分がどこにいるのか混乱した。それほど綺麗なハングルであったし、それほど狙撃という行為に集中していた。

レティクルに長島の姿はまだなかった。

失敗のときはこういうものだ。ターゲットにも明日にも拘泥することなく、この先の今をどう乗り切るか。それもプロフェッショナルに要求される資質のひとつだ。

二度目の息を吐き、切り替える。シュポはトリガから指を離し、スコープから顔を離した。立ち上がってジャケットの汚れを叩き、身を返す。

「ホウ」

三度目の吐息。いや、感嘆。

奥の階段口付近から、おそらくシグ・ザウエルＰ２３９ＪＰを構えて近寄ってくるひとりの青年がいた。スーツに革靴。それにしても足音は聞こえない。靴底はゴム、いや吸収。

材か。

黒髪黒瞳《こくどう》で恐ろしく顔立ちの整った、それでいて場違いな中東の匂いを感じさせる男。

「コヒナタ、ジュンヤ」

男はシュポにとって長島を処理した後のターゲットナンバーツー、小日向純也だった。

三

「イツカラ、ココニ」

「朝カラ」

「人ガイタダロウ」

「アア。因ミニ、急遽《きゅうきょ》ココヲ無人ニシタノハ僕ダヨ。私立ハＰＲニ寛大ナトコロガ多イ。ＣＭノ撮影ニ使ワセテ欲シイト頼ンダラ、スグＯＫガ出タ。モットモ、僕ノ部下ガ理事長ノ弱ミヲチョット知ッテタノモ利イタカナ」

「弱ミ。ドンナ」

「秘密」

小日向とは人を食ったような話し方をする男だとシュポは認識した。

食えないイコール、侮れない。

「ソレニシテモ、ハングルガ上手イナ」

「何カ国語カハコンナモノサ。出来ナイト生キラレナイ世界ニ身ヲ置イテイタカラネ」

「フン。トテモソウハ見エナイガ」

「見セナイッテイウノモ、実ニ難シイ高度ナテクニックサ」

「――ヨク、ココダトワカッタナ」

シュポは顔を右に動かし、左手まで広く周りを眺めた。小日向も一緒に目を動かすのがわかった。ふとした動作に人は釣られるものだ。見逃さなかった。小日向もただの人だということを確認する。

「結構大変ダッタヨ。病院側カラ見テ当タリヲツケテ。ソノトキハ気ヲ失イソウダッタ。三十何カ所アッタカナ。僕ノ部下達ハ、ダカラモット大変ダッタダロウネ。ソノオ陰デダイブ絞レタ。陽ノ向キ、狙ウ角度、遮蔽物ノ安定度、狙撃ポイントノ秘匿性、ソノ他諸々。向コウカラ見エテモ条件ニヨッテハ、コッチカラハ難シイ箇所ガズイブンアッテネ」

「フッフッ。ワカッタヨウナコトヲ言ウ」

「ワカッタヨ。ワカッタカラ、ココニイル」

純也ははにかんだような笑みを見せた。

「デモ、ココデヨカッタ。最後ノ最後ハ三カ所カラ絞リ切レナカッタカラネ。優先順位ヲツケタ。僕ノ部下二人ガ待機スル場所ヲ選ブナラ二流。一人ノトコロヲ選ンデ一流。ココヲ選ブナラ――」

「選ブナラ、ナンダ」

「一流ノチョット上、カナ」

「フフッ。マタズイブン、低イ評価ヲサレタモノダ」

シュポはゆっくりと右手を上げ、サングラスを外した。動いても、小日向は撃つ気配も見せなかった。

（上々だ）

一連の動作は試しだった。少しのことに反応して撃ってこようとする男なら、自分の危険度は八十パーセントと踏んでいた。撃ってこないなら五十かそれ以下に激減する。時間を置けば置くほど隙を生む確率は上がり、たとえば指一本だけでもシュポの態勢は好転し、整う。

構えたら即、撃つべきなのだ。先手は取られたが、やはり小日向という男も日本の警官だ。銃口を向けられてさえ、恐れるものではなかった。

小日向の立つ位置を、シュポは屋上スラブを走る防水の目地《めじ》で確認した。シュポの右足二十センチから真っ直ぐに伸びる目地を、ちょうど跨ぐようにして小日向は立っていた。靴まで込みの身長で百八十三センチから八十四センチの間。一センチの誤差をリスクと取るなら、狙いは屋上面から百三十五センチから四十センチ強の高さ。

頭の中にスコープを置き、レティクルのど真ん中に小日向の胸を据えてシュポは笑った。

（私ハ超一流ノスナイパーダ。失敗ナド有リ得ナイ）

シュポは右手に持ったサングラスを弄《もてあそ》ぶかのように振ると、いきなり左方に投げて身を屈めた。

低い位置で独楽《こま》のように身をひるがえし、G3のストックをつかむと右方に飛んで転がる。転がりながら目地の位置は視認した。小日向からの銃撃はなかった。撃たないのではなく撃てないのだと確信する。

ここまで要した時間は瞬きひとつにも満たなかった。投げたサングラスに一瞬でも釣られて目を切ったなら、まだシュポが動いた角度を追えるわけもない。追えない角度に動いたのだ。狼狽の認識もまだに違いない。

シュポは屋上面を右膝で押さえて上体を起こし、G3を腰だめにすると狙いも定めずに撃った。サングラスを投げる前から狙いは定まっていた。

しかし――。

驚愕も狼狽も、認識したのはシュポの方だった。

いるはずの位置に小日向はいなかった。当然7・62ミリNATO弾は空《くう》を切り、階段口のペントハウスを貫く。

視界の端になにかが映った。手摺りの方向に小日向が走っていた。

有り得ないと思う自尊心は強引に押さえ込む。現実だけがすべてだった。

（イヤ、マダダッ）

シュポはG3を構え直した。ワンアクションだけの優位だが、生死を分けるには充分なものだった。

シュポがトリガを引くよりわずかに早く、小日向の姿が宙に踊った。身体を捻りながら、シグ・ザウエルを振り出す。火を噴く銃口は捻転《ねんてん》に隠れ、一回転で着地した体勢から振り上げられる過程でもう一度火を噴いた。

衝撃と灼熱《しゃくねつ》は、シュポの両肩に来た。G3がどうすることも出来ず手を離れ、反動で身体が後ろに持っていかれる。

（フ、振リ撃《ウ》チダト。バ、馬鹿ナッ。ソレハ――）

シュポに射撃を教えた蛇頭の故老が言っていた。振り撃ちは馬賊の、無敵の射撃術だと。その分習得は困難を極め、現在に技術を伝えるのは自分達馬賊の生き残りか、戦争屋くらいだと。

（コ、コノ男ハ、何者ナノダ！）

仰向けに倒れながらシュポは希求したが、その答えを知ることは出来なかった。

激痛に遠のいていく意識が認識し得たのは、高く広がる日本の秋空の、蒼《あお》い色だけだった。

四

純也は片膝立ちで、シグ・ザウエルの銃口を頭上に向けたまま五秒待った。シュポは気絶したようで、もう動かなかった。

「撃つなら、撃たれる覚悟をもっと磨くといい。そうすれば超一流になれるかもしれない。そんな機会があればだけどね」

純也はシグをホルスタに収め、立ち上がってスーツの埃《ほこり》を払った。首を廻し、肩を廻す。

そうして——。

「さて、いるんでしょ。出てくればいい」

振り向き声を掛ければ、果たして近い方のペントハウスの中から二人の男が現れた。短髪でどちらも地味なグレーのスーツを着ていた。顔つきも似ていて、識別は面倒だった。とりあえず青ネクタイとストライプで区別する。どちらがどうとはわからないが、見たことはある男達だった。ただし認識は、警視庁公安部公安第三課、右翼担当としてだ。

「へえ。貴方達がオズでしたか」

答えることなく表情も変えず、二人は純也に歩み寄ってきた。

「いつから、我々のことを」

純也の前に並んで立ち、ストライプが低い声で言った。かすかな敵意が聞こえた。いや、敵意ではなく、行確を見破られたプライドの欠片《かけら》か。

「最初からだね。僕が家を出たときから。撒いてもよかったけど、後々面倒そうなんで」

「どういうことでしょう」

「貴方達は証人だよ。僕の正当防衛のね」

「——なると思いますか」

青ネクタイが、ふっと笑った。

「我々が口裏を合わせれば、殺人事件として充分に立件出来る状況ですが」

「力技だね。でも、それは無理」

純也は即答した。わずかな逡巡すらなかった。かえってオズの二人が怪訝な顔をする。

「誘いに乗せられた振りで誘う。結構大変なんだよ。でもなんとか、先に撃たせることは出来た」

純也は片目を瞑り、二人の背後を指差した。

「ほら」

奥のペントハウスの方だった。一段上のパラボラアンテナ近く、ぎりぎりパラペット上になにかが設《しつら》えられていた。そこが最前まで純也が寝転び、シュポを待ち構えていた場所だった。

「あれ、カメラ。我ながら、結構いいアングルで全体を撮ってると思う。ついでに老婆心ながらで言えば、ダッシュで行って壊しても無駄。撮りながら同時に、僕の部下達に送ってるから」

唸ったのは青ネクタイだったか。とにも二人は純也に目を戻した。

間髪入れず、純也は表情を引き締めて一歩前に出た。オズは二人ともわずかに身を反らし、半歩引いた。

「あんまり僕を、舐めないほうがいい」

ストライプの喉が鳴った。一対二の視線がしばし鬩《せめ》ぎ合う。

まず先に全体の雰囲気を壊したのは、純也だった。脇に動いて道を空け、倒れ伏す狙撃犯の方に向け、どうぞと手で示す。

だからといって、オズの二人はすぐには動かなかった。

「どういうことでしょう」

「警察庁のオズが動いて、なにもなしじゃまずくないかい。しかも狙いが総理じゃなかったなんて、見当違いまであってはね。――どうぞご自由にってことだよ。逮捕しようと運用しようと、それは氏家理事官に、いや、貴方達に任せる。報告するかどうかも含めてさ。僕なら、自分の手柄にしちゃうけどね」

聞いてきたのはストライプだが、意味がまだわからないようだった。ここまで言っても二人とも、動こうにも動けないようだ。

「はっはっ。疑い深いなあ。——はい」

純也はシュポの近くに転がるG3を拾い上げた。

「実際、僕なんかだとこの男の処理に困るんだよな。おそらく無国籍、そうじゃなくても韓国や中国籍なら、間違いなく外交筋での処理になる。どう? 手柄をあげる代わりに、後始末をして欲しいってことで。ギブアンドテイクでいこうじゃないか。貴方達の手柄なら、氏家理事官は喜んで処理に奔走してくれるだろう」

手のG3を青ネクタイに差し出す。

青とストライプが目を忙しく動かし相談するかのようで、最終的に返事を返したのは青だった。

「——了解しました」

ようやく、青ネクタイがG3を受け取った。商談成立、ということでいいだろう。

「シグは携帯してるかい」

「え、あ、はい」

答えたのはストライプだ。

「なら、はい」

純也はホルスタから自分のシグを抜き、銃把《じゅうは》をストライプに向けた。

「交換。わかってるだろうけど、記録からシリアルの改竄《かいざん》を忘れないように。出来るだろ、オズなら」

無言でうなずき、ストライプは自分のホルスタからシグを抜いた。

ここまでやれば、もうひっくり返すことはオズでも、氏家裏理事官でも出来ないだろう。銃撃戦だけでなく、このやり取りのすべても、リアルタイムで鳥居達三人に発信されている。

「ああ。ちょっと待った」

動き始めた青ネクタイを純也は呼び止めた。手を伸ばし、G3からリューポルドのスコープを外す。

「色々使えて便利なんだ。これは戦利品兼、この男を渡した証拠品ってことで。犯人はどうしてくれても構わないけど、これだけは本当に、理事官には内緒にしてくれると有り難いんだけど」

この場で初めて青ネクタイも、おそらくストライプも、かすかにだが笑った。

「おかしな人だ。庶務の分室長は。おかしくて、信じられないほどの凄腕だ。そのことを肝に銘じます」

青ネクタイはストライプと並び、シュポに近づいた。脇を爪先で蹴れば、覚醒したようでシュポは顔を歪めて呻《うめ》いた。

「おら」

強引に立ち上がらせ、ストライプが担ぎ上げた。青ネクタイが後ろに控えつつ階段口に向かう。

「ああ、分室長」

ペントハウスの前で青ネクタイが振り返った。

「ギブアンドテイクなら、犯人を担いで降りる労力の分です。ここの始末、そちらにお任せしてよろしいですか」

「了解」

一礼だけ残し、ネクタイだけが違う双子のようなオズは去った。

階段をオズの足音が遠ざかった。

純也は鳥居達にメールを打った。全員が、今回は新しい携帯に変えて持ち場に臨んでいた。生き残ってしか使えない番号だったということになる。裏を返せば、殉職して他人の手に渡っても、情報の断片すら吸い出せない携帯ということでもある。

リアルタイム画像で経緯結果は全員が周知だろうが、だからこそ上司である純也からのアクションがなければ、勝手に持ち場を離れないのは当たり前のことだった。

〈無事終了。掃除が残った。手伝ってくれないかな〉

　鳥居と猿丸からはすぐ了解の返信があったが、犬塚だけはなぜか電話だった。

「どうした。シノさん、他に用事でもできたかい」

――そうじゃありません。私はそっちに向かってます。ただ、別の携帯に午前中、和知君からメールが入っていたようでして。今、電源入れて知りました。

「あっ、そう。で、なんだって？」

――保土ケ谷の連中がゲーリングの姿を見失ったようです。オズも慌てているようだとありますから、陸自の落ち度ではなく、撒く気で撒かれたようですね。どうするかって聞いてきてます。横須賀線で、横浜から横須賀行きに乗ったところまではわかってるようですが。陸自の責任で追いましょうかってのはいいとして、横須賀までを想定して十駅、全部虱《しらみ》潰《つぶ》しがお奨めですって、まるでメニューみたいに書いてありますが。

　和知らしいといえば、どこまでも和知らしい。和知全開だ。

「まあ、やりたいっていうならやってもらおう。やらなくていいって言ってもやるだろうしね」

――そうですね。やるなって言ってもやりそうですが。

「でも、この後もこっちの責任になるのは困る。どうぞってだけ返しといて。和知君ならそれでわかるだろう」

——了解しました。そっちには後五分で着きます。

通話を終えると、純也はシュポがいた狙撃ポイントに立った。戦利品であり証拠品でもあるリューポルドのスコープを手に翳す。

三十ミリチューブは明らかに軍用だ。そんな物を貰い受けるのは隙であり、実は大いなる危険も孕んでいたが、性能が気になった。色々オズの二人には言ったが、ようは欲しかったのだ。覗いてみる。

「へぇ。やっぱり、今のはいいなあ」

警察病院のエントランスが鮮明だった。正確には、エントランスに厳しい顔で仁王立ちする長島が、だ。

「逃げないし、恐れないと。感動だね。公安部長は名前だけじゃないと」

純也は携帯を取り出し、登録番号を呼び出した。レティクルの中で長島が動いた。

「小日向です。ええ、終わりました。はい、全員無事ですよ。無傷です。お気遣い有難うございます」

終わったということより、全員無事のひと言で、長島がスコープの向こうで肩の力を抜いた。

「身柄はオズに渡しました。え、——いえいえ。功績も実績もうちの分室には無用の長物です。公安部としては、まあ、どうですかね。でも、お任せします。長い目で見ていただけると助かりますが。ええ、撮りました。必要な分はお渡しします。オズとは、今後もなにかとあるでしょう。熟成させて、いずれ氏家理事官との駆け引きにお使いになったらいかがですか。上り詰めるためにも譲らないためにも、いいモルトに仕上がると思いますが」

長島の考える姿が見えた。不思議なものだ。スコープを覗きながらだと、携帯もまるで長い糸電話だ。

「え、退院祝いですか。いやぁ、考えてなかったなあ。さっきの駆け引き材料じゃ駄目ですか。でなければ、リューポルドのライフルスコープなんていうのもありますが」

文明の糸電話で少々の説明を付述し、公用車がエントランス前に回されてきたのを切っ掛けに通話を終える。

携帯の画面には、その間に着信メールがあったことを知らせるマークがあった。開けば、犬塚からだった。

「うん。そうだろうね。向こうにすれば、終わりだから」

読んで純也はひとり納得した。

和知からの転送メールには、ゲーリングを追う公安外事の姿が、横須賀線周辺から潮が引くようにいなくなったとあった。

シュポ、昌洸男は間違いなく朝霞狙撃事件の犯人だ。昌を確保すれば当初からの目的は一応達成で間違いはない。どこまでを報告したのかは知らないが、氏家理事官からすぐに撤収の指示が出たのだ。その〈報連相〉の素早さだけは、警視庁も大いに見習うべきだろう。

「さぁて。邪魔者はいなくなったし、大枠はつかんだし。こっちは、これからが本番だ」

純也は携帯を内ポケットにしまった。

奥のペントハウスから、休養充分の猿丸が飛び出してきて手を振った。

終章　真相

一

十月三十一日の夕刻だった。

タキシードに身を包んだ和臣は、およそディナーに似つかわしくない不機嫌な顔で周りを見回した。

片側に十人以上ゆったりと座れる大理石の長テーブル。豪奢《ごうしゃ》なテーブルクロスの上には均等に置かれた銀のキャンドルが五つ。壁は砂岩調の横目で統一され、季節ごとの風景画が数枚。低く流れる、バロックの調べ。

KOBIXミュージアムの、件のレストランの貴賓室だった。

見回し、和臣は溜息を漏らした。諦念だったろうか。

「素直ニ謝ルシカナイダロウナ」

幾分和らいだ顔を正面に向ける。

「申シ訳ナイ。コンナコトハ、滅多ニナインダガ」

「イイエ。コノ部屋ハコノ部屋デ、トテモ優雅デスワ」

「広スギハシナイカナ。私ハ、二人ダト少々落チ着カナイガ」

「フフッ。一国ノ宰相ノオ言葉トモ思エマセン。ヨーロッパノ王侯貴族ナラ、フタリ分ニハチョウドイイト言ウカシラ」

向かいの席に座るのは、当然エレナだった。この夜は膝丈でマーメイドに開いた、シャンパンカラーのスリーブレスドレスだ。ホワイトジャスミンの芳香は、洋服のデザインによってシャープにも妖艶にも香るものだと初めて知る。

この日和臣がエレナに、今日の四時ならと連絡を入れたのは正午少し前だった。

補選も無事に予定通りの結果で終わり、朝霞での狙撃事件も解決したとの報告を国家公安委員長から受けた。すべては読み通りに順調だった。だが、一番読めなかったのが自身の周辺というのも情けないが、警護にも和臣のスケジュールにも隙と呼べるような緩みはまったく生まれなかった。本当の意味でのプライベートな時間など、急に党役員との会合と会食がキャンセルになったこの日の夕方くらいしか見つけられなかったのだ。

前振りはしておいたが、さすがにいきなり四時間後の呼び出しは、自身でさえ不躾だなと苦笑するしかなかったが、急な誘いにもかかわらず、エレナは迷いも見せず承諾してくれた。

その結果がしかし、見事に整えられてはいるが、二十人以上座れる長テーブルのほぼ中央に向かい合わせの二席だった。

行くとだけは支配人に連絡を入れたが、そのときテラス席を予約しなかったのはまったくもって和臣の落ち度だ。ミュージアムのレストランはＫＯＢＩＸの業務接待以外、使われることなどほとんどないと高をくくった。そのツケだった。

小日向家専属のようなハイヤーを使い、狸穴に回ってエレナを乗せ、ミュージアムに到着したのは四時ちょうどだった。出迎えの支配人に川沿いを頼めば、考えることもせず支配人は渋い顔をした。

「申し訳ございません。本日テラス席には、すでにお客様がいらっしゃいまして」

「なんだと。全部か」

「ひと席でございます。他に本日の予約はございません。ですが、よろしいのですか」

支配人は柔らかな視線を和臣からエレナに移した。

「こちらのような見目麗しいお嬢様とご一緒では、目立ちすぎると存じますが」

「それは――そうだな」

貴賓室は広さこそ過ぎるが、たしかに密議には向いている。政財界のトップやら重鎮やらが集う小日向一族の晩餐会でも使うのだ。この夕べも、だから余人は遠ざけ、前田一人に給仕をオーダーした。その予約は忘れなかった。

大理石の廊下にはテラス席の方から、がははと下品な笑い声が響いていた。

貴賓室ということで、和臣は首を縦に振るしかなかった。

「ソレデ、ミス・キルヒバッハ」

「エレナトオ呼ビクダサイマセン？」

「ナラ、エレナ。例ノ件ダガ」

席に着くなり、和臣は本題について切り出した。

エレナは、輝くブロンドの髪を優雅に振った。

「フフッ。無粋ハ素敵ナディナーノ後ニシマセンカ」

「ソウカ。無粋カ。――ソウカモシレンナ」

和臣は厨房口の前田に、手でオードブルの用意を促した。

それにしても、長テーブルの角は和臣の定位置だ。年に二回座っている。エレナには申し訳ないが、いつもの晩餐会を思い出せば、向かいを定席とする兄良一の妻、静子《しずこ》がエレナに変わるのはなんとも興味深かった。川面の景色が料理にとってアクセントでありスパイスなら、同様に誰と同席するかもまた、と言っては言葉が過ぎるだろうか。

ただ間違いなく、味気ない晩餐会と違ってこの夕べの料理とワインは、いつもより格段の味がした。

「ナニヲ、オ笑イデスノ」

舌平目にナイフを使いながらエレナが小首をかしげた。

「イヤ。別ニ」

ちょうど、新しいワインを運んできた前田が、サーブポジションでブショネのチェックをしていた。

「なあ、支配人。今日のシェフは腕がいいな」

話題と視線を避けるよう、和臣は咳払いで前田に話し掛けた。

「はて。常に調理部の生え抜きでございます。和臣様がそう思われるのでしたら、理由は別にあると存じますが」

「ほう」

「料理もご酒《しゅ》も、舌だけで味わうものではございませんので」

「雰囲気や装飾か」

「左様《さよう》でございます。それに、お相手も」

さすがに読んでいる。常に慇懃無礼で小面憎く、和臣より純也に親しいが、前田が一流の支配人だということは認めるしかなかった。

やがて、料理はアントレに入った。続いて神戸牛のフィレが出る。

エレナは常に愛らしく、品よく、そして豊富な話題を和臣に提供した。特に現在ドイツ連邦警察局のGSG—9が抱える問題点などは興味深かった。警察というより、自衛隊に類似の問題はありそうだった。

ディナーの最後に、前田がデザートとコーヒーを運んできた。

「本当ニ、オ料理ハ絶品デシタ。パリノ名店ニモ負ケマセンネ」

エレナは満足げだった。

「私ハ、嘘ハツカナイ。タダ、食後ノコーヒーダケハドウニモ。コレモ嘘ジャナイ。コノ部分ダケハ、嘘ツキト言ワレタホウガイインダガネ」

「本当ニ？　ジョークデハナクテ？　コンナニ香リガ高イノニ」

エレナはコーヒーを口に運んだ。エレナに言われるまでもなく、それは和臣も感じていたことだった。

まずいコーヒーとは、十年以上続く恒例から出た言葉だ。先入観と言っていい。それが、このときに限ってどうにも訝しかった。まだ口をつけたわけではない。味わったわけではないが、いつもの晩餐会を一とすれば、この日は香りだけですでに十倍も二十倍も上質だった。

「支配人。これは」

顔を振り向ければ、前田は静かに微笑み、手でコーヒーを促した。

「お飲み頂ければ、和臣様にはおわかりだと存じますが」

言われなくともそうするつもりではあった。近くで香りを味わい、カップに口をつけた。

深い味わいは、舌が覚えていた。一瞬でそれがなんだかわかった。ペルーはサンディアのコーヒー農園と特約し、通常には出回らないほど完熟させてから不活性密封した逸品だという。毎年盆暮れに、芦名春子と連名で純也が送ってくる、例のコーヒーで間違いなかった。

「そうか」

すべてが手の上だとわかれば、長居をするものではない。うら若き女性と二人きりのディナーなど、本来なら見せるべきでなく、見せたくもない姿だった。

「支配人」

「こちらへ」

当然、この支配人も一枚嚙んでいるのだろう。呼び掛ければ、おそらく手筈《てはず》通りに示したのは、厨房口の方だった。見れば、そちらにいつの間にか三人の男が立っていた。

「エレナ。悪イガ君トハココマデダ」

「エッ」

エレナがそれまでの優雅さを失ったかのように立ち上がった。妖艶といっていい美しさに亀裂が入った感じだった。今までの優雅は、優位からだったかもしれない。

「ドウサレマシタ」

「ナニ。急用ガ出来テネ」

エレナの瞳が忙しく動いた。突然起こった事態を頭で咀嚼《そしゃく》しようとしているようだったが、上手くいかないのは明白だった。

その間に、和臣は前田の先導に従って歩き始めた。

「ソンナ。オ話ハコレカラデスノニ」

エレナの哀願とも取れる声が背に降り掛かってきた。

和臣は歩みを止めた。

「ソレヲ聞クノハ私デハナイ」

振り返り、エレナに入口の方を指し示した。

振り向いたエレナの、スリーブレスの滑らかな肩に一瞬力が入った。

「純也ッ。――ドウシテ」

エレナの驚愕を含んだ声がした。和臣は自分で見ることはしなかった。ふたたび歩き出す。前田が常に先に立った。

「支配人。どうだ。私が誑《たぶら》かされていると思ったかな」

「さて」

「残念だったな。あいつのコーヒーなどなくとも、私が女性の色香に迷うことはない」

負け惜しみにしか聞こえないだろうが、小面憎い展開を整えてくれた者達に一矢報いたかった。

「この国のことで、私は精一杯だ。それにな、私が女ともファースト・レディとも認めるのは、いまだに香織一人だからな」

前田は黙って先を歩くだけだった。表情が見えないのはなんとも癪なことだった。

貴賓室からの厨房口など、辿り着くのはすぐだった。

自分の役目はここまでなのだろう。前田が立ち止まり、和臣に道を空けた。同時に、待機の三人が囲むようにしていっせいに腰を折った。和臣は三つの頭を苦々しく睨みつけた。

「君らは」

「警視庁公安部公安総務課、庶務係分室」

最初に胡麻塩頭を上げた、一番年嵩の男が長々と言った。つい先ほど、聞いた覚えのある声だった。

「ふん。あいつの部下か。テラスで笑っていたのはお前だな」

「え、ははっ。どうも」

「総理。どうぞ」

剣呑な匂いのする細身の男が手で退路を示した。示す手の先には、小指がなかった。

「まったく。どいつもこいつも」

胡散臭いとまでは言わなかった。所詮、寄せ集めの部署だ。真っ当な者達が好んで寄るわけもない。それにしても、ひと癖もふた癖もありそうな面構えの三人だった。

和臣が動き出す前に、長身の男が厨房の奥に走っていた。大男の割に敏捷な動きだった。

やがて、外の空気を感じた。

「和臣様」

背後に前田の声が聞こえた。

「香織様の思い出とともに、是非プライベートでお越しください。そのときは私自慢の、グァテマラＳＨＢのブルボンをお飲み頂きましょう」

振り返らなくとも、いや、振り返らなかったからこそ鮮明だった。

前田の声が、柔らかかった。聞いて初めてわかる。久し振りだと。それは香織との結婚式の、披露宴を取り仕切ったときに聞いた声だ。

「ふん。いつになるかはわからんが、覚えておこう。期待に違《たが》わぬ物を出せよ」

和臣は裏口へと足を急がせた。

二

厨房口に和臣が消えたのを確認し、純也はエレナに近寄った。

「ココマデダヨ。ココマデナラ、マダ君ハナニモシテイナイ」

「クッ」

我に返り、エレナは和臣を追おうとする気配を見せた。純也は音もなく前に廻り込み、静かに両手を広げた。

「ソレハ、マナー違反ダヨ。君達ガディナーヲ堪能スル間、僕ハ待ッタ。ココカラハ選手交代ダ」

エレナは答えず、ただ燃える目を純也にひた当てた。初めて見る厳しい目。ただ、SEKの一編成を束ねる警視監と思えばなるほど相応しいか。

「エレナ。出ヨウカ」

エレナはしばらく動かなかった。

「ココノディナーニ合ワセル、僕ノコーヒーハドウダッタカナ？　正確ニハ、持チ込ンダノハ僕ノ部下ダケド。分室カラ」

純也ははにかんだような笑みを見せた。

エレナの肩が落ちた。柔らかなひと息が近く、芳しかった。

「——エエ、トッテモマッチシテイタワ」

エレナは、聡明にして美しい、いつものエレナだった。

「デモ、私ノ好ミカラ言エバ、支配人ノコーヒーノ方ガ食後ニハチョウドイイカシラ」

「アア、ヤッパリネ。TPOカラ言エバ、勝テル気ハシナカッタケド」

純也はエスコートの手をエレナの背中に添えた。抵抗は一切なかった。エレナは自分の意思で歩き出した。純也の手は、肌理《きめ》細やかな柔肌に触れただけだった。

エントランスの外は、一面夕陽の赤に染まっていた。

「マア」

「ゴ機嫌ハ直ッタヨウダネ」

「ゴ機嫌モナニモ、コウナッタラ仕方ナイワ」

並んで夕焼けに目を細める。遠く隅田川の流れと、近くＢＭＷ　Ｍ６の車体が金色に輝いた。

「イツワカッタノ」

夕景を眺めたままエレナは口を開いた。落ち着いた声だった。

「ワカッタトイウカ、理解シタノハツイ最近ダ」

「理解？」

「君ノ役割ニツイテネ。タダノ駐在武官トハ、ドウモ最初カラ思エナカッタ。会ウ前カラネ」

「会ウ前ッテマサカ。ソレッテズイブンネ。私ヲ怒ラセル気？」

「トンデモナイ。侮辱シテルワケジャナイヨ」

純也は首を振った。

「僕ハネ、シュポガ撃ッタ場所ニモ、部長ガ撃タレタ場所ニモ立ッタ。ソノトキニ思ッタンダ。スナイパーモイイ腕ダト感心シタケド、ソッチヨリアノ観閲式ノ場所デ、アノセレモニーノシチュエーションデ、千百メートル先カラノ狙撃ニ気付クナンテ実ハ、君トイウ女性ノ方ガスナイパーヨリ遥カニ凄腕ナンジャナイカトネ」

エレナは黙って、前を向いたまま純也の話を聞いていた。

「ダカラ、試シテミタ。警視庁ノ術科センターデ」

「アア。アレハタダノゲーム、日本人ニ多イトイウ照レ隠シノ口実ダト思ッテイタケド。ソウ。ソレデ、結果ハドウダッタ？　私ガ勝ッタケド」

「悪クハナイケド、スナイパーノ腕ジャナイ。君ノ腕デハ、アノ距離ハ無理ダ。最低デモ三発トモ、弾ノ半分以上ガ重ナルヨウデナイト。モチロン拳銃トライフルハ扱イガ違ウケド、基本トシテハソレガ最低レベルダロウ。マア、僕ノ腕前ハコノ際捨テテオクトシテ。コレデモ見ル目ハアルンダヨ」

「ソウナンダ。デモ、――ウン。ソノ通リ。凄イワネ。日本ノ警察ヲ舐メテタカナ。ウン。貴方ヲ。綺麗ナダケノ人カト思ッタケド。油断シタワ。ソレトモ、貴方ガ油断サセタノカシラ」

「サテネ。デモネ、最初ハドウニモワケガワカラナカッタ。ケド、ダニエルガ言葉ニシタ以上、〈シュポ〉ト言ウスナイパーハ、小日向ニ絡ンダナニカヲ狙ッテイル。コノトキ僕ラハダニエルノ術中ニ嵌《はま》ッテ、〈シュポ〉ハゲーリングノコトダト思ッテイタ。デモ、観閲式ノ狙撃犯ハ、目撃情報ニ拠レバゲーリングト似テモ似ツカナイ体型ダッタ。ドウニモ捩レテイル。君ノ役割モ不明ダ」

「ソウヨネ。上手クヤッテルツモリダッタモノ」

「切ッ掛ケハネ、面白イヨ。蜂ダッタ。日比谷公園ヲ飛ンデタ」

「蜂？」

「日本語ハ難シクテネ、タマニ僕ラデモ迷ウ。同ジ呼ビ方デモ、僕ノ部下ハマッタク別々ノ蜂ノコトヲ同ジ名デ呼ンダ。一方ハ危ナクテ、モウ一方ハ大人シイ蜂ダッタ。〈シュポ〉ト〈シュポ〉。縺《もつ》レタ糸ガ、ヨウヤク解《ほぐ》レタト思ッタヨ」

「私ノコトハ？」

「同時ダネ。デモコッチハ天啓、カナ。Carpenter Bees。知ッテルカイ」

「エッ？」

「今話シタ、危ナクナイ方ノ蜂ノ英名サ。調ベテミタ。Carpenter Beesハネ、普段ハ大人シイケド、人ガ変ニ手ヲ出スト刺スンダヨ。タダシ、雌ガネ。後ハ思考ノ流レダ。ダニエル・ガロアトイウ、ヒドイ気分屋ノクセニドウシヨウモナイ寂シガリ屋デ、厳然トシタリアリストノクセニ馬鹿ミタイナロマンチストガ同居スル、ネオリベラリズムヲ芯ニ置イタ恐ロシク頭ノ切レル戦争屋。――マア、ツマリハ、ドウシヨウモナイロクデナシ中年ノ思考ヲ読ミ解ケバイイ」

「フフフッ。ズイブンナ言イ様ダケド、デモ間違ッテナイワネ」

「付キ合イハ、ハッキリ言ッテ誰ヨリモ長イカラネ。——違ウスナイパーデ、同ジ〈シュポ〉。ダニエルノゲームダトイウコトヲ考エレバ、違ウターゲットデ、同ジ小日向。コノ方ガシックリクルシ、辻褄《つじつま》ガ合ウ。小日向ト〈シュポ〉ハ二重構造ダ。驚クホド二重ネテ、ダニエルハ僕ニ、ナニヒトツ違ウコトハ言ッテナカッタシ、配サナカッタ。サスガダヨ。サスガニダニエルダト思ッタ。ソウナルト、考エレバ考エルホド、ゲーリングノ存在ガ〈シュポ〉ナノニ異質ダッタ。公式カラハミダス。ゲーリングデハ、解ハ導ケナカッタ。ナラ逆ニ答エハヒトツダ」

　純也は一歩前に出た。

「ゲーリングハ、ダミーダ。ダカラ君ガ——ネエ、エレナ」

　呼びかけると、エレナは純也より前に歩いた。夕陽に向かって、前に。

　純也の鼻腔に、ホワイトジャスミンが強く香った。

「君ノ経歴ヲ調ベサセテモラッタ。君モ、〈シュポ〉ダッタネ。三人目ノ〈シュポ〉。イヤ、ダニエルカラモウ一人ノ小日向ヲ依頼サレタ、本来ノ目的カラスレバ、君ガ二人目ノ〈シュポ〉ダ」

「……ソウ。私モ〈シュポ〉。モトモト都市警察ノパトロール。通称シュポ。ソコガ私ノ原点。――デモ、残念ダナア」

　振り返るエレナは、夕陽の影になっても美しかった。

「モウチョットダッタノニ。ドウシテココダッテワカッタノ」

「役割モワカッタカラ、ココ何日カ、君ヲ行確サセテモラッタ」

「ソウナンダ。全然気ガツカナカッタ。貴方ガ自分デ？」

「ソウ。僕以外ダト、チョット無理ダト思ッタカラネ」

「ソンナコトモ出来ルンダ」

「庶務ハナンデモ屋ダシ、僕ハソコノ分室長ダカラネ」

「ヘエ、意外。私モSEKダカラワカルワ。行確ッテ地味ヨネ。私ハ苦手ダシ嫌イ」

「僕ハ苦手デモ嫌イデモナイケド。デ、今日モ地味ニ君ヲ行確シテイタラ、アノ人ガ来タ。アレハサスガニ、ヤラレタヨ。マサカ、アノ人ガ自ラ寄ッテイクトハネ。本当ニヤラレタ」

「フフッ。貴方ニ褒メラレルナンテ、嬉シイワ」

「アア、ソノドレスモ、イイネ。似合ッテル。ディナーダロウト確信シタカラ、スグニココノ支配人ト部下ニ連絡ヲ取ッタ」

「ドウシテココニ？」

「一国ノ総理ガ一人デ動コウトスルナンテ、ヨホドノコトダ。国ノ大事、国ノコト以上ノ用件。傾国ノ美女ヲエスコートシテイタシネ。アノ人ニトッテ、ココ以上ニ安全守秘ノ場所ハナイ。支配人ガイイ例ダ。僕ガ聞イテモ、最初ハ答エテクレナカッタ。公安ヲ前面ニ出シテヤットダ」

「フウン。一流ネ」

「超一流ダヨ。帝都ホテルニモ負ケナイ」

純也は胸を張った。

「ダカラ頼メタ。常ニ君達フタリヲ見テイテ欲シイト。監視ノ目ガ届キヅライテラスハコッチデ押サエタケド、ソコマデダ。君ガイツドウスルツモリカモ、獲物モワカラナイ。慎重ニモ慎重ヲ期スガ、場合ニヨッテハ身ヲ挺シテデモト」

「ソンナコトヲ一般人ニ」

「イヤ。先ニ向コウガ、ソウ言ッテクレタノサ」

「ソレデ、頼ンダノ？」

「心意気ハ買ワナイト、老人ハ拗《す》ネルカラネ。イヤ、半分ハジョークダヨ。君ハ知ラナイダロウケド、ココハ有事ノ際、閣僚ノシェルタニモナルンダ。エントランスカラ内側ハX線検査器ト、最近KOBIXソリューションズデ開発サレタバカリノ、サイクロン分離型爆発物探知器ヲ兼ネテル」

「マア」

エレナは本当に驚いたようだった。

「美術館ニコンサートホール、レストラン、古色蒼然タル資料館。カモフラージュジャナイケドネ、ミンナ忘レガチニナル。ココハ、日本ガ世界ニ誇ル複合企業、KOBIXノ所有物ナンダ」

「KOBIX。ソウヨネ。私モ、ソノコトハスッカリ忘レテタ」

「ポーチノ中ニハナニモナカッタシ、食事ノ最中ハ毒物ト、君ノ動キダケヲ気ニスレバヨカッタ。タダ、預ケタハンドバッグノ中、アレハデリンジャーダネ」

「ソウ。ドイツ軍ガ、ナゼカ今モ愛スルデリンジャー」

「ソレニシテモ、アノ人トノ接点ハアマリナカッタハズダ。イヤ、切ッ掛ケハモウワカッテル。大使館ヲ通ジテチケットヲ取リ、長島部長ヲ誘ッテ観閲式ニ出テ、一人目ノ〈シュポ〉ニ狙ワセル。一人目トハ、ギブアンドテイク、カナ。一人目ノ〈シュポ〉ハH&KノG3ヲ持ッテイタ。ICPOニ照会シタラ、過去ノイズレデモ使ッタコトノナイ銃ダッタ。銃ヲ持チ込ンダノハ、外交官特権ノ君カイ」

「ソノ通リヨ」

「ドウヤッテココマデ、アノ人ヲ動機付ケタノカナ」

「聞キタイ？」

「後学ノタメニ。出来レバ」

「フフッ。切レ者ナノニ、自分ノコトニナルトダメネ。デモ、ソウイウモノカモ。私ハダニエルニ言ワレタ通リ、朝霞デノ狙撃ノ騒ギニマギレテ耳元デ囁イタダケ」

「ナンテ」

「ジュンヤ・コヒナタ。貴方ノ息子サンヲ受ケ入レル用意ガ、我ガ国ノBPOLニハアリマスッテ」

「アチャ」

純也は顔を手で覆った。

「親子関係ノマズサカ。デモコレバッカリハ、ドウ注意シヨウモナイナア」

エレナは目を細め、純也を見ていた。

「面白イ親子ネ。ソシテ、悲シイ親子」

静かな夕べだった。もう三十分もしないうちに、隅田川の向こうに陽が落ちる。

「ココデ、アノ人ヲ殺スツモリダッタノカイ?」

純也はゆっくりと、エレナに視線を合わせた。夕陽にふさわしい、物悲しい色の目だった。

「ドウカシラ。ディナーヲ頂キナガラ考エヨウ、トハ思ッタケド。ダカラ、デリンジャーハ預ケタ。折角《せっかく》ノディナーニ、火薬ノ臭イハ無粋デスモノ。ソノクライニ、私ハココノディナーヲ気ニ入ッタノヨ」

エレナは肩をすくめた。

「殺スノハドコデモヨカッタ。邪魔ナ取リ巻キ、特ニSPサエイナケレバネ」

「大胆ダネ。後ノコトハドウスルツモリダッタンダイ」

「サア。タダスグニモ、エレナ・フォン・キルヒバッハトイウ女ハ、コノ世界ノドコニモ存在シナクナル。貴方ナラワカルト思ウケド。長イ付キ合イナンデショ」

「アア。ソウダネ。使ウッテコトハ、使ワレルッテコトカ。自分デ言ッテル通リダ」

純也は溜息交じりに頭を掻く。

「貴方ハコノ後、私ヲドウスルツモリ？」

「公安的ニハコレデ正解ダト思ウケド、ドウニモシナイシ、出来ナイサ。サッキモ言ッタケド、君ハマダナニモシテイナイ。無理ヲ言ッテ、銃刀法違反カナ。――君ハ着任ヲ前ニシテ、ドイツニ帰ル。思イ出ダケヲ抱エテ。ソレダケニシテ、ソノ後ハ知ラナイ」

「冷タイノネ。ウウン。言葉ニシナイノハ貴方ノ優シサカシラ。――ソウ。色々ト強引ニ人事ヲ掻キ回シテ、私ハ日本ニ来タ。後ノコトナンカ、オ構イナシダッタワ。帰ル積モリハナカッタンデスモノ。戻ッテモオソラク、モウSEKニ居場所ナンカナイワ。ダケド、私ハ負ケナイ。ゼロカラヤリ直シテ、モウ一度トップヲ目指ス。時間ハマダ、タップリアルンデスモノ。私ナラ出来ル。絶対出来ル。――コレ、言霊ヨ」

エレナは白い歯を見せ、ドレスの裾をひるがえした。

「デモ、残念ダナァ。本当ニ残念。国ノ枠ヲ超エテ、ステップアップノチャンスダト思ッタノニ。ナンノ支障モナイト思ッテタ。貴方ハタダ、一人目ノ〈シュポ〉ノターゲット。二人目ノダミーニ翻弄サレテイズレ死ヌ。ソレヲ横目ニ見ナガラ、私ガ三人目ノ〈シュポ〉トシテ目的ヲ果タシ、ダニエルノテストニ合格スル。——ナンデコウナッタノカシラ」

「ソレハネ」

「ウウン。油断トカ不足トカ言ワナイデ。モット、ロマンティックニイキマショ」

純也はうなずき、エレナに次を促した。

「貴方ニ出会ッタコト。貴方ニ近ヅイテシマッタコト。ソレガ敗因。ソレガ、私ニトッテノコノ国ノスベテ。——コレモ、言霊ネ」

エレナは微笑み、純也に背を向けて歩き出した。M6の方向だ。

「綺麗ナブルー。ドイツノブルー」

「有難ウ」

エレナは立ち止まった。

「送ッテ下サラナイ?」

「喜ンデ」

エスコートを待って立つエレナの元に純也も歩き出した。

川風が流れる。

突如、嫌な気がした。なにと特定できるわけではない。それほどかすかな、しかし嫌な気だった。純也の五感が、不測を強く訴えた。

「アア、純也。ソウ言エバ、アノ支配人ニ謝意ノ言葉モナシデ出テキチャッタワネ。後デ伝エテ。物腰モ態度モ、トテモ気持チガヨカッタ。今日ノ私ノコトモ、初見ヲ装ッテクレタノハサスガネ。スゴク自然ダッタッテ。フフッ。モットモ、言ッテクレテモ面白カッタンダケド」

耳には入ったが、反応は出来なかった。

川風が運ぶなにか。

漠然としているからこそ、純也にとって今の日常には有り得ぬなにか。

転じて、過去のさまざまが蘇る。これは戦場の――。

「エレナッ！」

「エッ。ナニ」

伸ばす純也の手の先でエレナの笑顔が、

「エレナッ」

笑顔のままに、四散した。

『オウ。コレハ驚キダ。Jボーイ、ソコマデワカッタカイ。アア、ミス・キルヒバッハニハ、ヤッパリ荷ガ重カッタカ。気ノ毒ナコトヲシタ。——エッ、ドウシテヤッパリカダッテ。ウン、ソレハネ。彼女ニハ立チ上ル陽炎《かげろう》ノヨウナ驕《おご》リガ見エタカラネ。ソノ昔ニ一度シカ会ッタコトハナイガ、ソレデモウ充分、胸一杯ナホドノネ。若ク美シク、優秀ナSEKノ警視。タダ男社会ノ壁ニ焦レテイルトイウ情報ニ興味ガアッタガ、強スギル上昇志向ハ彼女ノ中ニ更ナル驕リ以外ノナニモ創造シナカッタンダネ。——ソウ。何度カ情報ヲ流シテヤッタ。トキニハプレゼントノヨウナ案件モ作ッテヤッタ。ソレガイケナカッタカナ。警視監デ満足シテクレレバ、私ハ充分ダッタンダケドネ。ソノクライノ地位ノ人間ヲ一万人動カセレバ、私ハ一日デ世界ヲ創リ変エラレルノニ。我々ノチームノ、大事ナパートナーダト思ワセテシマッタノモイケナカッタカモ知レナイ。間ヲ繋グエージェントニハ、コノ前キツク言ッテオイタ。レディ・ファーストモ考エモノダトネ。ナンニシテモ、彼女ハSEKノ中デモ浮キ上ガリカケテイタ。一番危険ナノハ、ソレカラ我々ニナニカガ逆流スルコトダ。エッ。ナニガッテ。ソレハ情報、実弾、感情、アリトアラユルナニカダ。ダカラ課題ヲ出シタ。小日向和臣ノ暗殺トイウネ。成功スレバSEKドコロジャナイ。イズレドイツヲアゲヨウト動機付ケシタ。要ハ、我々ノチームノ正式ナエージェントトシテ働イテモラオウト思ッテネ。ソノ方ガ我々ニトッテハ安全ダ。彼女ハ即答デ快諾シタヨ。熟慮ガ必要ダッタト思ウガネ。私ニ条件ヲ付ケルナリ、自身ノアドバンテージヲ担保スルナリ。ヤハリ、彼女ハ驕慢《きょうまん》ダッタ。私ニハ出来ナイ。臆病者ダカラネ。コノオペレーションヲゼロサムノゲームニシタノハ、ダカラ彼女自身ダヨ。残念ダケドネ。ソノ代ワリニト言ッテハナンダガ、私ハゲーリングトイウ、優秀ナコマンダーヲ得タ。ヤハリ軍隊ニ所属シ、戦場ニ出タコトガアル人間ハ違ウネ。多クヲ望マナイ、プライド以上ニ自分ヲ過大評価シナイトイウノハ実ニイイ。今回モ、ヨク立チ回ッテクレタ。ハハッ。エージェントヲ通ジテ、彼カライクツカノプレゼントモモラッタヨ。名古屋キャッスル、道頓堀リバー、ピーク・ホーナー。ソシテ、小日向和臣トイウ宰相ノ、スグニモ撃チ抜ケソウナ写真ヲ何枚カ。Jボーイ、コウイウ国ニ今、君ハイルンダネ。デモネ、ソロソロイインジャナイカイ。世界ハ動クヨ。アルカイーダヤISIS。ウネリガ中東カラッテイウノハ癪ダシ、アマリニスマートデナイ。私ハ認メナイケドネ。ダカラ、出テコナイカイ。君ガ傍ニイテクレレバ、私ハモットモット思考ヲ飛躍サセラレル。――アア、少シ怒ッテイルノカナ。声ニ情ガ聞コエル。日本ノ四季ハ実ニ美シイカラネ。Jボーイ、カツテノ君ヨリ、心ガ柔ラカクナッタカナ。ハッハッ。ダケドソレモ、実ハ私ノ期待スルトコロナンダ。私ノ思考ハキット、恐ロシクドライダ。ヤヤモスレバ、アルカイーダヤISISトナンラ変ワラナイカモシレナイ。ソンナトキ、君ニ期待スルノハ情ダ。モット端的ニ言エバ、私ガ虚無ノ風ヲ吹カセタ大地ニ、君ガ恵ミノ雨ヲ降ラセルンダ。新タナ天地創造ハ、私ニ始マッテJボーイ、君デ完遂スル。素晴ラシイトハ思ワナイカイ。エッ。ドウシテ君ノオ父サンヲ狙ッタカッテ？　ウウン。Jボーイ。説明スルノハトテモ難シイ。哲学的デモ観念的デモアル。デモ、アエテヒト言デ言ウトスルナラ、君ヲソノ国カラ出スタメダヨ。君トオ父サンノシガラミモ確執モ私ハ知ッテイル。君ノ話ヲ聞イテモエージェントカラノ報告デモ、端々ニオ父サンノ名前ガ出ル。日本国ノ総理大臣トシテデハナクネ。シガラミモ確執モ、ドチラモ関ワリト捉エレバ、サスガニ親子トイウモノダネ。羨マシイクライニ。ソノ国ニイル限リ、ソノ国ニオ父サンガアル限リ、Jボーイ、君ハ出ラレナイ、出テコナイト私ハ考エタ。ナラバ、私ガ取ッテ代ワロウト。コレハネ、私ニトッテ非常ニ魅惑的ナ思考ダッタ。目ノ前ガ一気ニ開ケタ感ジダ。カツテ、私ハ日本ノ武士道トイウモノニ凝ッテイタ時期ガアッテネ。興味深イドラマヲ見タ。幼イ子供ヲ連レテ全国ヲ巡ル、侍ノ話ダッタ。ライバルガ仕掛ケルトラップヲ次々ニ撃破シテネ。痛快ダッタガ、特ニ印象的ダッタノガラストシーンダ。河原デライバルト対決シテ侍ハ敗レルンダガ、ソノ父ノ刀ヲ取リ、幼イ子ハライバルニ突進シテユク。ライバルハドウシタト思ウ？　膝ヲ突キ、幼イ子ノ刃ヲ腹ニ受ケルンダ。幼イ子ノ力デハ深クハ刺セナイ。ライバルハネ、幼イ子ヲ胸ニ搔キ抱クヨウニシテ刃ヲ、致命的ナホド深ク自分ニ潜リ込マセル。ソウシテ、ライバルハコウ言ウンダ。

――我ガ子ヨ。

ソノトキハ意味ガワカラナカッタ。今ナラワカル。私ハネ、ソノラストシーンニ、父性トイウモノノ哲学ヲ見タ。〈幼イ子ニ試練ヲ与エル者ハ、ソノ成長ニ寄与シ、成長ヲ促ス。コレハ父ノ所業デアリ、ナラバ幼イ子ニ試練ヲ与エル者ハ、須《すべか》ラク父デアル〉。シーンノ狙イガマッタクソレヲ意図シテイタカドウカハワカラナイガ、当タラズトモ遠カラズダト私ハ確信シテイル。幼イ頃ノ君ニ、数々ノ試練ヲ与エ続ケタノハ私ダ。君ノオ父サンデハナイ。ダカラ私ハネ、Ｊボーイ、タダ血ノ繋ガリダケノオ父サンニ成リ代ワッテ、君ノ父親ニナリタクナッタノサ』

三

拳を握り締め、純也はエレナの脇に立ち尽くした。

すでに、嫌な気配は去っていた。穏やかな夕暮れが戻れば、エレナの無残な亡骸《なきがら》は日本の、鈴虫が鳴く秋の夕暮れにはまったく異質の物体に見えた。

おもむろに携帯を取り出し、純也は長島の番号を呼び出した。

――なんだ。

長島はすぐに出た。

「長く話す時間はありません。今は手短にお伝えします」

長島は察したようで、わかったとだけ告げて黙った。

「エレナ・フォン・キルヒバッハ。三人目のシュポが狙撃され、一命を落としました。撃ったのは間違いなくひとり目のシュポ、ゲーリングです」

純也は説明の一切を排除し、状況だけを簡潔に話した。長島が電話口の向こうで息を飲んだ。

「密かに亡骸の処理、お願いしていいですか」

長島はおそらく、長い溜息をついた。

――仕方あるまい。表に出すわけにはいかない案件だ。大使館側にも、伝え方は内々になるだろうな。

「有難うございます」

――頭の痛いことだ。さて、大使館にはどう伝えたものか。

「ヒットマンでも、ゲーリングの狙撃からふたたび総理大臣を守ったヒロインでも。お任せします。ああ、面倒臭ければ、警察庁にマル投げもありでしょうか」

――わかった。考えよう。それで、肝心のゲーリングは。

「現状、確認出来てはいません。角度と方向から割り出し、付近の防犯カメラを手当たり次第に分析すれば、まぁ狙撃の証拠は見つかるかもしれませんが、ちょっと後手過ぎますかね」

純也はかすかに笑った。辺りには、夕闇がゆっくりと迫り始めていた。

――どうなる。いや、どうする。お前のことだ。考えはあるのだろう。

「さあ、今回ばかりは難しいでしょうか。出来るだけの努力はしますが」

――弱気とは珍しいな。

「これが常識的な判断、模範回答だと思います。ただ――」

純也は夕景の中に、消え残る夕焼けを見ず、闇を見詰めた。

――ただ、なんだ。

「今後、ゲーリングがこの国のいかなる脅威にもなることはないと思います。ご希望に沿うかどうかはわかりませんが」

長島は電話口の向こうで押し黙った。

「いえ。これはまったく、希望的観測です。はっはっ。零点ですかね」

――お前が言うのなら、某かの解はあるのだろう。お父上の命を守った段階ですでに及第点だ。落第はあるまい。任せる。

処理班を急がせなければならんと言って、長島は電話を切った。

任せておけば長島なら間違いなく、三十分以内にミュージアムの駐車場を血の染みひとつない、元通りの状態に復してくれることだろう。

長島との通話を終えると、純也は鳥居達三人にCCメールを送った。

――その人から手が離れたら、逗子《ずし》へ。

代表して犬塚から、了解の返信があったのは一分後だった。

気持ちがいいほど簡潔にして、なにも聞かない。これがJ分室の不文律であり、強さだ。

逗子については前日、犬塚によって調べはある程度済んでいた。横須賀行きに乗って消えたというゲーリングが向かった先は、逗子だろうと純也は推測した。逗子にはダニエルのエージェントであるマイク・コナーズが入会した会員制のマリーナがあり、クルーザがある。

犬塚の調べに拠れば、コナーズの会員登録はまだ生きていた。クルーザもだ。手順はおそらく、鈴木静香《すずきしずか》と王浩《ワンハオ》をサンノゼに送ったときと同じだろう。限定領海内十里の辺りに、大型のヨットが寄せているはずだ。

と、ここまでは推測した。密かに確信もあった。

ただし、推測も確信も、エレナの逃走ルートとしてだった。ゲーリングは最後までフェイクだと思っていた。狙撃に関わる、いかなる素振りも見せなかったからだ。銃も所持している様子はなかった。

純也は濃くなり始めた闇の中で拳を握った。

ゲーリングも、やはり〈シュポ〉だった。エレナも知らない〈シュポ〉だ。

〈シュポ〉の呼び名を持つヒットマン、昌洸男は長島と純也を狙い、都市警察〈シュポ〉

出身のエレナ・フォン・キルヒバッハは小日向和臣を狙い、そのものズバリの名を持つ〈シュポ〉・アドラー・ゲーリングは、万が一の後始末を担ってエレナを狙う。

　今エレナの頭部を撃ち抜いた銃は、逗子のマリーナでコナーズ辺りから受け取ったものに違いない。最初からそっちに自分の銃を送っていたとも考えられる。そうしてクルーザは、エレナが成功すればエレナと、もしかしたらゲーリングも乗せてこの国を出る。万が一の場合のみ、クルーザはゲーリング一人を乗せるのだ。

　周到だった。

　さすがにダニエル・ガロアだった。

　周到も周到。

　周到にして、馬鹿げていた。

「ダニエル。試練、大いに結構。好きにしてくれ」

　純也は闇を睨んだ。

「ただ、僕が伸ばす手の先で人が死んだ。これは駄目だ。まったく駄目だよ。ダニエル、されたことは、される。それを心に刻んでもらおうか」

　冷え冷えとした呟きを風に乗せる。

　背後に靴音があった。支配人の前田だった。青い顔は殺人現場を目にしての衝撃だろうが、それだけで、それ以上も以下もない。

優れた胆力もまた、一流の証か。

「支配人。これが僕が生きている世界の、現実だ」

前田はなにも言わなかった。

純也は川面に目を向けた。

夕陽の煌《きら》めきはすでになく、コールタールのような黒々とした流れがあるばかりだった。


『私はシュポ・アドラー・ゲーリング。一九七三年、旧東ドイツの地方都市ホイエルスベルダに生まれた。

今回の日本旅行は有意義だった。成田国際空港は近代的で清潔で、東京は驚くほど機能的な都市で、富士山は溜息が出るほどに美しく、名古屋城は武士道というものの象徴として勇壮だった。そのすべてを、私はそのときの私の感情とともにカメラに収めた。——ダニエル・ガロアの提案は、私にとってまさにパーフェクトだった。除隊して以降の生活は充実していたが、軍を離れたにもかかわらず、私にタリバンやアルカイーダは執拗だった。妄執にも近いが、私は戦場に於いてそれだけの働きをした。近親者を私によって失った者の気持ちはわからないでもない。ただ、送り込まれるアサシンは止まず、相手をするのにも少々の疲れと飽きの出る頃だった。日本に行き、存分に観光を楽しむだけで、ガロアは私にまったく新しい私と地位を約束してくれた。但《ただ》しひとつ、とオプションは条件付けられたが、私にとってそれは造作もないことだった。私はドイツ軍における、おそらく最高のマークスマンだった。愛銃H&K G3はダニエル・ガロアに預け、マイク・コナーズというエージェントから逗子で受け取った。韓国人のヒットマンにコナーズが提供したのもG3だったと聞いて、私は納得も満足もした。H&K G3は、我がドイツが誇る名銃なのだ。私は銃を取り、オプションを成功させた。そうして今、昇る朝陽を左舷《さげん》に受けつつ、逗子を出航するクルーザの甲板上にいる。どこに向かうのかは知らないが、明日明後日《あさって》のうちに私は別人になって、また充実した生活に戻るだろう。だから人生は面白い。私は満足だった。今度はどこに行って、なんの写真を撮ろう。ビール片手に甲板上でそんなことを夢想していると、私の満ち足りた気分を破る硬質な気を感じた。氷以上に冷たく、私を凍らせる気だった。普通なら感じられないほどかすかなものだ。同船の、優秀だと聞くマイク・コナーズにもわかっていないようだ。だが私はかつて、優秀なドイツ軍のマークスマンだった。逃しはしない。見回せばクルーザの左舷、朝陽の側の、海に突き出た岬のような森の先端に誰かがいた。誰だかは明白だった。あの男だ。隅田川沿いのミュージアムでエレナの近くに立ち、あろうことか私の狙撃に反応したあの男だ。それが誰だかを私は深く聞いていていないが、大したものだった。私くらいの腕にならないと、遠方からの狙撃を感得することは難しいのだ。――その男が今、立位でクルーザを狙っていた。立位での狙撃はそもそも難しいが、岬の形状が伏射の姿勢を許さないのだろう。スポッターもいない。そして、海上にあって揺れる船の甲板。距離はおよそ千メートルで、少しずつ離れている。相手がマークスマンであっても当てることはほぼ不可能な条件ばかりだが、私は油断はしない。船内のコナーズに愛銃を頼む。その間に、どうやら相手が一発撃ってきたようだ。私から三メートル離れた船首付近の甲板が音を立てた。すべてを測る試射だろうが、よくも当てたものだ。いや、試射ではなく、船そのものが狙いなのかもしれない。私の狙撃に反応する男ならそのくらいまではやるだろう。しかし、そこまでだ。万に一つの可能性も私は許さない。コナーズが運ぶ愛銃を手に取り、私は伏位でブッシュネルのスコープを覗いた。岬に立つのは、やはりあの男だった。スイスアームズのSIG SG550。いや、距離からいえば7・62ミリ弾が使える750だろう。G3には劣ると私は思うが、SIGのSGも名銃ではある。レティクルにあの男の姿を収めて確信する。この距離と条件は難しい。私に難しければ、知る限り世界にこの狙撃をクリアする者は二十人もいないだろう。多少の安堵を覚えながら指先をトリガに伸ばした。コンマ一秒の違いもなかっただろうが、先に火を噴いたのはあの男のSIGだった。男の銃弾は私が覗く、ブッシュネルのスコープを真正面からぶち抜いた。やるものだ。こんな極東の島国に、世界の二十人に入るスナイパーがいるとは思いもしなかった。消え去る一瞬の意識の中で、私は納得した。だから、人生は――』

この作品は徳間文庫のために書下されました。
なお本作品はフィクションであり実在の個人・団体などとは一切関係がありません。

徳間文庫

警視庁公安J

マークスマン

2016年5月15日 初刷
2017年5月10日 5刷

著者 鈴《すず》峯《みね》紅《こう》也《や》

発行者 平野健一
東京都港区芝大門二—二—二〒105—8055
発行所 株式会社 徳間書店
電話 編集〇三(五四〇三)四三四九
販売〇四八(四五一)五九六〇
振替 〇〇一四〇—〇—四四三九二
印刷 本郷印刷株式会社
製本 ナショナル製本協同組合

ISBN978-4-19-894109-3 (乱丁、落丁本はお取りかえいたします)